아무도 보스를 찾지 않는다

illusionist 세계의 작가 016
아무도 보스를 찾지 않는다

ⓒ들녘 2009

초판 1쇄 발행일 2009년 11월 27일

지은이 오타비오 카펠라니
옮긴이 이현경
펴낸이 이정원

책임편집 김상진
표지그림 최용호

펴낸곳 도서출판 들녘
등록일자 1987년 12월 12일
등록번호 10-156
주소 경기도 파주시 교하읍 문발리 파주출판단지 513-9
전화 (마케팅) 031-955-7374 (편집) 031-955-7381
팩시밀리 031-955-7393
홈페이지 www.ddd21.co.kr
일루저니스트 블로그 blog.naver.com/ddd7381

값은 뒤표지에 있습니다. 잘못된 책은 구입하신 곳에서 바꿔드립니다.
ISBN 978-89-7527-614-9(04880)
      978-89-7527-600-2(세트)

아무도 보스를 찾지 않는다

오타비오 카펠라니 지음
이현경 옮김

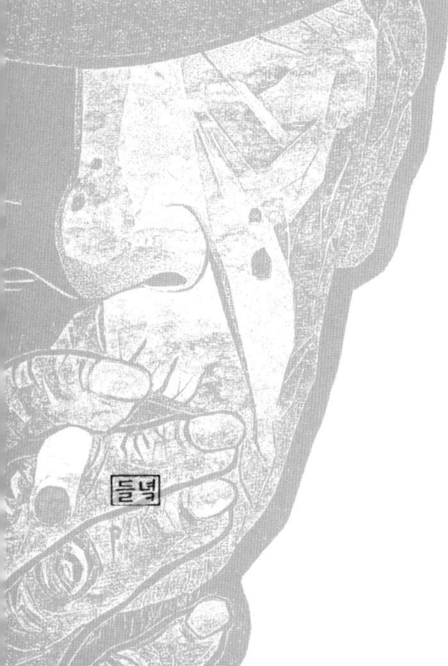

등장인물

미국 패밀리

돈 루 쉬오르티노 – 이탈리아계 미국인으로 암흑세계에서 부와 권력을 쥔 쉬오르티노 패밀리의 보스. 마피아의 정도를 지향하는 정통파 조직의 거두이다. 손자 사랑이 유별나다.

루 쉬오르티노 – 돈 루 쉬오르티노의 손자이자 스타쉽영화사의 사장. '존경받는 보스'가 되길 염원하는 할아버지와 달리 술을 좋아하고, 마피아식 사고와 사업 수완에 서투르다.

핍피노 – 돈 루 쉬오르티노를 밀착 경호하는 심복. 마피아세계에서 '협죽도'라 불릴 정도로 유명하다.

레오나르드 트렌트 – 미국의 유명한 영화감독. 자기 영화를 찍기 위해서는 마피아마저 협박할 정도로 괴짜이자, 언변으로 상대의 마음을 빼앗는 이야기꾼이기도 하다. 돈 루 쉬오르티노의 절친한 친구였던 사울 트렌토의 손자.

존 라 브루나 – 루 쉬오르티노 패밀리와 맞선 상대조직의 보스. 돈 루에게 영화사 사장으로 프랭크 에라를 추천한다.

프랭크 에라 – 스타쉽영화사의 '허수아비 사장'. 돈 루 쉬오르티노에게 월급을 받고 있지만, 존 라 브루나의 비밀지령에 따라 움직인다.

샤스 – 프랭크 에라의 심복.

재스민 아르티아코 – 프랭크 에라의 여비서.

그레타 – 영화배우 지망생. 프랭크 에라를 따라 이탈리아까지 동행한다.

이탈리아 패밀리

밈모 삼촌 – 잡화점 상인. 전직 마피아로 '상납금'의 원칙을 존중하고, 잡화점 안의 질서를 중요하게 여기는 고지식한 노인. 자기가 운영하는 잡화점에서 경찰이 살해당하는 사건을 목격한다.

코지모, 투리, 피에트로, 타노 – 밈모 삼촌의 동네 노인들. 전직 보스였던 밈모 삼촌을 존중하며 대화를 나누는 친구들이기도 하다.

살 스칼리(살 삼촌)- '스칼리 아마레티' 제과점을 운영하는 중간 마피아. 손익계산에 따라 권모술수를 꾸미는 야심가이다.

투치오, 누치오, 눈치오('토니스'의 눈치오와 다른 인물)- 살 스칼리의 '똘마니'들.

로자리아, 카르멜라, 아가타 - 살 삼촌의 여자형제들. 카르멜라는 마피아 패밀리의 가풍을 경멸하여 결혼을 하지 않았다.

친치아, 발렌티나, 알레씨아, 민디 - 로자리아의 네 딸. 알레씨아는 이모인 카르멜라의 기질을 빼닮았다.

토니 - 아가타의 아들. '토니스'라는 미용실을 운영하는, 동성애적 기질이 다분한 헤어디자이너.

체티나 - 토니의 아내. 신경질적인 토니의 언행을 받아주는 인내심 많은 여인.

로시 - 토니의 여동생. 노출 패션을 즐긴다.

눈치오와 아가티노 - '토니스'의 헤어디자이너들.

비토리아 니쉐미 - '스칼리 아마레티' 제과점의 사장이자 점원이자 지배인. 세상을 떠난 오빠 코지모의 절친한 친구 살 스칼 리가 그녀에게 제과점 일자리를 제공했다.

닉 - 토니의 이웃에 사는 대학생. 토니의 극진한 애정을 부담스러울 만큼 한 몸에 받고 있지만, 밈모 삼촌의 잡화점에서 벌어진 경찰 살인사건에 용의자로 의혹을 받고 있다.

돈 조르지노 파바로타 - 예전에 마피아 조직 사이의 암투극이 심할 때 살 스칼리를 지지한 보스. 스칼리와 각별한 관계를 여전히 유지하고 있지만, 늘그막에 정신이 가물가물하다.

손니노 - 창녀촌을 운영하며 돈을 벌었다가 자동차사업으로 업종을 바꾼 마피아. 돈 루를 지지하며, 특히 핍피노를 흠모한다.

투리(밈모 삼촌의 친구 '투리'와 다른 인물) - 전문 킬러. 희생자들의 신음 소리를 녹음할 정도로 좋아한다. 성적 취향이 남다르다.

할아버지는 잭나이프를 만지작거리며 커다란 무쇠난로 옆 소파에 앉아 있었다. 더도, 덜도 말고 딱 할아버지만큼 낡아빠진 소파에서. 세상 물정을 알 리 없는 순진한 너는 그가 파리 새끼 한 마리 죽이지 못할 사람이라고 생각했을 것이다. 하지만 그건 오산이다. 사실 네 할아버지는 감자 껍질 벗기듯 남의 살갗을 벗겨내고는 목숨이 끊어질 때까지 내버려 둘 수 있는 위인이다!

언젠가 할아버지는 이렇게 말했다.

"세상이 거꾸로 됐어. 죄 없는 사람이 교도소 안에서 썩고 있으니 말이다. 불한당 같은 놈들은 활개치고 다니는데."

네 할아버지는 제 집 드나들듯 감옥을 들락날락거렸다.

하지만 불평을 늘어놓은 적은 없었다. 오히려 경찰서 앞에 가서도 폼을 잡으며 말했다.

"내가 다 알아서 하마. 다른 사람한테 책임을 떠넘길 순 없지……."

애송이였던 너는 그제야 죄를 짓지 않아도 얼마든지 감옥에 처박힐 수 있다는 사실을 깨달았다. 또 옥살이를 하게 됐다고 좌절하거나 남을 탓하는 건 얼간이나 하는 짓이라는 것도 배웠다. 행여 실수로 죄 없는 누군가의 면상을 짓이겨 놓았다고 해서 세상이 끝나는 게 아니라는 것도.

할아버지는 날마다 무쇠난로 옆에 앉아 너를 기다렸다. 너는 종종 축축하게 몸이 젖어서 돌아오곤 했다. 난로에 등을 대고 앉아 있을라치면 점퍼에서는 하얀 김이 피어올랐다. 할아버지의 주특기는 너를 부추기는 거였다. 자신이 중요하다고 여기는 것을 끊임없이 강조하면서 네가 마음을 다져먹기를 바랐다. 누구한테나 존경 받는 사람이 될 것, 하지만 그것을 즐기지는 말 것, 그리고 꼭 필요할 순간에만 힘을 사용할 것.

"루, 이것을 지키느냐 아니냐에 따라 진짜 사나이와 아첨꾼으로 나뉜다는 걸 명심해라."

덕분에 너는 차츰 달라졌다. 어슬렁거리며 비감 어린 운명론자의 눈빛으로 아이들을 바라고본 했다. 마치 이렇게 말하는 듯이.

"언젠가는 너한테 엄청난 상처를 줄지도 모르겠다. 네가 아무리 좋은 놈이라고 해도."

동네 아이들은 곧 네 마음이 진심이라는 것을 알게 됐다.

네 생각은 결국 현실이 되었다. 그 상황을 운명이라 부르든, 우연이라고 칭하든 그것은 별로 중요한 게 아니다.

물론 껄렁한 사내아이들―자기 당구장에서 게임을 할 수 있게 돈을 대주는 골드슈타인 같은 멍텅구리―의 존경을 받는 것도 그럭저럭 괜찮기는 하다. 그러나 반드시 차지해야 할 권좌를 두고 보스에게 맞선다는 건 차원이 전혀 다른 일이다.

사실 네가 당장 장악해야 할 구역이나 세력 같은 건 없었다. 너는 아직 그런 것이 있는지조차 모를 나이였으니까. 하지만 너 역시 권력이란 스스로 쟁취해야 한다는 사실을 어렴풋하게나마 알고 있었던 듯싶다. 뭔가를 손아귀에 넣고 주무른다는 건 술집이나 당구장을 차지하는 것, 누군가에게 명령하는 것, 그리고 술집이나 당구장에 들어갈 수 있는 사람과 들어갈 수 없는 사람을 구분 짓는 데서부터 시작한다. 경우에 따라서 누군가의 얼굴을 짓뭉개버릴 필요도 물론 있다. 마음만 먹으면 뭐든지 할 수 있다는 걸 보여줘야 하니까.

어느 날, 시내 한가운데서 망할 놈의 간이식당 하나 때문에 너는 얼굴이…… 박살 나고 말았다! 입술에 피가 엉겨 붙은 채 집으로 돌아온 널 보고 할아버지는 껄껄댔다.

"이런, 바보 녀석, 멍청한 놈 같으니!"

그러곤 한마디 덧붙였다.

"드디어 널 이렇게 만든 놈을 손봐줄 때가 됐구나."

할아버지는 사제가 제단으로 향하듯 엄숙한 걸음걸이로 소파로 다가갔다.

"하지만 지금 당장 그놈을 죽이면 안 돼. 사실 죽여버리는 게 마땅하지만 이번엔 그냥 넘어가자. 시대가 변했거든. 세상이 어떻게 굴러가는지를 먼저 알아야 한다. 봐라, 루. 저마다 살아남으려고 아귀다툼을 하지 않니? 그게 다 사람들이 발명해낸 멋진 물건 덕분이다. 바로 '머니'라는 거야."

할아버지가 소파에 앉았다.

"머니를 만들고 나서 사람들은 서로 도우며 한마음으로 살아갈 수 있을 거라고 생각했다. 하지만 돌아가는 꼴을 봐라. 세상은 이미 편이 갈라졌다. 네 편 내 편이 생긴 거지. 그 후레자식 놈은 너한테 와서 협상을 청하지도 않고 다짜고짜 네 얼굴부터 짓이겨 놨어. 사실 그런 놈은 죽어도 싸. 기분 좋은 일은 아니지만 당장에라도 그놈한테 손을 쓸 수는 있다. 다만 한 가지 명심할 게 있어. 그런 놈들은 말이다, 슬픈 눈빛으로 죽여야 돼. 네가 놈을 죽이는 걸 슬퍼하고 있다는 사실을 모두한테 보여줘야 한다는 뜻이다. 알겠냐?"

너는 갑자기 기침을 했다.

"이런, 젠장! 할애비 설교가 다 끝나기도 전에 침을 튀기는 거냐?"

할아버지는 중요한 말을 할 때면 으레 그렇듯 무표정한 얼굴로 세를 장악하는 게 어떤 것인지를 설명했다. 보스가 된다는 건 지배하고 장악하는 것이다. 상납금 문제도 마찬가지다. 상납금은 지불하는 게 아니라 거둬들이는 것이다!

"봐라, 루. 내가 상납금을 요구하지 않더라도 누군가는 그 짓을 할 거다. 그리고 다른 사람들한테서 상납금을 받는 놈은 결국 나한테까지 상납금을 바치라며 어깨에 힘을 줄 테지. 난 그 꼴을 도저히 봐줄 수가 없어. 차라리 놈들을 일일이 찾아내 숨통을 끊어버리는 게 낫지. 하지만 그게 어디 보통 일이냐? 그러니까 우리 쪽에서 먼저 선방을 날리는 거야. 놈들은 목숨을 부지해서 좋고 우린 손에 피를 묻힐 필요가 없으니, 누이 좋고 매부 좋은 셈 아니냐? 무슨 말인지 알아듣겠어?"

할아버지는 권력을 장악하는 데 방해되는 자들만 살해했다. 그리고 거기서 벌어들인 돈을 다시 투자해서 사업을 키웠다. 덕분에 지역 사람들은 모두 행복했고, 삶에 만족했다. 루, 너는 할아버지를 이해했겠지만, FBI와 그 빌어먹을 경찰들은 그렇지 않았다. 그들은 그런 방식으로 벌어들인 돈을 더러운 것으로 보았다. 그래서 할아버지는 그 돈을 깨끗이 세탁하기 전에는 행복한 인생을 살 수 없었다.

얼마 후 로스앤젤레스를 중심으로 획기적인 사업이 탄생했다. 바로 영화였다. 영화제작은 자본을 많이 요구하는 사업이었다. 당연히 돈줄이 몰렸다. 할아버지는 영화가 돈세탁하는 데 그만인 사업이라고 생각했다.

"다운타운 식당들은 그냥 둬라, 루. 널 건드렸던 멍텅구리들더러 잘 먹고 잘살라고 해. 로스앤젤레스로 가거라. 내 친구들이 만든 무비 스쿨로 말이다, 알겠냐? 공부만 열심히 하면 앞으론 사람을 죽이지 않아도 될 거다, 오케이?"

너는 할아버지가 말한 대로 짐을 쌌다. 떠나는 날 아침, 부엌에서 울고 있는 어머니에게 작별인사를 하고 있는데, 할아버지가 좋은 소식을 전해주었다.

"네 얼굴 짓이겨 놓은 놈 알지, 루? 그놈을 기중기로 30미터 들어 올려서 거실 바닥에 처박아줬다. 칼타지로네에서 온 세라믹 타일을 깐 바닥에다가. 마침 그 집은 아직 지붕을 얹지 않은 터라 기중기가 필요했거든."

할아버지가 웃으면서 말했다.

"핏자국을 지우느라 애 좀 먹었다. 그놈이 장식품과 뒤범벅이 돼버렸거든."

너는 다시 기침을 했다.

할아버지가 어머니에게 말했다.

"이런, 우유 줬구나. 그렇지? 아침에 우유를 주면 안 돼. 위에 안 좋다고."

그러곤 다시 너에게 말했다.

"루, 루. 이건 우리 잘못이 아니다. 그놈이 멍텅구리인 거지. 네가 누군지 알아볼 생각도 않고 얼굴부터 뭉갰잖냐. 어쨌든 칼타지로네 타일 위에서 끝장을 봤으니까 됐다. 우리가 안 했다면 다른 누군가가 나섰을 거야."

할아버지는 동의를 구하듯 어머니를 쳐다보았다. 하지만 어머니는 고개를 저었다. '그렇게 말해도 소용없어요'라고 말하는 것 같았다.

"에…… 그러니까…… 다른 누군가가 그렇게 하지 않아서 우리가 한 거야. 그럼 된 거지?"

할아버지가 변명했지만, 어머니는 다시 고개를 저었다. 이번엔 '아직 우리가 그렇게 할 때는 아니잖아요'라고 말하는 것 같았다. 어머니의 생각을 눈치 챈 할아버지가 투덜거렸다.

"젠장, 어쨌든 우리 잘못은 아니야. 짐은 다 쌌냐?"

무비 스쿨은 무슨 얼어 죽을! 로스앤젤레스에 도착한 네게 놈들이 제일 먼저 한 일은 장부를 쥐어주면서 돈세탁하는 법을 가르친 것뿐이었다.

가장 안전한 방법은 미국 전역에 흩어져 있는 변두리 영화관들을 사들이거나 아예 영화관을 새로 짓는 것이었다. 영화관을 짓는 데는 돈이 별로 들어가지 않았다. 조립식 건물에 주차장만 있으면 됐다. 간혹 그것마저 필요 없을 때도 있었다. 너는 그저 땅을 조금 사서 울타리를 두른 다음, 스크린과 영사기, 그리고 계산기를 갖다 놓고 나무판 위에 '드라이브 인'이라고 적기만 하면 된다. 그러곤 영화를 제작해서 틀어주면 그만이다. 영화를 보러 오는 사람이 없다고 해도 개의할 바 아니다. 똘마니 하나와 서류가방만 있으면 된다. 일주일치 표를 몽땅 살 수 있는 돈을 가방에 가득 채운 다음 똘마니에게 들려보내면 그만이다. 물론 세금관리는 철저히 했다. 똘마니는 일주일 뒤에 돌아왔다.

"빌어먹을 경찰 놈들은 신경 끄셔도 됩니다. 극장에 온 사람들한테 신분증을 요구할 수는 없으니까요. 우리가 받는 돈은 선량한 시민들의 깨끗한 돈입니다."

"선량한 시민들의 깨끗한 돈."

몇 년 뒤 어느 날, 레오나르드 트렌트가 네 사무실로 달려 들어와 내뱉은 말이 바로 이것이다.

레오나르드 트렌트, "스타쉽영화사("쉬오르티노영화사라고 하는 게 더 낫겠는걸." 할아버지는 놀랄 만큼 조심스레 말했다)에서 일했던 그 미치광이 감독. 펜실베이니아에 사는 노처녀 사촌 덕에, 그리고 경리를 구워 삶아 쉬오르티노 가문이 어떻게 돈을 굴리고 있는지 알아냈던 꼴통!

그의 노처녀 사촌은 일주일 내내 놈의 영화를 보러 극장에 갔다. 관객이 점점 줄어드는 상황에서 그게 의무라고 생각한 거지.

"문제는."

감독인 사촌을 안심시키려 애쓰며 그녀가 말했다.

"펜실베이니아 사람들이 거지 같다는 거야. 촌사람들은 예술에 관심이 없거든."

레오나르드는 경리과에 근무하는 몰리의 발목을 마사지해주며 신세를 한탄했다. 몰리가 그에게 말했다.

"괜한 걱정 말아요. 자기 영화는 펜실베이니아에서 아주 잘나가고 있다구. 아니 어디서든 다 잘나가고 있어요."

"내 생각엔 말이야, 사촌이 나를 무시하려고 거짓말을 한 거 같아. 아니면 내 영화로 돈세탁을 했는지도 모르고……."

트렌트가 사무실에 뛰어들었을 때 너는 그가 정말 운이 좋은 놈이라고 생각했다. 책상 뒤에 앉아 있던 사람이 바로 너였으니까. 만일 네 할아버지가 그 자리에 있었다면 상황은 백팔십도 달라졌을 거다. 할아버지라면 즉시 가운데 서랍에서 권총을 꺼내 그놈의 이마에 구멍을 내줬을 테니까. 노크도 하지 않고 사무실에 들어왔다는 이유만으로 말이다. 하지만 너는 너 자신이 진정한 사업가가 되길 바랐지. 트렌트는 그걸 미처 눈치 채지 못하고 공갈 협박이라는 카드부터 꺼내 든 거야. 너를 얕잡아 본 거지. 그래서 넌 그 꼴통 같은 놈이 어쩔 생각인지 두고 보기로 했어. 몸뚱이에 총알을 박아줄 시간은 충분했으니까.

"계속해봐, 들어줄 테니까."

"당신이 내 사촌을 잘 모르나본데, 걔는 날 숭배한다고, 알겠어? 가족도 없이 펜실베이니아에 있는 거지 같은 촌에서 살고 있는데, 뭐 특별히 하는 일도 없는 애야. 그런데 생각해봐, 사촌이 만든 영화가 자기 마을에 걸렸어. 할 일은 뻔하잖아? 걔가 나한테 전화로 돌아가는 꼴을 보고할 때마다 나는 아무것도 모른다고 했어. 이미지 관리도 중요하니까, 순진한 척했지. 그랬더니 사촌 애가 갈라진 목소리로 화를 내더군. '7일 동안 극장이 텅 비었다니까!'라고. 어디 한번 말해보시지, 이 빌어먹을 상황은 대체 뭐지? 당신은 알고 있을 거 아냐?"

"대충."

"좋아. 이제 당신은 분명 책상 서랍에서 22구경 권총을 꺼내들어 날 쏘려고 하겠지? 소형을 써야 피가 덜 튀고, 당신 재킷에도 안 묻을 테니까. 하지만 그 전에 할 일이 있어. 나한테 빌어먹을 시간을 좀 더 내달라고. 내 얘기가 덜 끝났거든. 오케이? 돈이 어디서 났는지, 그걸 세탁하려고 무슨 짓을 했는지 따위는 나한테 눈곱만큼도 중요하지 않아, 알아? 난 그저 내가 만든 영화가 제대로 상영되길 바랄 뿐이야. 그리고 수입에 대해서도 정당한 몫을 받고 싶어. 돈이 어떻게 들어오든 그게 누구든, 전혀 관심 없어. 내가 말하고 싶은 건 이게 다야. 젠장, 나도 그게 어떤 돈인지는 잘 알아. 내 영화가 그 돈을 세탁하는 데에 사용된다는 것도 알고 있어. 자, 이제 어떡할까? 이건 나한테 중요한 일이야. 이유를 말해주지. 어쩌면 다른 곳에서도 더러운 돈을 받은 적이 있을 거야. 물론 나도 모르게 말이야. 안 그래? 하지만 지금은 알게 됐잖아? 자, 여기 세탁된 더러운 돈이 있어. 이제 어떡할까? 내가 이제 와서 아무 문제 없는 깨끗한 돈을 찾아내야 하는 거야? '이봐, 친구. 세상에 깨끗한 돈이란 게 있기는 하나?' 내 영화에 나오는 남자가 이런 대사를 쳤지. 흰색 셔츠에 검은 가죽재킷을 입은 놈 말이야. 물론, 어딘가 깨끗한 돈도 있겠지. 분명히 있을 거야. 하지만 안타깝게도 나한텐 그걸 찾을 시간이 없어. 난 지금 영화를 찍어야 되거든. 내가 그런 걸 상관할 거라고 생각하나? 천만에, 전혀 상관없어! 난 깨끗한 사람이 아니야. 모욕을 주려는 건 아니지만, 당신도 깨끗한 사람은 아니잖아? 이 건물에 돌아다니는 돈치고 어디 깨끗한 거 있으면 말해 보시지. 그러니까 이제 당신은 나랑 합심해서 이 염병할 돈을 깨끗하게 세탁하면 되는 거야. 어떻게 생각해?"

"생각은 무슨 생각. 계속 지껄여봐."

"좋아. 나는 특수효과를 제대로 살릴 수 있는 영화를 찍고 싶어. CG 작업을 능수능란하게 할 수 있는 애들을 고용해서 월급을 주는 거야. 어떤 고객이 회사에 어떤 돈을 대든, 그건 직원들이 상관할 바가 아니니까. 맞지? 걔들은 단지 월급쟁이일 뿐이라고. 그러니까 당신이 특수효과 회사를 하나 더 운영하는 셈이 되는 거지. 동시에 그 사람들의 고객도 되는 거고. 그러면 당신 원하는 대로 맘껏 돈세탁을 할 수 있지 않겠어? 내 말 알아들어? 우선 컴퓨터하고 최신 장비를 몽땅 구입하자. 난 그 빌어먹을 것들을 가지고 영화를 찍을 거야. 하지만 고층 빌딩이 폭발하는 장면은 CG를 안 쓸 거야. 건물이 진짜로 폭발하는 걸 찍을 거라고. 알겠어?”

너는 고개를 끄덕였다.

“자, 그럼 이제 건물 신이 왜 중요한지 설명해줄게. 사람들이 원하는 건 로맨스야. 제일 중요한 거지. 그래서 나도 최대한 로맨스적인 요소를 때려넣을 작정이야. 자, 들어봐. 주인공은 돈도 많고, 얼굴도 받혀주고, 자상하기 이를 데 없는 남자야. 여자는 불쌍하게 살아왔고, 얼굴도 좀 달려. 아니, 평균에서 살짝 떨어진 정도. 뭐 크게 신경 쓸 정도는 아니지만. 암튼 이 둘은 만난 지 20분 만에 사랑에 빠져. 어때? 그리고 곧바로 훼방꾼이 등장하지.”

“훼방꾼?”

“그래. 둘이 만나는 순간부터 관객들의 숨통을 조여놓자는 거야. 그리고 나서 조금씩 긴장을 풀어주자고. 그럼 감정도 조금씩 살아나게 되거든. 둘이 사랑하는 사이가 된

걸 보고 '아아' 하고 안도의 한숨들을 내뱉을 거야. '이 영화 괜찮은데. 두 사람은 서로를 사랑하게 됐어. 난 처음부터 이렇게 될 줄 알았어.' 그리고 바로 이 지점에서 뭔가 드라마틱한 사건을 터뜨리는 거야. 여자가 딴 남자하고 도망가게 만드는 거지. 훨씬 더 뽀대 나는 놈하고! 새 남친은 남미에 커다란 병원을 소유한 놈이야. 성형외과계에서 마이더스의 손으로 통하고. 당신은 이렇게 말하겠지. '더러운 년!' 하지만 사실은 그게 아니야. 여자는 이 남자를 사랑하지 않아. '나쁜 년. 돈에 환장해서 몸을 주다니. 그것도 두 번이나!' 당신은 이렇게 열 받을지도 모르겠어. 하지만 아까 말했듯이 사실은 그게 아니야. 잘 들어봐. 외과의사한텐 외모 콤플렉스가 있어. 그는 어릴 때부터 자기보다 잘생긴 친구한테 열등감을 느꼈어. 쪼다 같은 애들이 득실대던 초등학교 시절부터. 미남이었던 그 친구는 완전 인기 만점이었어. 여자애들은 놈한테 잘보이려고 경쟁하듯 사탕이며 초콜릿을 갖다바쳤지. 하지만 외과의사는 그런 대접을 받은 적이 단 한 번도 없었어. 친구의 방 안에 여자애들이 갖다 바친 사탕이 쌓여가는 동안, 외과의사는 방 안에 틀어박혀 우표 따위나 수집했지. 그런데 외과의사가 정말 하고 싶었던 건 섹스였어. 그 여자와의 섹스! 여자는 아주 순진무구했어. 도무지 의심이라곤 할 줄 몰랐지. 그런 여자가 상류사회에 대해 뭘 알겠어? 마이더스의 손한테도 콤플렉스가 있고 그게 하찮은 사탕 따위에서 비롯된 거라는 걸 상상이냐 했겠냐고? 여자한테는 외과의사가 그저 존경의 대상이었을 뿐이야. 의사는 그걸 간파하고 여자를 꼬드기기 시작하지. 애인을 위해 뭔가 깜짝 놀래줄 이벤트를 하자면서. 사실 이 교활한 음모의 타깃은 여자가 아니라 남자였어. 의사는, 그러니까 어린 시절의 친구를 철저하게 짓밟아주고 싶었던 거야. 의사는 자기 친구가 어떤 스타일의 여자를 좋아하는지 아주 잘 알고 있었어. 그러니 순진한 여자를 꾀는 것쯤이야 누워서 떡먹기였지. 그는 최신 장비가 갖춰져 있다면서 남미에 있는 자기 병원으로 여자를 데려가. 열정적인 섹스를 꿈꾸면서. 하지만 여자한테는 의사가 안중에도 없어. 온통 애인 생각뿐이었지. 의사가 얼마나 실망했을지 상상이 가? 의사는 어떻게든 여자를 유혹해서 섹스를 한 판 벌이고 싶은데, 여자는 요지부동인 거야. 하는 수 없이 외과의사는 일단 그녀를 수술하지. 마음속으로 복수를 다짐하면서. 수술을 마치고 나서 여자를 덮칠 작정이었어. 모욕의 댓가로. 그런데 붕대를 풀어주자마자 여자가 내뱉은 말은 '어머! 정말 잘됐네요. 여기 오길 잘한 거 같아요. 빨리 그이한테 가서 보여줘야지'였어. 그러더니 곧바로 가방을 챙겨서 나가려는 거야. 그 순간 의사는 뚜껑이 열리고 말아. 그대로 여자한테 달려들어. 덮치려는 거지. 여자는 가까스로 병원에서 빠져나와 무작정 낯선 거리를 달려가. 그제야 자기가 계략에 빠졌다는 걸 알아차린 거지. 한편 여자의 애인은 절망에 빠져 있었어. 여자가 일언반구도 없이 사라져버렸으니까. 물론 그건 사악한 의사의 간계였어. 친구가 깜짝쇼를 좋아한다면서 이 모든 것을 비밀에 부쳐야 한다고 강조한 거지. 여자도 거기에 맞장구를 쳤어. '멋져요, 멋져. 깜짝쇼라니!' 여자가 어떤 스타일인지 대충 감이 오지? 남자는 자기 애인이 하필이면 친구와 눈이 맞아서 도망갔다고 오해했어. 그러곤 날마다 술만 마셔대. 면도도 안 하고, 옷도 안 갈아입어. 얼굴에는 수염이 무성해지고, 셔츠는 걸레마냥 너덜너덜해져. 그 몰골로 시내를 방황하는 거야. 한 손엔 술병을 들고서. 한번은 번화가를 걷다가 친구와 마주치게 돼. '어이, 이봐……' 근데, 이 남자 이름을 뭘로 할까? 세련된 이름이 좋은데……어니스트, 그래, 어니스트가 좋겠다! 여자를 뺏기고 이렇게 빌빌거리는 놈한테는 딱이지! 친구들이 남자를 불러세워. '이봐, 어니스트. 너 정말 어니스트 맞아?' 친구들은 겨우 남자를 알아봐. 평소 어니스트는 병적일 정도로 패션에 신경을 썼거든. 그런데 그 몰골이라니! 하지만 어니스트는 눈앞에 친구가 있다는 것도 모르고 가던 길을 가. 나는 이 신에서부터 어니스트가 얼마나 얼이 빠져 있는지를 극단적으로 보여줄 참이야. 들어봐, 어니스트가 애완동물가게를 지나치는데 거기서 폭탄이 터져. 안에는 동물뿐 아니라 사람들도 있어. 하지만 어니스트는 갈기갈기 찢어진 푸들의 살점 위를 아무 생각 없이 걸어가. 술병을 들이켜면서. 그러다가 끝장을 내기로 결심해. 다짜고짜 고층 빌딩으로 올라가는 거야. 거긴 어니스트 소유의 빌딩이야. 그만큼 어니스트는 빵빵한 부잣집 도련님이다 이거지. 건물에서 뛰어내리려는 순간, 어니스트는 쌍안경으로 저 아래에서 택시가 급정거를 하고 누군가 내리는 걸 발견해. 난데없이 웬 쌍안경이냐고? 어니스트는 완벽한 남자거든. 얼굴도 받혀주고, 돈도 많고, 똑똑하고, 빽도 있고, 게다가 마음은 비단결이야. 쌍안경을 챙긴 것도 바로 그 때문이지. 뛰어내렸을 때 누군가가 자기 몸에 깔리는 걸 피하고 싶었던 거야.

여기서 다시 여자 컷으로. 여자는 하이힐을 신고 반짝반짝한 대리석 위를 가로질러 엘리베이터 앞에 섰어. 몸도 마음도 엉망진창이야. 입술은 구명조끼마냥 부풀었고, 코는 미끄럼틀처럼 맨들맨들해. 풍선 같은 빵빵한 가슴은 터지기 일보직전이야. 그녀는 머릿속으로 지금까지 겪었던 끔찍한 영상을 떠올려. 외과의사한테 속아서 남미병원에서 강간 당할 뻔한 일하며, 방금 거리에서 일어난 끔찍한 테러를 말이야. 특히 눈앞에서 죄 없는 사람이 다섯 명이나 터져 죽는 걸 보고 패닉 상태에 빠져버렸어. 한시라도 빨리 애인 품 안에서 안기고 싶어해. 그런데 웃기는 게 뭔지 알아? 이런 상황에서도 여자는 엘리베이터 거울에 자기 모습을 살펴보는 거야. 뭐 이해할 수도 있지. 얼굴이 완전히 바뀌어버린 거잖아. 여자는 완전히 변해버린 얼굴을 보고 좀 당혹스러워해. 애인이 자기를 좋아하지 않으면 어떡하나 걱정도 되고.

다시 외과의사 컷. 의사는 차분히 생각에 잠겨 있지만, 속에선 열불이 끓어 올라. 본성을 숨기면서까지 감언이설로 여자를 꼬이려고 했는데 실패했으니까. 여자를 데리고 남미에 도착했을 때까지만 해도 의사는 행복했어. 미소를 지으며 전화교환원이나 병원 직원들한테 매너 있게 대했지. '정말 괜찮은 남잔데!' 하고 생각했을 만큼. 하지만 여자가 도망가고 나자 남자는 원래 모습대로 돌아와. 수화기에 대고 전화교환원한테 있는 대로 소리를 질러. 남자의 가슴속에선 미칠 듯한 분노가 치밀어올라. 수술할 때 특유의 그 음산한 눈빛은 관객들을 숨죽이게 만들지. 여자관객들은 메스로 환자를 죽일까봐, 아니면 입에다 코를 붙여놓고 흉측한 몰골로 만들까봐 안절부절못해. 하지만 눈빛만 그랬을 뿐이야. 직업적 윤리까지 내팽개친 건 아니라고. 붕대가 풀리고 눈, 코, 입이 제자리에 달린 환자의 얼굴이 화면에 나타나면 여자관객들은 휴우 하고 한숨을 내쉬겠지. 하지만 아직 의심을 거둬들이기엔 아직 일러. 환자의 몸에 이상한 짓을 하지는 않았지만, 의사의 시선은 여전히 음산하니까. 음, 그건 아마도…… 근데, 내 이야기 듣고 있는 거야?"

"계속해봐."

"좋아. 여자가 엘리베이터를 타고 나면 곧바로 의사 컷으로 장면이 바뀌지. 카메라는 의사가 생각에 잠겨 있는 모습을 아주 길게 잡아. 그러다가 의사가 갑자기 웃기 시작해. 미친듯이. 냉소를 쏟아내는 거지. 다시 엘리베이터 컷. 여기선 배경음악을 사용할 거야. 긴장을 풀어줄 수 있는 아주 잔잔한 걸로. 랄랄라 랄라라라. 다시 장면이 바뀌면, 냉소를 띠고 엑스레이를 바라보는 의사. 카메라가 천천히 돌면서 리모컨을 들고 있는 외과의사의 손을 클로즈업. 다시 엘리베이터 컷. 엘리베이터가 열리자마자 여자와 남자의 시선이 동시에 마주쳐. 둘은 서로를 향해 달려가고 격렬하게 끌어안고 키스를 하지. 어느 정도 흥분이 가라앉고 나서 남자가 여자를 바라봐. 그리고 여자의 얼굴이 변했다는 걸 눈치채지. 남자는 천국 입구에 도착한 것처럼 황홀한 목소리로 그녀한테 말해. '자기야, 난 이렇게 깜짝 놀래주는 걸 정말 좋아해.' 다시 외과의사 컷. 의사는 냉소를 쏟아내며 손에 쥔 리모컨을 눌러. 카메라가 고층 빌딩의 전경을 훑고 나면 이어서 꽝! 폭발 신으로 넘어가! 빌딩 꼭대기가 터지는 거지. 여기서 엑스레이 컷으로! 비열한 그 자식이 여자의 가슴을 플라스틱 폭탄으로 채웠던 거야. 의사는 정말 추악하고 야비한 자식이었어!"

"별 거지 같은 영화 다 보겠군!"

"당신 평가 같은 건 나한테 하나도 안 중요해. 루! 당신도
어차피 그 빌어먹을 뉴요커 중에 하나일 뿐이니까. 아니, 아
니지. 당신은 나한테 고층 빌딩을 지어줄 능력 있고, 훌륭
한 젊은이야. 왜 그래야 하는지 알아?"

"뭐 때문에?"

"영화촬영 때 실제로 빌딩 꼭대기를 폭발시킬 거니까. 당
신은 촬영이 끝나고 나서 빌딩을 다시 팔면 돼. 뭐, 얼마 못
받겠지. 꼭대기가 날아간 건물을 제값에 살 얼간이는 없을
테니까. 하지만 다시 보수해서 팔면 돼. 그러면 회사는 공식
적으로 손해 보는 장사를 한 셈이 되는 거야. 멋진 빌딩을
헐값에 판 거니까. 그렇게 해서 당신은 돈을 세탁할 수 있
고, 난 내 영화 「플라스틱 러브」를 제대로 찍는 거지. 어때,
제목 죽이지 않아?"

"정말 엿 같은 제목이군. 하지만 아이디어는 괜찮아."

그렇게 해서 일이 시작됐다.

할아버지는 괴짜 트렌트의 망측한 아이디어를 꿩장히 맘
에 들어했다. 영화, 건축, 그리고 누구도 우릴 건드리지 마!

사업은 그렇게 척척 진행되었다. 척척 진행되던…… 어느
날, 대본작가들의 방이 있는 복도에서 폭탄이 터졌다. 대본
작가들의 몸은 산산조각 났고, 살점이 사방에 흩어졌다.

FBI의 눈을 피하기 위해 공식적으로는 화재라고 신고했

다. 폭발음을 들었던 사람들은 입을 다물고 있으라는 압력을 받았다.

네 할아버지조차 예상하지 못한 역습이었다. 할아버지는 어떤 후레자식들이 이런 도발을 감행했는지 먼저 찾아낸 다음 협상을 하라고 지시했다.

"지금 제 엉덩이에 폭탄을 던진 놈들과 같이 밥을 먹으라는 말씀이세요?"

할아버지는 이해하지 못하겠다는 듯한 눈빛으로 너를 바라보며 말했다.

"날 봐라, 루. 넌 아주 근사한, 아니 과분한 회사를 가지고 있어. 영화를 핑계로 세금 한 푼 내지 않고, 이런 계약을 맺은 건 정말 굉장한 아이디어다. 돈도 많이 벌었잖아. 근데 갑자기 게이같이 생긴 놈이 다가와서 '이제 뭔가 깨달은 바가 있겠지. 내 몫은 준비됐나?' 하고 지껄인다면 넌 어떻게 할 셈이냐? 대답해봐라. 그놈이 너한테 '당신 영화사로 들어가서 셈을 해보자구, 응?' 하고 속삭인다면 말이야."

넌 입을 다물었다.

"한 방 맞은 거야……. 루, 그놈들이 얼마나 영리한지 알겠지?"

할아버지가 발을 긁으며 중얼거렸다.

"이놈의 발 때문에 돌아버리겠군, 정말!"

그러곤 한 마디 덧붙였다.

"루, 난 네가 존경받는 보스가 되는 걸 보고 싶다. 맨해튼의 라 브루나 같은 보스 말이다. 내가 여길 뜨기 전에……."
"뜨시다니요, 할아버지? 어디로 가시게요?"
"오케이, 오케이. 못 들은 걸로 해라……. 알겠냐?"
할아버지가 퉁명스럽게 말을 이었다.
"살 스칼리 기억하니?"
"시칠리아에서 아마레티(시칠리아의 아몬드 쿠키—옮긴이) 만드는 분이요?"
"그래. 그자는 패밀리를 거느린 보스니까 우리 상황을 이해할 거다. 잠시 동안만 시칠리아에 가 있어라. 살 스칼리 곁에 있으란 말이다."
너는 즉각 대꾸하려고 입을 열었다. 하지만 할아버지가 먼저 대화를 마무리 지었다.
"난 네가 당하는 꼴을 볼 수 없다. 됐냐?"

물론이다. 그것으로 충분했다. 네가 카타니아에 도착하자, 5번가 양복점에서 금방 튀어나온 조 페시(미국 영화배우, 「나 홀로 집에」에 나오는 도둑—옮긴이) 같은 남자가 널 맞아주었다. 살 스칼리였다. 허풍이 대단한 남자였다.
'페시-스칼리'는 아마레티의 위대한 탄생에 대해 떠벌렸다. 미국으로 이미 간 시칠리아 사람들이 그 쿠키를 얼마나 좋아했는지, 미국으로 수출하던 초기에 쿠키가 어떤 모양이었는지, '말 못하는 시칠리아 사람들'이 이 쿠키를 호일에 포장해서 어떻게 뉴욕의 길모퉁이에서 팔 수 있었는지, 회사가 어떤 식으로 커 나갔는지("샤론 스톤 앞에서 그게 커지듯"이라고 그가 말했다), 그리고 네 할아버지 덕분에 '스칼리 아마레티' 제과점이 뉴욕에 번지르르한 본점을 갖게 된 사연까지.

그는 또 야심차게 계획 중인 새로운 아이디어에 대해서도 떠들어댔다. 포장지에 사랑의 경구를 담은 아마레티를 출시할 것이라는 것.

"아마레티를 집어 먹고 사랑하는 연인한테 사랑의 글을 읽어주는 거야."

그러고는 너에게 은밀하게 속삭였다.

"이제 시칠리아뿐만 아니라 방방곡곡에까지……. 자네는…… 자네들 말로 하면…… 카피라이터야. 나의 미국인 카피라이터! 살 스칼리가 아마레티 광고를 만들기 위해 미국에서 데려온 카피라이터! 내 친구들 앞에서 자네를 이렇게 소개하겠네. 어떤가?"

그가 너에게 눈을 찡긋했다. 정말이지 존경받을 만한 인물은 아니었다.

그런데, 루! 넌 지금 대체 어디에 있는 거냐? 네 머리 주변에서, 아니 머리에서 이리저리 움직이는 젖은 솜뭉치는 뭐지? 희미한 네온 빛 같은 이 빌어먹을 불빛은 또 뭐고. 할렘 가의 계단에서나 볼 수 있는 저놈들은? 손이 얼어붙은 것 같은 이 느낌은? 알프 삼촌의 장례식 날, 그 집 안에서 풍겼던 고약한 냄새가 왜 여기서 나는 거지?

10월의 어느 새벽, 카타니아 시립병원. 젊은 남자가 막 눈을 뜨고 쇠 침대의 금속 손잡이에 반사된 일그러진 제 모습을 바라보았다. 그리고 자신이 살아 있는 건지 죽은 건지 확인하기 위해 다리를 움직여 보았다. 이 빠진 노인이 미소를 띠고 그를 지켜보고 있었다. 싸구려 환자복을 입고 손에 그릇을 든 채.

"What's happened?(어떻게 된 일이죠?)"

혼수상태에서 깨어난 젊은이가 신음하듯 말했다.

"뭐라고?"

"What's happened?"

"이런 젠장, 자네와 얘기하려면 여기 있는 사람들이 전부 영어로 말해야겠는걸."

노인이 말했다.

"제가 어르신보다 시칠리아 말을 더 잘할 겁니다."

젊은이가 조그맣게 말했다.

노인은 여전히 미소를 짓고 있었다. 기분이 좋아 보였다.

"차 좀 들겠나?"

찻잔을 가리키며 노인이 물었다. 표정을 보아하니 집에서는 제대로 차를 마셔본 적이 없는 모양이었다.

"제가 언제부터 여기 있었습니까?"

젊은이가 물었다.

노인은 대답하지 않았다. '내가 왜 그 질문에 답해줘야 돼?'라고 생각하는 것 같았다.

젊은이는 노인을 뚫어져라 지켜보았다. 노인은 차를 홀짝거리며 그의 시선을 맞받아쳤다.

젊은이가 고개를 저으며 입을 열었다.

"얼마나 오랫동안 이 병원에 누워 있었는지 잘 생각나지 않지만, 한 가지는 분명합니다. 제가 권총을 항상 가지고 다닌다는 거요. 보통 겨드랑이 권총집에 넣어 둡니다. 그게 어떤 건지 아시죠? 그렇게 차야만 권총을 완벽하게 보관할 수 있거든요. 가끔 허리에 권총집을 찰 때도 있긴 해요. 아시죠? 뒤쪽에 차는 거요. 권총 손잡이가 허리 잘록한 부분에 들어가게 고안된 건데, 그렇게 하면 몸에 착 달라붙는 재킷을 입고도 단추를 채울 수 있어요. 제가 권총을 차고 다니는 건 아무도 모릅니다. 혹시 이 방면의 전문가라면 모를까. 참, 발목에 차는 권총집도 있다는 거 아세요? 이 발목 권총집은 정말 거지 같아요. 이걸 차고 있으면 엄청나게 불편해서 걸을 때마다 다리를 절룩이게 됩니다. 다리를 꼬고 앉을 수도 없지요. 환장하겠다니까요. 어르신, 이거 아세요? 전 지금 어르신과 얘기를 할 수 있어서 아주 좋습니다. 숨통이 다 트이는 거 같네요. 어쨌든 아까도 말씀드렸다시피 제가 어떻게 여기 와 있는지 모르겠습니다. 제 옷을 누가 벗긴 건지, 아니면 여기 오기 전부터 옷을 벗고 있었던 건지. 하지만…… 중요한 건 제가 항상 권총을 차고 다녔다는 거죠, 제 말 아시겠어요?"

노인은 아무 말이 없었다. 충격을 받은 젊은이가 헛소리를 지껄여대는 거라고 생각했다.

"누군가가 절 이 병원으로 데려와서 옷을 벗기고 권총을 가져가는 게 가능할까요? 솔직히 전 잘 모르겠습니다. 의식을 잃고 실려 온 적이 한 번도 없었으니까. 이번이 처음이에요. 당연히 전 병원 규정도 잘 모릅니다. 그렇지만 이 옷장에, 이 옷장 보이시죠? 제 옷이 있을지도 몰라요. 권총도 있을지 모르고. 그렇죠? 물론 확실한 건 아닙니다. 그러니까 우리 둘 다 정확히 모른다는 거죠. 자, 그럼 요점을 말씀드리겠습니다. 일단 제가 일어나서 옷장을 열고 권총이 있는지 보겠습니다. 권총이 없으면 할 수 없지요. 다시 침대에 누워서 다른 사람이 올 때까지 기다렸다가 권총이 어디로 사라졌냐고 물어보는 수밖에요. 그렇지만 권총이 있다면 말입니다, 제 이름을 걸고 맹세하건대 어르신께 겨눌 겁니다. 절 여기 데려온 놈들이 누군지 당장 말씀해주지 않으면 무릎을 꿇고 방아쇠를 당길 거라구요. 자, 목숨을 걸 준비는 되셨나요?”
“어제 오후였다오.”
“어제 오후라, 좋습니다.”

주위를 살피면서 조심스레 종종걸음을 쳤다. 얼굴은 온통 피범벅이었고, 점퍼에도 피가 묻어 있었다. 걸을 때마다 바지가 엉덩이에서 흘러내렸다. 그 바람에 모카신 뒷축에 바짓단이 밟혔다.

그는 기타케이스를 들고 있었다. 밤거리는 몹시 추웠다. 겨우 그가 사는 집 근처에 도착했다. 자동차들이 무시무시한 속도로 내달리는 도로변에 똑같이 생긴 작은 집들이 다닥다닥 붙어 있는 거리다. 길 반대쪽으로 아직 건물이 들어서지 않은 넓은 부지가 보였다. 시커먼 화산암과 볕이 드는 대지 사이에서 누렇게 마른 잡초가 자라고 있었다.

이 지역은 중심가도, 주택 단지도, 교외지도 아니었다. 가로등 밝기에 따라 때로는 시내처럼, 때로는 주택단지처럼 보일 뿐이었다. 지금은 웨딩드레스 회사의 커다란 광고판만 휘황찬란하게 빛났다. 불을 밝힌 가로등은 별로 없었다. 닉의 이웃인 토니의 집에서는 파티가 한창이었다. 그의 정원은 밤인데도 대낮처럼 훤했다.

닉은 다리를 절면서 걸음을 재촉했다. 발목을 접지른 게 틀림없다. 그는 사람들의 눈에 띄지 않기를 기도하며 발걸음을 재촉했다.

커다란 스테이크를 찌르던 토니가 그를 보고 외쳤다.

"어이, 닉!"

토니의 얼굴이 환해졌다.

"닉! 바비큐야."

아, 빌어먹을 바비큐!

토니의 얼굴은 어린아이처럼 부드럽고 해맑았다("이 얼굴은 하느님의 선물이랍니다." 그는 늘 고객들에게 말했다. 하지만 살 삼촌은 다르게 생각했다. "저 얼굴은 저주야. 남자라면 얼굴도 남자다워야지"). 언젠부터인지 토니는 칼라가 넓은 실크 셔츠를 입기 시작했다. 단추를 몇 개 풀고 부드러운 스카프를 둘렀다. 게다가 남자가 입기에는 통이 좁아 보이는 바지를 입었다. 며칠 뒤 그가 패션에 변화를 준 이유가 밝혀졌다. '토니스(Tony's)'라는 미용실을 연 것이다. 마치 로마시대의 매음굴이나 카타콤 같은 곳이었다.("차라리 창녀촌인 산 베릴로에 가는 게 낫겠다." 살 삼촌이 말했다.) 토니는 곧 그 동네 모든 여자들의 머리를 만져주게 되었다. 그 외에 할 수 있는 일이라곤 날씨가 좋을 때마다 바비큐 파티를 여는 것밖에 없었다. 10월이라 날은 그리 좋지 않았지만, 그는 파티를 강행했다. 아무리 못해도 최소 넉 달 동안은 금욕의 시간을 보내야 할 처지다. 그 전에 어떻게든 정원을 활용해야 한다.

토니는 처음 본 순간부터 닉에게 호감을 느꼈다. 몇 달 전까지만 해도 그는 옆집 때문에 신경을 곤두세워야 했다. 먼저 살던 사람은 풀비렌티 씨였는데, 그와는 항상 바비큐 파티 문제로 수도 없이 말다툼을 벌였다. 그러다 결국 대판 싸우고 나서 그가 떠나버렸다. 토니는 두 번 다시 풀비렌티 씨 같은 사람을 이웃으로 맞고 싶지 않았다.

어느 날 저녁이었다. 풀비렌티 씨가 정원용 호스를 손에 쥐고 바비큐 파티장에 나타났다. 그리곤 파티에 참석한 사람들을 일일이 깨끗하게 씻겨주었다. 두 사람의 갈등은 그것으로 완전히 해결됐다. 풀비렌티 씨는 그날 손님 중에 살 삼촌이 있었다는 사실을 몰랐다. 삼촌은 그날 밤 가느다란 줄무늬 패턴의 하늘색 양복을 입고 있었다. 오래전부터 살 삼촌의 옷을 만들어온 나폴리 출신 재단사 파보네가 바로 몇 시간 전에 완성한 옷이었다.

살 삼촌은 자신의 "몇 가지 약점"을 대놓고 드러내길 좋아했다. 맞춤 양복만 입는 취미라든지, 시도 때도 없이 떠오르는 기발한 아이디어(삼촌은 그걸 "영감"이라고 일컬었다), 그리고 디자이너가 되겠다며 직업양성소인지 전문학교인지에서 공부하는 조카딸 발렌티나가 거기 속했다. 하지만 풀비렌티 씨가 그런 걸 알 리 없었다. 그는 무작정 호스로 물을 뿜어댔고, 그 바람에 살 삼촌의 맞춤양복은 엉망이 되었다. 순간 정원은 무거운 침묵에 휩싸였다.

울타리 반대편에 있던 풀비렌티 씨는 아무것도 모른 채 도리어 고함을 내갈겼다.

살 삼촌은 물을 뚝뚝 흘리며 두 팔을 벌렸다. 별다른 반응도 없었다. 그는 다정한 아빠처럼 웃으며 말했다.

"안되겠구나, 안되겠어. 이번에는 널 용서할 수가 없어. 하느님 뜻대로 하는 수밖에."

삼촌은 한 마디씩 또박또박 말했다.

"새 옷이 걸레가 됐어. 나한테 행운을 가져다주는 옷인데."

그러더니 곧 자리를 떴다. 길가에서 대기 중이던 운전기사가 깍듯이 고개를 숙이며 검은색 벤츠의 뒷문을 열어주었다.

다음 날, 살 삼촌은 풀비렌티 씨의 집을 방문했다. 그리고 그날 오후 풀비렌티 씨는 바로 모습을 감췄다.

닉이 옆집으로 이사오자 토니는 교양 있게 굴기로 마음 먹었다. 예의 바르게 행동하면서 친해지기로.

그는 새 이웃이 포르토 엠페토클레 출신의 농학부 학생이며, 이름이 닉이라는 것을 알아냈다. 어느 날 밤, 그는 닉의 현관문을 두드렸다.

"닉, 바비큐 파티가…… 싫은가? 짜증 나겠지…… 연기, 냄새……. 자네 식으로 말하자면…… 왕짜증 나지?"

닉은 그를 뚫어지게 바라보았다. 노란 셔츠에 오렌지색 스카프를 두르고 어린아이 같은 얼굴을 한 남자다. 닉은 순순히 대답했다.

"아니요!"

토니는 집으로 들어가자마자 아내에게 외쳤다.

"와우, 훌륭한 청년이야. 예의 바르고 잘생겼어!"

사촌 토니를 만나러 온 발렌티나가 닉에게 관심을 보이게 된 것은 바로 그날 밤이었다. 닉이 토니의 바비큐 파티에 고정 손님이 된 것도.

"닉, 닉!"

토니가 다시 소리쳤다.

"어서 와!"

닉은 손님들이 아무것도 눈치 채지 못하길 바랐다. 하지만 애석하게도 불빛이 자신을 비추고 있었다. 그는 얼른 걸음을 재촉했다.

"네, 토니 씨. 봤어요, 봤어. 바비큐 파티네요. 근데 못 갈 것 같아요. 저…… 급하게 전화할 데가 있어서요."

토니는 포크를 든 채 실망을 감추지 못했다.

실망하고 걱정했다. 닉이 초대를 거절한 것은 처음이다. 정말 처음이다. 닉답지가 않았다.

살 삼촌은 닉과 토니를 번갈아 보며 심각한 표정으로 고개를 끄덕였다. 고개를 끄덕이는 것으로 보아 좋지 않은 생각을 하고 있는 게 분명했다.

"어린놈이 지나치게 예의바르군그래. 내가 말했지(한 번도 말한 적이 없었다)…… 속물일 거라고."

삼촌이 한마디했다. '속물'. 단순한 말이었다. 누구나 흔히 쓰는 상투적인 표현이기도 했다. 하지만 살 삼촌이 '속물'이라는 단어를 사용할 땐 달랐다. 거기엔 여러 가지 의미가 있었다. 속물은 존경심의 부족, 전통 무시, 뻔뻔한 우월감, 자만심이라는 죄를 뜻했다. 이 죄는 누구도, 하느님의 어린 양이라도 용서할 수 없었다. 살 삼촌에게는 속물이 '반대편'을 뜻했다. 목숨을 바칠 만한 가치가 있는 그 모든 것의 반대, 간단히 말해 패밀리의 반대였다.

발렌티나의 얼굴은 순식간에 창백해졌고, 토니는 이해할 수 없는 말을 우물거렸다.

살 삼촌이 잠시 망설였다. 마치 머릿속에서 의심이 사고의 체계를 갉아먹고 있기라도 하듯. 하지만 그의 분노는 조금 전보다 더욱 거세졌다.

"속물."

그가 다시 한 번 내뱉었다.

닉은 자기 집 문 앞에 도착했다.

"젠장, 젠장, 젠장!"

열쇠를 찾는 게 문제였다. 바지 주머니에 손을 어떻게 넣어야 할지 난감했다. 얼굴과 점퍼뿐 아니라 두 손에도 피가 흥건하게 묻어 있었다.

"젠장."

닉은 투덜거리며 피로 더러워진 두 손을 주머니에 넣었다. 마침내 자물쇠가 열렸다.

닉은 집 안으로 재빨리 들어가 등으로 문을 쾅 닫았다. 불도 켜지 않고 옷을 벗기 시작했다. 바지도 다 벗지 않은 상태에서 한 발로 깡충깡충 뛰어 세탁기가 있는 곳으로 갔다. 옷을 전부 그 안에 던져 넣고 온도 조절 버튼을 미친 듯이 눌러댔다.

기다란 채찍처럼 시내를 수직으로 가로지른 에트네아 가는 화산까지 곧장 뻗어 있었다. 그 길을 오르다 보면 중간쯤 오른쪽으로 음침한 골목길이 시작된다. 이 길은 카를로 광장까지 이어져 있다. 광장은 장이 서는 아침에는 붐볐지만 밤이 되면 지나가는 사람이 별로 없을 만큼 한가했다. 불그스레한 가로등불만 텅 빈 골목길을 비출 뿐이었다. 몇백 미터 떨어진 술집에서는 술판이 떠들썩하게 벌어지곤 했다. 하지만 이곳에까지 영향을 주지는 못했다. 가끔 술에 취해 집으로 돌아가는 학생들이 눈에 띄었고, 갑자기 천둥 같은 고함이 들리는가 싶더니 다시 고요해졌다. 골목으로 스며들어온 가로등 불빛이 축축하게 젖은 거리와 10월의 소나기가 남기고 간 가느다란 물줄기 위에서 반짝거렸다. 사람들은 이제 밤에 외출을 할 때면 털 스웨터를 덧입기 시작했다.

아직 영업 중인 술집이 하나 있었다. 플라스틱 테이블 주위로 남자 네 명이 앉아 있었다. 그들은 모두 '밈모 삼촌'의 입만 뚫어져라 바라보았다.

밈모 삼촌은 그 동네에서 잡화점을 운영하는 상인이었다. 사람들은 오래전부터 그를 밈모 삼촌이라고 불렀다. 하지만 왜 그런 이름으로 부르게 되었는지 아는 사람은 한 명도 없었다.

"씨팔!"

누치오가 말했다. 금방이라도 웃음을 터뜨릴 것 같은 표정이었다.

"골로 간 몸뚱이는 여럿 봤지만 그렇게 엉망진창인 건 처음이야."

투치오는 사고가 났던 낡은 벤츠를 전속력으로 몰았다.

"뭐라고, 너 지금 웃은 거야?"

투치오가 물었다.

"누가? 내가? 내가 웃었다고? 무슨 소릴 하는 거야!"

누치오가 화를 내며 대답했다.

"젠장, 대가리가 어떻게 박살났는지 봤어? 그 남자 대가리는 어떻게 된 거야? 공기 압력으로 터진 건가?"

투치오가 그를 쳐다보았다.

심각한 표정이었다.

바에 있던 남자들은 모두 코지모가 "이제 문 닫을 시간입니다"라고 말해주길 기다리고 있었다. 떠들고 싶을 만큼 실컷 떠들었으니까. 그때 밈모 삼촌이 그들의 바람을 깨면서 입을 열었다.

"내가 그 경찰한테 석궁 이야기를 했어야 했는데! 그럼 그 사람도 여기 모인 우리처럼 살아 있었을 거야."

밈모 삼촌은 마음속에서 끊임없이 자신을 괴롭히고 있는 무언가를 털어놓듯 말했다.

"석궁?"

남자들 중 하나가 놀라서 물었다.

"석궁이라니 무슨 소린가?"
대화는 다시 활기를 띠었다.

밈모 삼촌은 잡화점에서 비누, 치약, 빗자루와 걸레, 구두약과 스펀지, 면도거품과 면도칼, 표백제와 화장실 악취 제거제를 팔았다. 오드콜로뉴와 애프터쉐이브 로션 몇 가지도 팔았고, DDT 살충제와 FLIT 살충제도 팔았다.

코지모 바의 바텐더인 투리는 밈모 삼촌네 잡화점에 사는 파리들은 이런 화학제품 사이에서도 태어날 만큼 굉장한 면역력을 지니고 있다면서 그들을 '불멸의 존재'라고 칭했다.

잡화점의 폭은 2미터 남짓했지만, 길이는 2미터가 넘었다. 금속 선반을 설치한 탓에 손님들이 통로에서 서로 마주치면 한 명이 비켜서야 했다. 그때마다 물건들이 바닥에 떨어졌다. 밈모 삼촌은 물건들을 주워 올리는 게 귀찮아진 나머지 이렇게 제안했다.

"밖에서 기다리면 곧 들어오게 해드리죠."

파리들은 대개 섬유 유연제가 진열된 구석진 곳에 몰려 있었다. 금속 선반을 받쳐주는 봉은 언제나 새까맸다. 파리들이 오글오글 달라붙어 있었기 때문이다. 새까만 기둥은 마치 30센티미터짜리 반죽 덩어리처럼 보였다. 하지만 밈모 삼촌이 파리를 잡으려고 일어서면 놈들은 거짓말처럼 순식간에 종적을 감췄다. 손님이 지나가도 어둠속에 몸을 사린 채 꼼짝하지 않았다.

덕분에 파리를 보았다는 목격자는 단 한 명도 나타나지 않았다.

파리들은 손님이 모두 사라지길 기다렸다가 잘 훈련된 비행중대처럼 일사분란하게 날아올랐다. 마치 늘 똑같은 파리가 움직이는 것 같았다. 밈모 삼촌이 둘둘 만 신문으로 한 마리를 때려죽이면 다른 놈이 모퉁이에서 튀어나와 죽은 동지를 대신했다. 비행 모습과 울음소리를 완벽하게 흉내내면서.

밈모 삼촌은 놈들의 속임수에 빠지지 않기 위해 죽은 파리들의 숫자를 늘 세야 했다.

"내가 그 경찰한테 석궁 이야기를 했더라면…… 그놈은 계산대에서 나하고 경찰이 같이 있는 걸 보고 가게 안에 들어오지도 않았을 거야. 석궁은 계산대 밑에 있었거든."

"석궁을 계산대 밑에 두고 있었다는 거야?"

세 번째 남자가 물었다.

밈모 삼촌이 천천히 눈을 들었다.

"오늘 오후에," 그가 말했다. "점심을 먹고 나서 설거지를 했어. 그리고 평소와 똑같이 두 시간 정도 눈 좀 붙이려고 텔레비전 앞 소파에 앉았지. 오후에는 항상 소파에 앉아 있거든. 날씨가 추우면 무릎에 담요를 덮고 텔레비전을 켜 둬.”

남자들은 빨리 이야기를 듣고 싶은 초조한 마음에 고개를 끄덕였다.

“그럼 좀 더 편안하게 잘 수 있거든. 자네들도 그렇지?”

밈모 삼촌이 계속 말했다.

“살보 라 로사가 진행하는 ‘안테나 시칠리아’를 틀어놨어. 가끔 코미디언이 나오는데 그 사람이 말이야, 아주 별나다고. 그런데 오늘 오후엔 그 사람 대신 ‘코멘다토레(중세 기사 계급의 하나로 귀족 계급이나, 여기서는 존칭으로 사용된다—옮긴이)’ 프라갈라가 나왔어.”

“무기 상점주인?”

“노래하는 그 남자?”

“맞아. 바로 그 사람이야. 「사랑의 묘약」에 나오는 아리아를 불렀지. 노래가 끝나자마자 살보 라 로사가 그 사람을 초대손님 자리에 앉혔어. 그러곤 코멘다토레 상점에서 파는 최신형 펌프액션 권총 모델에 대해 이것저것 물었어. 코멘다토레는 그 총이 미국에서 굉장히 인기가 좋다고 하더라고. 미국에선 총기상점에 가서 자유롭게 둘러보다가 점원한테 ‘저 펌프 액션 권총 주세요’라고 하면 바로 포장해 준대.”

“맞아.” 정년 퇴직자 피에트로가 말했다. “영화에서 봤어.”

밈모 삼촌은 '내가 뭐랬어?'라고 말하는 것 같은 우쭐한 제스처를 취했다. 그러다가 생각에 잠겨 고개를 끄덕였다.

"코멘다토레가 살보 라 로사한테 푸념을 쏟아내더군. 이탈리아에서는 권총을 사는 게 쉽지 않다고."

"물론 쉽지 않지." 코지모가 말했다. "쉽지 않아. 하지만 수소문을 해보면 기관단총 같은 건 살 수 있어. 러시아제 말이야."

"맞아." 밈모 삼촌이 말했다. "하지만 누가 그런 빌어먹을 놈들한테 가겠어."

모두들 체념한 것 같았다. 그들은 얼굴 표정, 손짓 그리고 발짓으로 그 감정을 드러냈다.

"이 문제에 대해서 생각해봤는데." 역시 정년 퇴직자로 가끔 바에 와서 일을 돕는 타노가 말했다. "놈들한테 상납금을 바치면서까지 자네들을 지켜달라고 부탁하는 건 쓸데없는 짓 같아. 자네들은 이 동네에서 평생을 살아왔잖아. 모두들 자네들을 잘 알고."

"맞아." 코지모가 대답했다. "그놈들은 우리한테 호의를 베풀고 있다고 생각할 거야. 하지만 봐봐, 실제로 어떻게 굴러가고 있는가 말이야."

"맞아." 밈모 삼촌이 말했다. "그러니까 내 몸은 내가 지켜야 하는 거야. 그런데 무기 소지 허가증 없이 어떻게 자신을 지킬 수 있겠나?"

“맞는 말이야.” 코지모도 분개했다.

“결론부터 얘기하자면 오늘 오후에 드디어 결심했어. 뭐든지 하나 가지고 있기로 말이야. 하다못해 칼이나 망치라도. 강도가 들면 어떤 일이 벌어질지 어떻게 알아? 아, 물론 강도가 기총을 들이대는데 망치로 뭘 어쩌겠다는 건 아니야. 다만 주의를 뺏으라는 거지. 그래, 놈을 산만하게 만들라는 거야. 그래야 조금이라도 시간을 벌 수 있을 거 아냐. 우리도 뭔가 하나 도움이 될 만한 걸 갖고 있자고. 어떤 일이 일어날지 누가 알아?”

“춥지들 않아?” 타노가 말했다. “셔터 내릴까?”

그는 친구들의 대답을 기다리지도 않고 의자에서 일어났다.

바텐더 투리가 톱밥이 뿌려진 바닥 위를 불안정한 걸음으로 걸어갔다. 비가 오면 손님들이 신발의 물기를 닦고 들어오지 않는다. 이럴 때는 발 매트보다 톱밥을 사용하는 게 낫다. 톱밥은 깨끗이 쓸어버리면 그만이니까.

셔터 내리는 소리가 사방으로 울려 퍼졌다.

“씨이파아알.” 누치오가 소리쳤다.

밤의 불빛들이 자동차 앞 유리 위로 빠르게 흘러갔다.

투치오는 말없이 차를 몰면서 가끔 백미러를 보고 혼자 고개를 끄덕였다.

타노는 낡은 바지에 손을 닦았다. 허리춤을 몇 번이나 접어 입은 터라 누렇게 바랜 안감이 보였다. 그는 바 계산대 뒤로 갔다. 선반에서 푼트에메스(이탈리아의 베르무트 주—옮긴이)를 꺼내 천천히 테이블로 돌아왔다.

“그래서 난 무기 소지 허가증이 없어도 살 수 있는 총이 있을까 하고 코멘다토레 가게로 갔어.”

타노가 제자리에 돌아오자 밈모 삼촌이 다시 입을 열었다.

“여종업원이 맞아주더구먼. 상황을 설명했더니 여자가 씩 웃으면서 서랍 하나를 빼내 계산대 위에 올려놓더라고. 그 안에 뭐가 들어 있었는지 알아? 젠장, 모형권총이었어!”

그는 정나미가 떨어진 것처럼 말했다.

“자네가 까치 잡으러 가야 하는 걸로 안 거 아냐?”

코지모가 밈모 삼촌과 똑같이 정나미 떨어진 것처럼 말했다.

“내 말이 바로 그 말이야! 게다가 총신 끝 둘레를 완전히 빨갛게 만들어놔서 아무것도 맞힐 수 없겠더라고.”

“법 때문에 그렇게 한 거야.” 타노가 말했다. “그래야 가짜란 게 쉽게 들통 나서 섣불리 강도짓을 못할 테니까.”

“그래.” 코지모가 말했다. “정말 대단한 법이야. 그러니까 다들 진짜 권총으로만 강도짓을 하지.”

“맞아.” 밈모 삼촌이 대답했다. “하는 수 없이 처음부터 다시 설명했지. 진짜 권총은 아니지만, 진짜같이 상처를 입힐 수 있는 권총, 아니, 크게 다치지 않게 하는 권총, 그러니까 무기 소지 허가증 없이도 가질 수 있는 권총이 필요하다고. 그랬더니 여자가 다른 서랍을 꺼내 또 계산대 위에 올려놓더구먼. 염병할, 그 안에는 또 온갖 권총들이 가득했어. 그래서 내가 물었지. '젠장! 또 모조품이오?' 그랬더니 여자가 그 안에 있는 것들은 소프트 프레인인지…… 소스트 에언지…… 스포츠에어? 뭐 아무튼 압축 공기를 이용한 권총들이라고 설명해주더라고. 그러니까 젠장, '공기총'이라는 뜻이었어. 내 말 알겠나?"

"뭐라구? 자네가 할로윈 파티에 가는 어린애야, 뭐야! 그럼 우리가 자네한테 공기총을 선물해줘야 된다는 말인가?" 코지모가 물었다.

"바로 그거야. 내가 얘기했던 것도 바로 그거라고. 그런데도 그 여자는 말귀를 못 알아듣고는 모조품이긴 해도 총알이 엄청 단단하다는 둥, 진짜 권총을 모조한 거라 10미터 떨어진 데서 쏘면 타박상을 입힐 수도 있다는 둥 일장 연설을 늘어놓는 거야. 그래서 내가 '그럼 쇠로 된 총알을 살 순 있는 거요?' 하고 물었지. 그때 다른 손님과 얘기를 마친 코멘다토레가 다가오더니 '타박상은 아주 오래갑니다. 대체 어떤 걸 원하십니까, 밈모 삼촌!' 하는 거 있지?"

"그 사람은 무기 다루는 솜씨가 대단해, 장난이 아니라니까." 코지모가 말했다.

"맞아. 그래서 내가 코멘다토레한테 상황을 설명했지. 역시 그쪽 방면의 전문가답더구먼. 내 말이 맞는다면서 도움이 될 만한 걸 찾아보겠다고 했어."

"생각이 깊은 사람이군." 코지모가 다시 말했다.

"잠깐 주위를 둘러보더니 성능 좋은 투석기가 좋을 것 같다는 거야. 요즘 건 손잡이 부분을 개발해서 위력이 말도 못한대. 색유리 구슬만 써도 10미터 거리에서 타박상을 입히는 건 문제없대."

"젠장." 타노가 볼멘소리를 했다.

"더 들어봐. 코멘다토레는 석궁들이 있는 선반에서 투석기를 꺼냈어. 아, 근데 거기 놓인 종이상자에 컬러 쥐가 그려져 있는 거야. 엄청나게 큰 쥐가 이빨을 드러내고 웃고 있는 거 있지. '저 상자 안에 뭐가 있소?' 하고 물었더니 코멘다토레가 웃으며 대답하데? '이런, 밈모 삼촌. 삼촌 때문에 지금 막 생각났는데…….'"

"바로 석궁이었어."

밈모 삼촌이 정말 어이없었다는 표정을 지으며 팔을 벌렸다.

"코멘다토레 말이 이 석궁들은 원래 쥐를 잡는 데 사용하는 거래. 사실 그 말을 백프로 믿진 않아. 석궁으로 쥐를 잡으려면 우선 구석으로 쥐들을 몰아넣어야 하는데 그게 또 어려운 일이잖아. 코멘다토레는 쥐 잡을 때 덫에다 표적물을 붙이는 것처럼 해보라고 하지만, 그것도 쉽지는 않다고.”

“으윽, 메스꺼워!” 투리가 소리질렀다.

“조용히 해, 넌.” 코지모가 말했다. “네가 뭘 안다고 그래? 그래서, 어떻게 했어?”

“종이에 싼 석궁을 겨드랑이에 끼고 가게 문을 열러 갔지. 일단 금고에 그걸 넣어두고 설명서를 읽었어. 그리고 고무줄을 팽팽하게 당겨서 장전을 해 두고 계산대 밑에 놔뒀어.”

“단단하게 발기된 물건처럼 말이죠…….”

투리가 신뢰를 되찾을 심산으로 농담을 건넸다. 모두들 웃음을 터트렸다. 한껏 심각해진 밈모 삼촌만 빼고.

“웃고 넘어갈 일이 아니야.” 밈모 삼촌이 말했다. “이보게들, 그 경찰이 들어왔을 때 난 석궁 이야기를 하고 싶었어. 뭐 조금은 자랑하고 싶은 마음도 없지 않았지만, 무기에 대해 잘 아는 사람하고 얘기하고 싶었다고. 경찰이 내 말을 들었다면 아마 이렇게 말했을걸. ‘그럼 석궁을 한번 보여줘 봐요, 밈모 삼촌. 으음……. 이건 무기 소지 허가증 없어도 되는 건가?’ 그러곤 아마 석궁을 압수해 갔을 거야. 검사하려고 말이야. 그리고 몇 달 뒤 신문에 이런 기사가 나가겠지. 무기 허가증 없이 석궁을 구입할 수 있는 법이 만들어졌다고. 그래서 내가 어떻게 했는지 알아? 난 속으로 이렇게 생각했어. 내 일은 내가 알아서 하는 게 낫다고. 그래서 그 경찰한테 ‘안녕하시오’ 외엔 아무 말도 하지 않았어. 그 사람도 인사를 받고는 곧바로 왼쪽 끝에 있는 남성용 화장품 코너에 가더군. 지금 생각해보면…… 세상에, 다시 생각해봐도 그 경찰한테 석궁 이야기를 했어야 했어! 그럼 강도가 계산대에서 경찰하고 내가 있는 걸 보고, 가게 안에 들어올 생각을 아예 안 했을 텐데. 그럼 그가 죽는 일도 없었을 건데……."

밈모 삼촌은 머리를 흔들고 고개를 숙였다. 푼트에메스에 비친 그의 두 눈이 슬퍼 보였다.

코지모가 말했다.

"그걸 운명이라고 하는 거야……."

"제기랄, 자꾸 그 생각나게 하지 마." 타노가 말했다. "그 경찰의 뇌수가 디오도란트 선반에서 뚝뚝 떨어졌어. 얼굴 위로 뇌수가 흘러내렸다고."

"그래, 알았네." 코지모가 바지에 손을 비비며 말했다. "자, 됐어. 너무 늦었군. 문 닫을 시간이야."

몇 시간 전, 밈모 삼촌은 어둑어둑해질 무렵 불을 켰다(가게에 불을 켜 두기 위해, 전등갓이 없는 작은 전등 두 개를 사용했다. 도무지 알 수 없는 이상한 현상 때문에 이 전등들은 해 질 녘에는 절대 불이 들어오는 법이 없었다). 그때 평소와 다름없이 경찰이 들어왔다. 윙윙거리던 파리들이 갑자기 조용해졌다. 밈모 삼촌은 경찰에게 인사를 했다.

경찰은 건성으로 인사를 받으며 늘 그랬듯이 남성용 화장품 코너로 갔다.

밈모 삼촌은 몸을 앞쪽으로 슬쩍 기울이며 계산대 밑 선반에 놓아 둔 석궁을 무릎으로 밀어넣었다. 덕분에 스툴의 뒷다리가 위로 들렸다. 마치 다리가 두 개뿐인 의자에 앉아 있는 것 같아 아슬아슬해 보였다. 밈모 삼촌은 단단한 나무 선반이 무릎에 닿는 것을 느끼곤 더 이상 석궁을 밀어넣을 수 없다고 판단했다. 그래서 앞으로 숙였던 몸을 바로 했다.

순간 의자 다리가 타일에 닿으며 날카로운 소리를 냈다. 소리를 들은 경찰은 잠깐 멈칫했다. 그는 마침 안경을 쓰고 애프터쉐이브 로션의 상표를 들여다보던 참이었다. 원래 사용하던 로션을 바꾸어볼 심산인 듯했다. 그는 손에 로션을 든 채 모퉁이에서 얼굴을 살짝 내밀었다가 이내 모습을 감췄다. 밈모 삼촌은 안도의 한숨을 쉬었다.

문이 삐걱이는가 싶더니 바람이 휙 불어왔다. 뻔할 뻔자다. 새 손님이 들어왔다는 뜻이다.

“미안하지만 밖에서 좀 기다려주시오. 차례가 되면 부르리다.”

말을 마치고 몸을 돌리는 순간, 밈모 삼촌은 코 밑에 뭔가 단단하고 차가운 쇠붙이가 있다는 것을 느꼈다. 눈앞에 이상한 표정을 한 얼굴이 보였다. 노안으로는 제대로 파악할 수 없는 얼굴이다.

그가 뭐라고 속삭였지만, 밈모 삼촌은 한 마디도 알아들을 수 없었다. 그가 다시 소리쳤다.

"돈 내놔, 할아범!"

그제야 밈모 삼촌은 그가 염병할 강도라는 걸 알아차렸다. 그는 강도를 당해본 적이 한 번도 없었다. 얼른 석궁과 경찰을 떠올렸다. 그러다가 머릿속이 하얘졌다……. 강도는 권총을 들지 않은 손으로 금전등록기의 번호판을 눌렀다. 금전등록기에서 띵 하는 소리가 울렸다. 그러더니 곧 타탕 소리가 나며 계산대가 통째로 흔들렸다. 애프터쉐이브 로션을 들고 있던 경찰이 그 소리를 듣고 파리로 뒤덮인 모퉁이에서 고개를 쑥 내밀었다. 침입자를 보았다. 정말 순식간의 일이었다. 경찰은 160도로 몸을 돌리고 권총을 꺼내더니 두 손으로 움켜쥐었다. 여전히 몸을 숨긴 채 권총을 코앞에 대고 위쪽을 겨누었다. 양쪽 팔꿈치는 구부러져 있었다. 긴장한 것 같지는 않았지만 여차하면 달려들 자세로 어깨를 남성용 화장품 코너 선반에 기댔다. 순간 금속용기에 담긴 면도용 비누거품이 바닥에 떨어졌다. 둔탁한 소리가 울렸다.

밈모 삼촌은 경찰이 뭐라고 명령하는 소리를 들었다. 하지만 너무 커서 무슨 말인지 정확히 알아들을 수가 없었다. 별안간 그의 왼쪽 귀에서 무시무시한 폭발음이 들리는가 싶더니 순식간에 요란한 굉음이 머릿속으로 퍼져나갔다. 눈이 딱 벌어졌다. 경찰의 뇌수가 밈모 삼촌의 얼굴까지 튄 것이다.

밈모 삼촌도 케네디가 암살되던 장면을 TV로 본 사람들 가운데 하나다. 무개차 트렁크 위로 흩뿌려지던 뇌수. 그건 마치 자동 세차장의 비누거품 같았다.

그런데 바로 그때와 똑같은 장면이 터무니없게도 눈앞에 펼쳐진 것이다. 순간 엉뚱한 생각이 머릿속을 스치고 지나 갔다. 어쩌면 미국 대통령은 인도여인들의 문신처럼 이마 에 새겨진 빨간 점 때문에 죽은 게 아닐지도 모른다. 뭔가 다른 이유가 있었던 건 아닐까? 어쨌든 안경을 낀 나폴리 출신 경찰(그런데 정말 나폴리 출신이 맞을까?)도 미국 대 통령처럼 뇌수를 사방에 뿌리며 죽어갔다.

총을 쏜 사람 역시 밈모 삼촌과 비슷한 생각을 한 게 틀 림없다. 강도는 "씨팔!" 하면서 권총집을 들고 달아났다. 밈모 삼촌은 그가 어떻게 그렇게 순식간에 권총을 총집에 넣었는지, 어떻게 그렇게…… 머리가 잘 돌아갈 수 있었는 지 의아했다.

"권총이 아니었어. 젠장, 권총이 아니라 소총이었던 거 야. 그러니까 뇌수가 그렇게 튀었지!"

밈모 삼촌이 의자에 털썩 주저앉으며 말했다.

"총성만 아니었대도 그 후레자식 얼굴을 기억했을 텐데. 젠장, 오븐 속에 들어갔다 나온 꼴이더라니까!"

밈모 삼촌은 놈의 얼굴이 떠오르지 않는 게 여전히 분한 것 같았다.

"이 고기는 대체 어디서 산 거냐, 토니?"

바비큐 파티를 하는 동안 살 삼촌은 자기 방식대로 분위기를 띄우려고 애썼다.

"어찌나 질긴지, 목이 막혀 죽는 줄 알았다! 타노네 정육점에서 사라고 수 천 번도 더 말했을 텐데. 아르헨티나에 친척이 있다는 그 사람 말이다!"

"문을 닫았더라고요, 살 삼촌."

토니가 아무렇지 않게 대답했다.

"좋은 생각이 떠올랐어요, 들어보실래요? 다음번 바비큐 땐 삼촌을 위해 아사도(아르헨티나식 소고기 구이—옮긴이)를 준비해 놓을게요!"

바비큐 파티에는 온 가족이 참석했다.

특히 체티나—토니의 아내로 화려한 초록색 새틴 원피스를 입었다—와 살의 세 여자 형제들이 참석했다.

토니와 로시의 어머니로 과부인 아가타, 결혼을 하지 않은 카르멜라, 그리고 알레씨아, 민디, 친치아와 발렌티아의 엄마인 로자리아였다. 로자리아는 과부이기는 했지만, 사라진 남편의 시신이 발견되지 않았기 때문에 정확하게 보자면 과부라고 할 수는 없었다. 간혹 사라진 남편 룰로 카루소에 대해 이야기하게 될 때면 로자리아는 이런 말을 빼놓지 않았다. "굉장한 사기꾼이지!"

살 스칼리가 남편의 실종에 어떤 식으로든 연루되어 있을 거라는, 공공연한 의심을 불러일으키는 말이었다.

그 외에도 다양한 방식으로 친척 관계를 맺은 친지들이 모두 참석했다. 이민 간 사촌의 자식들, 죽은 삼촌의 손자들, 육촌의 남편들, 누군가의 할머니, 달마티아 강아지의 얼룩처럼 바비큐 파티장 여기저기 아무데나 숄을 두르고 자리 잡은 노파들…….

그리고 마지막으로 알레씨아, 민디, 친치아와 발렌티나 카루소가 있었다.

토니의 여동생인 로시는(토니의 정확한 나이를 안다면 스무 살, 적어도 열다섯 살 정도 차이가 난다고 말할 수 있을 것이다) 고리버들 의자에 앉아 걱정스러운 듯 주위를 둘러봤다.

"미치겠네, 이놈의 의자가 내 스타킹을 잡아먹었어"라고 의자를 탓하면서.

"완전 짜증 나." 그녀가 친치아에게 말했다. "스티브가 지나가지만 않으면 바랄 게 없겠어."

"왜 그 남자 초대 안 했어?"

친치아가 무릎 위에 널찍한 고기 접시를 올려놓으려 애쓰며 물었다. "너 바보니? 스티브는 오늘 밤 오픈하는 클럽에 갔을 거야. 난 이 짜증 나는 바비큐 때문에 독감에 걸렸다고 말할 수밖에 없었다고. 너 같으면 사실대로 말할 수 있겠니? '못 가, 오늘 밤 우리 오빠 바비큐 파티에 가야 하거든' 하고 말이야."

친치아가 공감하며 고개를 저었다.

"스티브가 얼마나 기분 나빠 했는지 몰라. 이러더라. '어떻게 아무렇지도 않다가 오늘 밤 독감에 걸릴 수가 있어? 네 눈엔 내가 별 볼일 없는 놈으로 보이는 거야? 실연당한 남자 같은 꼴을 봐야 속이 시원하냐고?'"

"그래서 뭐라고 했어?"

"내가 할 말이 뭐 있어? 안 그래, 뭐라고 하겠냐구? 그냥 전화를 끊어버렸어. 솔직히 열이 난다는 건 거짓말이야. 그런데 스티브가 그게 거짓말이라는 걸 안다면? 왜 거짓말했냐고 따진다면 어떡하겠어? 맙소사!"

친치아는 고기를 잘게 자르려고 손에 힘을 줬다.

"친치아, 어떻게 그런 쓰레기 같은 걸 먹을 수 있니!"

로시가 말했다.

"전부…… 너덜너덜해!" 그러면서 깔깔거렸다. "스티브 바짓단 같아."

친치아가 접시에서 포크와 나이프를 집어 들었다.

"스티브는 가위로 바지를 자르잖아. 여기를!"

로시가 두 다리 사이로 손을 집어넣으며 말했다.

"그런 다음 바지를 입고 나서 스테이플러로 찍는다니까!"

친치아는 아무 말도 하지 않았다.

로시가 한숨을 쉬었다.

"짜증 나, 완전 짜증 나……. 스티브가 순환도로로 지나가지만 않으면 바랄 게 없겠어!"

검은색 벤츠가 토니의 집 정원 앞에 서 있었다. 투치오는 핸들에서 눈을 떼지 않고 누치오에게 말했다.

"이제 차에서 내려서 저 엿 같은 바비큐 파티장으로 가자고. 넌 가만히 있어, 알겠지? 내가 말할게. 내가 말하게 해 줘. 넌 그곳에 없었던 것처럼 굴라고, 알아들었어?"

"총성이 엄청났어!"

"입 다물라고 했잖아!"

"아직도 얼마나 바보 같은 말인지 모르겠어! 난 누굴 눈곱만큼도 부러워한 적이 없다니까! 나한테 오이디푸스 콤플렉스가 있는 게 분명해!"

토니네 부엌에서, 심리학을 공부하는 알레씨아가 민디에게 외쳤다. 알레씨아는 정신분석학을, 그리고 오이디푸스 콤플렉스는 남자들에게만 해당된다는 거지 같은 이론을 생생하게 논박했다. 사실 알레씨아는 자기 아버지를 죽이고 싶었다!

"그치만 알레씨아 언니, 우린 아빠가 안 계시잖아."

민디가 말했다.

"그게 무슨 상관이야…… 무슨 상관이냐고……. 아빠가 없어도 마찬가지야……. 난 살 삼촌을 죽이고 싶다고!"

"사람을 죽이는 건 나쁜 짓이야."

민디가 말했다.

"머릿속으로 말이야, 민디. 무슨 말인지 모르겠어? 그냥 머릿속으로만!"

민디는 엄마가 옷본을 이용해 만들어준 옷을 입고 있었다. 그녀는 유행에 뒤떨어진 패션잡지, 그러니까 인터넷으로만 판매되는 값싼 화장품을 끼워서 파는 싸구려잡지에서 오려낸 작은 모형 같았다. 입고 있는 옷과도 전혀 어울리지 않았다. 얼굴 또한 평범하기 이를 데 없었다.

토니가 금방이라도 분통을 터뜨릴 것 같은 얼굴을 하고 부엌으로 달려 들어왔다. 그는 두 사촌동생 앞에 서서 발을 굴렀다.

"무슨 일이에요, 토니 오빠?"

민디가 물었지만 토니는 아무 말 없이 발만 굴렀다. 지금 그가 골이 난 어린아이처럼 행동하는 데는 이유가 있었다.

결코 사소한 문제가 아니었다. 컵 색깔과 종이 냅킨 색이 어울리지 않는다거나, 체티나가 바비큐 파티가 열리기 겨우 두 시간 전에 정원에 물을 주는 바람에 초대에 응한 모든 손님들의 신발이 몽땅 젖었기 때문이 아니었다. 체티나가 맥주를 냉장고에 넣어 두는 걸 깜빡했기 때문도 아니다. 사실 맥주는 줄곧 부엌에 있었다. 보통 가정주부라면 부엌에 드나들다가 바비큐 파티 때 마실 맥주를 보면 당연히 냉장고에 넣었겠지만. 누군가가 내 눈을 찌르려고 하면 자기도 모르게 눈을 감게 된다. 지극히 반사적이고 본능적으로. 이와 마찬가지다. 만일 누군가가 그렇게 행동하지 않았다면 그건 일부러 그런 것이란 말이다. 하지만 그를 긴장시킨 것은 다른 일이었다. 살 삼촌, 더 정확하게는 닉에 대한 삼촌의 빌어먹을 말 때문이었다! '그 빌어먹을 골동품상 녀석 이름이 뭐였지?' 토니는 이름을 기억해낼 수 없었다. 하지만 살 삼촌이 한 말 만큼은 선명하게 떠올랐다. 살 삼촌이 그 말을 한 바로 그 날, 골동품상은 면도날에 목이 벤 채 시신으로 발견되었다.

"그놈이 천한 속물이었다는 건 다 아는 사실이야!"

삼촌은 이렇게 말했다.

토니가 발을 굴렀다.

"발렌티나 얼굴이 하얗게 질렸어." 토니가 말했다. "상태가 별로 안 좋은 것 같아…… 너희들이 얼른 데리고 가. 그게 좋겠어!"

투치오와 누치오는 토니의 정원으로 들어가 바비큐 파티가 한창 열리고 있는 정원 한가운데를 가로질렀다. 그들은 아무에게도 인사를 하지 않고 살 삼촌만 찾았다.

누치오는 흐뭇한 미소를 지으며 씩씩하게 걸어 나갔다.

'씨팔, 내가 좀 끝내주게 생기긴 했지. 여기 모인 암캐들이 모두 흥분했을걸. 내기를 해도 좋아, 자신 있다고. 엇, 뭐야. 벌써 발정 난 암캐들 냄새가 진동하잖아.'

누치오는 바지 앞섶을 주물럭거리며 상상의 나래를 폈다. 하지만 투치오는 찡그린 얼굴로 걸음을 재촉했다. 그는 오직 살 삼촌과 부딪히지 않기만 바랐다. 벤츠에서 내리기 전에 그는 머릿속으로 꼼꼼히 계획을 세워 두었다. 무슨 말을 할지, 무게 있어 보이려면 어떻게 행동해야 할지를 곰곰이 생각했다. 적당한 표정을 지어보기도 했다. 하지만 바비큐 파티장의 불빛과 사람들의 얼굴이 눈에 들어오자 그의 계획은 한 점 남김없이 사라지고 말았다.

그는 같은 인물을 벌써 세 번째 지나치고 있었다. '나는 이 사람을 세 번째 지나치고 있어. 아니면, 이 사람이 정원을 빙빙 돌고 있는 건가? 도무지 알 수가 없으니 원. 어쩌면 이 정원이 별로 넓지 않은 건지도 모르지.'

투치오는 걸음을 멈추고 그 사람의 얼굴을 보았다. 정확히 누군지 기억은 나지 않았지만, 낯익은 얼굴이다. 어떻게 해야 할지 망설이다가 결국 인사를 건넸다.

남자도 할 일 없이 어슬렁거리는 노인처럼 예의 바르게 답례했다.

누치오는 투치오가 대체 왜 살 스칼리가 아닌, 이런 쓸데없는 남자와 말을 섞고 있는지 이해할 수 없었다. 하지만 상관할 바가 아니었다. 그는 어깨를 으쓱했다가 몸을 살짝 흔들었다. 마치 최고급 재킷의 매무시를 가다듬기라도 하듯이. 그리고 다시 바지 앞섶을 만지작거렸다. 앞에 있던 남자가 투치오의 등 너머 어느 한 곳을 주시하다가 당황한 눈짓을 보냈다.

투치오는 그 이유를 알 수 없었다. 남자에게 이렇게 묻고 싶었다. '왜 그러는데? 이 쪼다 같은 자식아!' 하지만 남자는 살 스칼리 조카의 바비큐 파티에 초대받은 사람이다. 어쩌면 스칼리 가문의 일원일 수도 있다. 투치오는 자기 몸속의 공격본능을 내쫓으려는 듯 몇 번이나 눈을 깜빡였다.

남자가 다시 눈짓을 보냈다. 조금 전보다 더 당혹스러운 눈빛이었다. 투치오는 돌아보기로 결심했다(왜 그런 결심을 했는지 알 수 없지만). 그리고 짙은 회색 소모사 재킷 주머니에 두 손을 찌르고 서 있는 살 삼촌을 보았다. '젠장, 화가 난 게 틀림없어. 안 그러면 두 손을 주머니에 찌르고 있을 리 없지……' 투치오는 태연한 척 살에게 다가가려고 애썼다. 하지만 한 걸음 내딛자마자 어깨와 다리가 제멋대로 움직이기 시작했다.

살 삼촌은 주머니에 손을 찔러 넣은 채 꼼짝 않고 서 있었다. 키가 조금 더 큰 투치오는 그 옆에서 몸을 숙이고 그의 귀에다 뭔가 나지막하게 속삭였다. 투치오 앞에 서 있다가 슬그머니 자리를 비켜선 남자가 그 광경을 지켜보고 있었다. 그 모습을 보고 있자니 왠지 사춘기 시절 자신을 괴롭혔던 고해실의 격자창이 떠올랐다. 살 삼촌은 입술을 일그러뜨린 채 씁쓸한 표정으로 이야기를 듣고 있었다.

한편 뉴욕의 스타쉽영화사 사무실에서는,

정확히 말하자면 루의 예전 사무실에서는 프랭크 에라가 루의 책상에 앉아 신경질적으로 서랍을 뒤적이고 있었다.

"샤스! 샤스!"

프랭크는 평소 즐겨 피우는 쿠바산 코히바 시가를 물고 한쪽 입술 끝만 움직여 소리쳤다.

"정말 개떡 같은 사무실이로군! 흔해 빠진 라이터 하나 없다니!"

프랭크 에라는 루의 사무실을 차지했다. 그 이유는 이렇다. 루의 할아버지인 돈 루 쉬오르티노가 '협죽도' 핍피노와 토니 콜루라, 잭 부팔리노, 투리 메씨나를 자기 집으로 불렀다. 그리고 심각한 표정으로 전화기를 가리켰다.

"투리, 부탁인데 존 라 브루나한테 전화 한 통만 해주게."

투리 메씨나의 얼굴이 하얗게 질렸다. 그는 지난 주말에 뉴욕의 최고급 레스토랑에서 안젤로 라 브루라를 만났다. 안젤로는 숨이 멎을 정도로 엉덩이가 근사한 두 명의 푸에르토리코 여인과 함께 있었다. 투리는 그 멋진 엉덩이들에게 접근해볼 욕심으로 경솔하게 보스의 라이벌인 존 라 브루나의 조카와 말을 섞었다.

"돈 쉬오르티노, 절 믿어주십시오……. 전……."

투리가 말을 더듬었다.

"오케이. 투리." 돈 루가 나지막이 말했다. "알아. 안다고. 좋아, 내가 먼저 설명하지."

돈 루의 설명은 이랬다. 눈앞에서 폭탄이 터진 지 두 달이 지났건만, 단서라고 할 만한 것은 하나도 찾을 수 없었다. 이제 누구든 책임자라고 할 만한 인물과 거래를 터야 할 시점이었다.

"중국의 성인이 이렇게 말했어……. 아니, 다른 사람이었나? 누구였지? 암튼 이런 말이 있어. 적이 네게 오지 않으면 네가 적에게 가라!"

돈 루는 손자와 마호메트를 혼동하고 있었다.

"어쨌든 투리, 존 라 브루나한테 전화하게!"

그제야 투리가 전화기를 쥐었다. 입으로 한창 애무를 하다가 전화를 받은 듯한 여자의 음성에 이어 존 라 브루나의 목소리가 들렸다. 투리는 공손하게 수화기를 돈 루에게 넘겼다.

"잘 있었나, 존?"

돈 루가 말했다.

"오, 루!" 라 브루나가 대답했다. "루! 이거 정말 놀라운 일이군! 잘 지내네! 자넨 어떤가?"

"좋아!"

"이런, 루! 자네 목소리를 들어서 반갑네!"

"문제가 좀 생겼어, 존."

"말해보게, 루."

라 브루나는 호의적이었다.

"스타쉽영화사에서 일할 사람이 필요해. 젠장, 영화산업에 일가견이 있는 사람 말일세."

"이런, 루! 요즘 세상은 정말 끔찍하군그래. 아무 이유 없이 폭탄이 터지지 않나!"

"괜찮네, 존. 별일 아니야……."

돈 루가 대답했다.

"내 짐작이 맞는다면…… 루, 자네 손자를 대신할 사람을 찾는 게로군."

"맞아! 알고 있었군. 그 아이는 시칠리아로 보냈다네. 일광욕 좀 하고 오라고!"

"잘했네, 루. 정말 잘했어! 으흠, 잠시 생각할 시간 좀 주
겠나?"

"생각할 시간은 충분해, 존……."

며칠, 몇 주, 아니 몇 달이든 상관없다는 투로 돈 루가 대
꾸했다.

"괜찮은 사람이 하나 있기는 한데……."

라 브루나가 존의 말을 가로막았다.

"아직 풋내기지만…… 똑똑해. 에라 프로덕션의 프랭크
에라라고. 혹시 들어봤나?"

"몰라. 하지만 자네가 믿는 사람이라면 나도 믿어야지."

"오케이. 그 풋내기하고 얘기해봄세. 나중에 전화하지."

"오케이, 존. 나중에 통화하세."

돈 루가 전화를 끊고 부하들을 돌아보았다. 그리고 천천
히 입을 열었다.

"지금은 이 정도로 만족하자!"

"샤스!"

루의 사무실에서 있던 프랭크 에라가 소리쳤다.

"이건 또 무슨 빌어먹을 거야!"

그는 쉬오르티노의 옛 책상 서랍에서 작은 잭나이프를
하나 찾아냈다.

"이런, 대체 믿을 놈이 있긴 한 거야? 이놈들이 여기서

이 칼로 무슨 짓을 한 거지?"

프랭크 에라는 키가 작고(겨우 160센티미터였다) 뚱뚱하고, 머리털 한 올 없는 대머리였다. 하지만 목은 고무처럼 유연했다. 지금은 체형과 전혀 어울리지 않는 밝은 회색 플란넬의 양복을 입고 있어 세련되어 보이지만, 불과 6년 전만 해도 그는 사라고 레스토랑의 웨이터였다. 그곳은 매일 밤 나폴리 민요를 부르던 레스토랑이었다. 주목할 만한 단골손님들로는 비치엔초 아르파이아, 카르미네 콸리아룰로, 벤니 그라바뉴올로가 있었다. 물론 존 라 브루나도 빼놓을 수 없다. 뒷날 그는 점장이 되었는데, 이것은 그가 장부를 관리했다는 뜻이기도 하다. 프랭크는 장부 관리에 신경을 몽땅 쏟아부었다. 계산이 맞지 않을까봐 두려워했고, 바로 그 두려움 때문에 목표로 삼았던 삶의 여정에서 약간 다른 길로 접어들게 되었다. 그 당시 사람들은 죄다 영화판에 뛰어들었다. 노다지를 꿈꾸면서. 물론, 어두운 곳에서 거둬들인 돈을 깨끗하게 세탁해줄 영화사들도 많이 필요했다. 프랭크는 명목상 라 브루나 회사의 사장이 되었다. 에라 프로덕션은 맨해튼 중심가의 넓은 사무실에 자리를 잡고 있었다. 어마어마하게 큰 흰 가죽 소파에서 프랭크는 성공에 굶주린 젊은 여배우들과 적당히 재미를 보았다. 비록 영향력을 크게 행사할 수는 없었지만 언제든 단역 정도는 구해줄 수 있었으니까.

쉬오르티노 패밀리가 운영하는 스타쉽영화사의 사장에 임명되자 프랭크는 몹시 감동했다. 권총이 어떻게 만들어지는지를 처음 보여줬을 때 조카 알이 흥분하던 것처럼. 물론 그는 명목상의 사장일 뿐이었다. 뉴욕에서 그의 이름은 여전히 별 볼일 없었다. 하지만 그들은 그가 비록 아무것도 아니긴 했지만, 자기들의 일원이라는 것 정도는 알고 있었다. 세상에! 그 중요한 비즈니스의 맨 윗자리에 그를 앉히다니! 안젤로 라 브루나나 알폰스 콸리아룰로같이 유명한 사람의 아들이나 손자가 아닌데도! 프랭크는 자기 때문에 밀려난 사람들과 안면을 트고 그들을 사무실로 초대해 위로하고 싶었다. 한 명씩 차례대로 자기 책상에 앉힌 다음, 기분 좋게 타일러주고 싶었다.

"꼬마야, 걱정할 거 없어. 제 깜냥에 따라 자리를 차지하는 법이니까. 내가 여기 앉아 있고, 너는 다른 일을 하는 것도 그 때문이지. 하지만 네가 여기 이 회전의자에 앉고 싶다면 언제든 찾아오너라. 이 프랭크 에라는 은혜에 보답할 줄 아는 사나이이니까."

프랭크 에라는 책상에서 일어나 방문 앞으로 걸어갔다. 지방으로 뒤덮인 허벅지 안쪽이 서로 닿지 않게 걸으려다 보니 자기도 모르게 뒤뚱거렸다. 바지 뒷부분에 엉덩이가 잡아먹혔다. 그가 방문을 열고 소리쳤다.

“샤스!”

아무런 대답이 없자 다시 한 번 크게 외쳤다.

“샤스! 이리 좀 와봐!”

샤스는 그의 경호원이자 친구였다. 그는 프랭크의 이야기를 들을 때마다 자주 고개를 주억거렸다. 공감한다는 뜻이었다. 샤스는 훌륭한 청년이었다. 말은 별로 없었지만, 늘 고개를 끄덕였으니까.

“샤스, 들어와. 할 말이 있어.”

샤스는 사무실로 들어와 책상의 반대쪽에 앉았다. 주머니를 뒤져 라이터를 꺼내고 프랭크가 입에 문 코히바에 불을 붙였다. 그리고 고개를 끄덕이며 프랭크의 이야기를 들었다.

“그 사람이 전화했어!” 프랭크가 말했다. “그 사람이 직접. 알아들었어, 샤스? 이렇게 말하더라고. ‘프랭크, 전화는 이번이 처음이지. 하지만 난 자네가 똑똑한 젊은이라는 걸 알고 있네. 모두들 그렇게 말하더군. 알겠나, 프랭크?’ 난 오줌을 지렸어, 샤스. 더듬거리며 겨우 입술을 떼고 물었지. ‘그런데…… 말씀하시는 분은 누구십니까?’ 그랬더니 그가 웃기 시작하더군. 웃음소리는 아주 다정하더라고. 제대로 듣고 있는 거야, 샤스? 누구냐고 묻는데 그 사람이 기분 좋게 웃었다고. ‘누군지 알고 싶나, 프랭크?’ 그러곤 이렇게 말했어. ‘존 라 브루나일세!’”

"이런, 제기랄!"

샤스가 말했다.

"'젊은이, 시칠리아행 비행기를 예약하게.' 존 라 브루나가 말했어. '카타니아로 가게. 거기 친구 하나가 자넬 만나고 싶어해.' '그런데 돈 라 브루나.' 여전히 오줌을 지리며 내가 말했지. '친구 분 성함을…… 알 수 있을까요?' '당연히 알아야지, 프랭크.' 그가 말했어. '살 스칼리야. 자네처럼, 꼭 자네처럼 옷을 아주 세련되게 입는 사람이지. 우리 비즈니스를 맡고 있네.'"

"오케이, 프랭크. 재스민한테 얼른 예약하라고 전할게요."

샤스가 대답했다. 하지만 이번엔 고개를 끄덕이지 않았다.

"지금 어딜 가려는 거야?"

프랭크가 신경질적으로 소리쳤다. 샤스가 고개를 끄덕이지 않았기 때문이었다.

"네 생각엔 내가 이런 식으로 카나티나에 갈 수 있을 거 같아?"

그러고는 자리에서 일어나 엉덩이 사이에 낀 바지를 빼내려고 손을 뒤로 가져갔다.

"재스민이 전화 한 통만 하면 카타니아 공항에서 FBI 돼지들이 죄다 나한테 달려들 거라구! 프랭크 에라 더하기 시칠리아는 바로 재앙이야!"

"옳은 말씀입니다, 프랭크. 제가 생각이 짧았어요."

마침내 샤스가 고개를 끄덕였다.

"핑계거리가 필요해!"

"핑계거리라뇨?"

"로마로 갈 핑계를 찾아야 된다구!"

"로마요?"

"그래. 시칠리아로는 곧바로 갈 수 없잖아. 무슨 핑계를 댄다 해도 FBI는 의심할 거야. 그러니 로마로 갈 핑계를 찾아야 돼. 일단 거기 가서 시칠리아로 갈 핑계를 또 찾아내야지."

샤스는 하나도 이해하지 못했다. 하지만 여러 번 고개를 끄덕였다. 프랭크는 갑자기 가슴 깊은 곳에서 애정이 용솟음치는 것을 느꼈다. 샤스를 뜨겁게 안아주고 싶었다.

오전 열한 시, 닉은 소파에서 벌떡 일어났다.

어젯밤에 텔레비전을 보다가 그대로 잠들었던 것 같다. 소리만 나지 않을 뿐 텔레비전은 여전히 돌아가고 있었다. 마침 요리 프로가 나오고 있다. 거대한 칠면조와 요리사 복장을 한, 덩치 큰 남자가 보인다. 남자는 금발의 여자와 이야기를 나누고 있는 중이었다. 그녀는 요리사의 말이 뭐가 그리 재미있는지 계속 킬킬거렸다. 화면에 비친 칠면조의 몸통이 조명 아래 반짝거렸다. 아스픽(육즙 젤리)을 잔뜩 바른 모양이다. 발목도 없이 번들거리는 맨 몸뚱이라니! 닉은 갑자기 욕지기가 일어 화장실로 달려갔다.

욕실은 싸늘했다. 금세 소름이 돋았다. 닉은 얼른 찬물을 틀고 수도꼭지 밑으로 머리를 들이밀었다. 그러곤 거울을 보며 신음을 쏟아냈다.

강박 신경증인가? 수술실에 들어가기 직전의 환자, 혹은 주치의한테 "얼마 남지 않았습니다!"라는 최후통첩을 받고 난 사람처럼 행동하다니. 닉은 선반에서 면도용 거품이 든 용기를 집어 들고 미친 듯이 흔들었다. 금속용기가 손에서 미끄러져 바닥에 떨어졌다. 닉은 허리를 굽혀 그것을 주웠다. 순간 빙 도는 것 같았다. 닉은 세면대에 몸을 기댄 채 잠시 가만히 있었다. 손에 비누거품이 잔뜩 묻어 있었다. 닉은 얼굴에 거품을 바르고 면도를 했다. 휘파람을 불어보려고 입을 오므려 보았다.

부엌으로 간 닉은 냉장고 문을 열었다. 종이팩에 든 우유병이 시야를 가득 메웠다. 넋을 잃을 정도다. '대체 이게 다 뭐야? 대관절 뭘 이렇게 많이 사 보낸 거야, 왜?' 언젠가 그는 토니에게 자기가 종이팩에 든 우유를 엄청 좋아한다고 털어놓은 적이 있다. 그때 토니는 이해한다는 듯이 고개를 끄덕였다.

"나도 알아, 닉! 저기 말이야, 그 집 있잖아. 이름이 뭐더

라. 아버지가 넥타이 매듭을 사과처럼 크게 하고 다니는 그
집. 거기 아이가 하나 있어. 바가지머리를 한 아인데, 그 집
에선 유일하게 정상으로 보이는 사람이지. 그 애를 빼고는
전부 정신병자 같거든. 걔는 식구들 때문에 화가 나면 일단
부엌으로 간대. 가서 냉장고 문을 열고 자기보다 큰 우유팩
을 집어 들고는 엄청나게 큰 컵에 우유를 따라서 벌컥벌컥
마신대. 입 주위에 하얀 수염을 그리면서. 그러곤 자기 인생
에 대해 생각한대. 닉, 종이팩 우유 이야기라면 더 말 안 해
도 돼.”

'맙소사.' 석회 때문에 누렇게 변한 컵에 우유를 따르며
닉은 생각했다. '토니가 대체 무슨 짓을 한 거지…….'

그 사이 초인종이 날카로운 소리를 내며 서너 번 울렸
다. 하지만 닉은 그 빌어먹을 소리를 듣지 못했다. 그는 컵
을 든 채 부엌에서 나와 텔레비전을 끄고 찰리 파커의 음
악 시디를 골랐다. 시디플레이어에 넣고 플레이 버튼을 누
른 뒤 소파에 앉았다. 찰리 파커 밴드가 연주를 시작했다.
백여 명의 개인 연주자들이 완벽한 하모니를 이루었다. 그
러다가 밴드가 찰리를 기다리기 위해 갑자기 연주를 멈추
었다……. 그제야 닉은 문 두드리는 소리를 들었다. '젠장,
벨 소리잖아!' 닉은 욕실로 달려갔다. 옷은 전부 빨래걸이
에 걸려 있다. '대체 무슨 생각으로 빨래걸이에 옷을 걸어
났지! 세탁한 거 같잖아, 젠장! 기타케이스는, 빌어먹을 케

이스는 어디 있는 거야?' 그는 다시 소파 쪽으로 달려갔다. 기타케이스는 소파 옆에 있었다. 손잡이 근처에 말라붙은 검은 자국들이 보였다. 다시 초인종 소리가 들렸다. '문을 열어야 돼. 젠장, 문을 열어야 되는데!' 닉은 얼른 부엌으로 뛰어가 종이타월 몇 개를 뽑아 물에 적신 뒤 다시 소파로 돌아갔다. 케이스를 집어 들고 손잡이 근처를 닦았다. 얼룩은 검은 케이스보다 더 시커멨다. 닉은 청바지 주머니에 휴지조각을 찔러 넣고 문으로 다가갔다. 작은 구멍에 눈을 대고 조심스레 밖을 살펴보았다. 가슴속에서 찰리 밴드의 타악기처럼 쿵쾅쿵쾅 요란한 소리가 울렸다. 문 저편에 살 삼촌의 심각한 얼굴이 보였다. 닉이 태연한 척 문을 열었다.

먼 곳을 응시하고 있던 살 삼촌이 웃으면서 돌아섰다.

"잘 있었나, 닉. 자넬 방해한 건 아니겠지, 응?"

대답을 기다릴 것도 없다는 듯 그가 안으로 성큼 들어섰다.

"방금 일어났군. 아침을 먹고 있었나?"

'토니네 삼촌이 대체 무슨 볼일이 있어서 찾아온 거지?' 닉은 토니의 바비큐 파티에서 그를 질리도록 봤다. 몇 번인가 공손하게 인사도 했다. 볼 때마다 조 페시를 만난 것 같았다. 영화 속의 조 페시가 아니라 진짜 조 페시!

"돈 스칼리, 어젯밤 바비큐 파티 때문이라면……." 닉이 말했다. "토니 씨를 찾아뵙고 사과할 생각이었습니다."

“자넨 훌륭한 젊은이야, 닉. 정말 훌륭해. 토니는 이따 만날 수 있어. 지금은 점원들을 가게로 내보내고 있거든. 알지, 칼타지로네에서 온 그 게이 둘 말이야. 그런데…… 좀 앉아도 되겠나?”

살 삼촌은 말을 마치기 무섭게 손수건을 꺼내더니 과장된 동작으로 소파의 먼지를 털고 앉았다. 닉은 번개 같은 동작으로 벽 구석에 기타케이스를 세웠다.

“재즈로군.”

살 삼촌이 스테레오를 가리키면서 말했다.

“언젠가 〈조르날레 델라 시칠리아〉 신문에서 재즈에 대한 글을 읽은 적이 있어……. 재즈는 말하자면…… 질외 사정 같은 거라고 하더군. 한 곡이 시작되면 계속 이어진다는 거야. 하지만 난 그렇게 생각하지 않아, 내가 좋아하는 건…….”

“죄송합니다, 돈 스칼리.” 닉이 말했다. “당장 볼륨을 줄일게요.”

“정말 토니 말이 맞군그래, 알고 있나? 토니도 항상 자네 얘기를 한다네. 자네에 대한 애정이 보통이 아니야. 정말 훌륭한 젊은이라고 입에 침이 마르게 칭찬하더군.”

“토니 씨는 저한테 너무 잘해주세요.” 닉이 말했다.

살 삼촌이 ‘자네 말도 맞아!’라고 하듯 두 팔을 벌렸다. 그리고 말했다. “그런데 오늘 아침에 라디오 들었나, 닉?”

“라디오요? 무슨 말씀인지…….”

“아 그렇지.” 살 삼촌이 말했다. “이제 아침에 라디오를 듣는 건 전쟁 전에 태어난 사람들뿐이지…….”

“어쨌든.” 오른쪽 손가락 끝으로 왼쪽 팔꿈치의 먼지를 털면서 그가 덧붙였다. “어젯밤에 여기…… 바로 이 구역에서…… 살인사건이 벌어졌네. 경찰이 살해됐어.”

순간 닉의 얼굴이 새빨개졌다. 뺨을 맞은 것처럼.

“머리 뚜껑이 열리는 줄 알았다네.”

살 삼촌이 닉의 눈을 똑바로 들여다보면서 말했다.

“대체 어떻게 내 조카 토니가 사는 구역에서, 어떤 후레자식 같은 놈이 밈모 삼촌의 가게에 들어가서 불쌍한 노인네한테 강도짓을 하고, 경찰을 살해할 수 있단 말인가! 충격적인 일이야. 닉, 내 말 알겠나?”

닉은 어떻게든 침착해지려고 마음을 다잡으며 고개를 끄덕였다.

“오늘 아침에.” 살 삼촌이 말을 이었다. “좀 더 자세히 알아보려고 친구들한테 전화를 했지. 자기 구역에서 무슨 일이 벌어졌는지 알아 두는 게 필요하니까. 내 말이 맞지? 겉으로 보기엔 그 경찰의 입에 총알이 명중한 것 같아. 입에 말일세, 알겠나? 경찰 말로는 총에 맞은 얼굴밖에 발견한 게 없어서 대체 사건이 어떻게 벌어진 건지 밝힐 수가 없다는 거야. 그렇지만 죽은 경찰 뒤쪽에 있는 선반에서 뇌수와

잘디 잔 이빨 조각들을 찾아냈어. 이걸 증거물로 과학수사대가 밝혀낸 게 뭔지 아나? 니미럴, 총알이 입 안을 관통했다는 걸세. 오늘날 과학수사대가 할 수 있는 일이 고작 이 정도라니!”

닉은 주머니에 든 종이타월 조각을 움켜쥐었다. 종이는 아직도 젖어 있었다.

“연주하는 사람이 누구지?” 살 삼촌이 이맛살을 찌푸리며 말했다. “듀크 엘링턴인가?”

“아닙니다, 돈 스칼리.” 닉이 기어들어가는 목소리로 말했다. “찰리 파커입니다.”

“아, 난 이제 늙은이야. 닉…….” 살 삼촌이 말했다. “50년대가 생각나는군. 그때 미국에서 그 이탈리아계 미국 청년들이 왔는데 듀크 얘기를 하더라고. 젠장, 난 그 사람이 대단한 마피아 보스인줄 알았어. 알고 보니 딴따라더구먼.”

“어쨌든.” 살 삼촌은 시계를 보고 아주 천천히 소파에서 일어났다. 그리고 아주 천천히 문 쪽으로 걸어갔다. “이제 가는 게 좋겠어.”

살 삼촌은 문에서 몇 발자국 떨어진 곳에 멈춰 서더니 닉의 어깨를 두드렸다.

“만나서 반가웠네, 닉.” 옷매무새를 가다듬으며 그가 말했다. “토니, 토니. 바비큐 파티 모양새가 영 좋지 않아…….”

갑자기 문 옆에서 몸을 돌리며 그가 한 마디 덧붙였다.

"깜빡했는데, 자네도 조심하게……. 강도짓을 한 그 후레자식이 이 구역에 살고 있다고 하네. 이 구역이라고, 알겠나? 정말 참을 수 없는 일이야."

그는 문밖으로 한 발을 내밀었다가 다시 걸음을 멈췄다.

"또 한 가지 잊은 게 있는데…… 젠장! 이제 늙은이가 다 돼서 말이지, 민디가 자네한테 안부 전해달라고 하더군."

"미…… 민디요?"

"이 친구 좀 보게. 말을 더듬는군!"

살 삼촌은 오른손 검지와 중지로 닉의 뺨을 세게 꼬집었다.

"생각나지 않는 척하는 거지? 그렇지? 토니 말이 정말 맞아. 자넨 정말 훌륭한 젊은이야. 훌륭한 젊은이들은 하나같이 수줍어하지. 타고 나는 모양이야. 민디, 그래. 민디야……. 자, 보라고. 난 이런 일에 경험이 많아. 자네 젊은이들 사이에서 이런 청춘사업이 어떻게 진행되고 있는지 알고 있네……. 딴청을 부리고 그런 일을 모른 척하지만, 늙은이들은 젊은이들한테서 눈을 떼지 않는다고! 자넨 어제 저녁에도 민디하고만 얘기하던데? 딱 달라붙어 있더구먼, 뭐!"

"어젯밤에요?"

"그래, 맞아. 바로 어제 저녁에 바비큐 파티에서, 모두가 자네와 민디를 쳐다봤어……. 이게 무슨 뜻인지 아나? 토니가 말한 것처럼 자넨 훌륭한 청년이야, 틀림없이……. 자네하고 민디가 서로 어떻게 바라봤는지, 어떻게 이야기하는지 모두 봤다구, 모두……. 이거 아나? 남자 대 남자로 자네한테 솔직하게 말하겠네. 민디가 자기 엄마한테 자네가 정말 잘생겼다고 털어놓더군……. 알겠나, 닉?"

살 삼촌은 문밖에서 재빨리 거리를 살펴보았다. 그러더니 닉의 뺨을 쓰다듬으며 이렇게 마무리 지었다.

"다음 바비큐 파티엔 꼭 참석하게나, 알았지?"

재스민의 날카로운 목소리에 프랭크는 공상에서 깨어났다. 그는 살 스칼리와 만날 생각을 하면서 존 라 브루나가 "자네처럼 세련됐지"라고 말한 이유를 되새기던 참이었다. 누군가의 팁이 이처럼 혼란스럽고 터무니없는 경우는 생전 처음이다. 그래서 괴로웠다. '염병할, 그게 무슨 뜻이지?' 그는 생각에 잠겨 전화를 받았다.

"누구라고?"

"로마에서 체카롤리 씨 전화라구요."

화가 난 재스민이 툴툴거렸다.

프랭크가 오케이라고 말할 틈도 없이 수화기 너머로 체카롤리의 이탈리아식 영어가 울렸다.

"당신과 통화하게 돼서 매우 반갑습니다!"

"이봐, 체카롤리." 프랭크가 말했다. "이탈리아 말로 합시다, 응?"

마르코 체카롤리는 로마에 케이블 텔레비전 방송국을 소유하고 있었다. 그는 에라 프로덕션의 텔레비전용 영화들을 거의 모두 사들여서 방송에 내보냈다. 또한 매주 프랭크에게 전화를 걸어 부추겼다. 별거 아닌 미니시리즈를 대단한 아이디어라고 뻥튀기면서 미국에 수출하면 어떻겠느냐고. 프랭크는 미니시리즈에 대해서도, 대하드라마에 대해서도 아는 게 전혀 없었다. 하지만 그의 말을 중간에 끊을 수는 없었다. 체카롤리는 텔레비전 영화를 사들이는 주요 고객이었으니까. 게다가 단골에게 "이봐요, 나하곤 아무 상관없는 일이요. 나는 허수아비 사장일 뿐이라니까"라고 말할 수는 없지 않은가!

프랭크와 영어로 말을 주고받던 체카롤리는 이탈리아 말로 대화하자는 요구에 당황했다. '이런, 존칭을 써야 하나 말아야 하나?(이탈리어어는 존칭과 상대를 칭하는 말의 쓰임이 다르다—옮긴이)'

"좋을 대로…… 좋을 대로 하지, 프랭크."

체카롤리는 하느님의 뜻에 목숨을 맡기고 더듬거렸다.

"체카롤리." 프랭크가 말했다. "레오나르드 트렌트 감독의 영화 「테너들」을 이탈리아 시장에 수입하겠다고 애걸복걸하던 피렌체 사람 생각나?”

“몇 번 본 적이 있네, 프랭크.” 대답은 그렇게 했지만, 사실 체카롤리는 전혀 모르는 일이었다.

“쓰레기 같은 영화야.” 프랭크가 말을 이었다. “아무도 알아주지 않는다구. 그런데도 트렌트는 이 세상에서 찾아볼 수 없는 최고의 음성을 가진 테너 이야기라고 생각하지.”

“트렌트가 좀 별난 감독이기는 해…….”

트렌트의 광팬인 체카롤리가 대꾸했다. 세상에! 진짜 영화라니! 영화를 텔레비전으로 보여주면 영상이 화면에 꽉 차지 않는다. 시청자들은 그것이 진짜 영화라는 사실을 단박에 눈치 챌 것이다.

“내가 보기엔 그 작자, 쓰레기던데.” 프랭크가 말했다. “어쨌든…… 이 영화를 스타쉽영화사에서 제작했다는 건 알고 있겠지, 체카롤리?”

“당연하지.”

“그럼 내가 스타쉽영화사를 맡았다는 것도 알고 있겠군.”

“당연하지, 프랭크! 어떻게 그걸 모를 수 있겠나!”

“결론만 말하지. 체카롤리, 이탈리아에서 이 염병할 영화를 위해 뭔가 해줘야겠네.”

“그럼, 프랭크. 이해하네. 피렌체 사람들 반응은 어땠나?”

“체카롤리!” 프랭크가 짜증을 부렸다. “그 거지 같은 놈들은 영화를 가져가서 상영조차 하지 않았어!”

“프랭크.” 체카롤리가 서둘러 받아쳤다. “당장 그 예고편을 나한테 보내게. 텔레비전으로 하루에 두 번, 특별 방송 하겠네!”

“좋아, 좋아. 근데 제일 중요한 건…… 이탈리아어로 뭐라고 하더라?”

“더…… 적극적으로(martellante)?”

체카롤리가 넌지시 말했다.

“맞아.” 프랭크가 맞장구쳤다. “그러니까 체카롤리, 자네가 로마에서 신문기자들과 영화비평가들을 모아놓고 특별 시사회를 준비하라고!”

“날 믿고 맡겨줘, 프랭크!”

체카롤리가 대답했다. 무의식적으로 영어가 튀어나왔다. 흥분해서 손이 다 떨렸다.

“넓은 홀을 빌리겠네. 초대장도 만들어 보내고. 근사한 만찬을 열어야지. 그러니까 자네하고 레오나르도가 참석해서…….”

“좋아, 훌륭해. 체카롤리…….” 프랭크가 그의 말을 가로막았다. “언제 가능할지 한번 체크해봄세.”

프랭크가 요란하게 수첩을 넘겼다.

“맙소사, 약속이 너무 많아. 젠장, 어디 보자.”

체카롤리의 손이 부들부들 떨렸다.

“그러니까, 내가 이탈리아에…… 내 말은, 다음 주 화요일에 이탈리아에 갈 수 있겠군."

"화요일이라고! 다, 다음 주 화요일?"

"왜, 너무 빠른가?"

"아니!" 전화기가 흔들릴 정도로 손을 떨면서 체카롤리가 대답했다. "문제없어! 아니, 정말 좋은 생각이네! 깜짝 영화 시사회라. 기자 놈들은 대개 그런 거에 환장하지!"

"그럼 됐어." 프랭크가 말했다. "미스 짐머맨더러 자네한테 전화하라고 일러두겠네. 깐깐한 여자라 일 처리 하나는 끝내주거든. 예고편은 물론이고 여기 모든 업무를 한 방에 처리할 수 있을 거야. 잘 있게, 체카롤리!"

"잘 지내게, 프랭크……. 고마워!" 체카롤리가 말했다.

프랭크는 전화를 끊고 작은 종이에 메모를 했다. 그리고 인터폰으로 재스민을 불렀다.

염색한 금발에 엉덩이가 납작한 재스민 아르티아코가 숨을 헐떡이며 다가왔다. 앤서니 아르티아코의 딸이다. 그것만이 프랭크가 그녀를 참을 수 있는 단 하나의 이유였다.

"이 번호로 전화해봐." 프랭크가 말했다. "이탈리아로 갈 거니까 준비하고."

"이탈리아에 가신다구요?"

프랭크가 그녀를 보았다.

재스민은 수첩을 내려다보고 그 위에 빠르게 적기 시작했다.

"거기에 다 적혀 있어." 프랭크가 말했다. "목적지, 시간, 날짜. 인원 수만 빠졌는데 두 시간 뒤에 말해줄게. 레오나르드한테 전화해서 바꿔줘."

"어떤 레오나르드요?"

"누구긴 누구야!" 프랭크가 신경질적으로 말했다.

"레오나르드 트렌트?" 재스민의 목소리가 한층 달아올랐다. "「테너들」과 「플라스틱 러브」 감독이요?"

"샤스!" 프랭크가 소리쳤다.

재스민이 흠칫했다. 샤스가 안으로 급히 뛰어들었다.

"어떻게 된 게 시간 낭비만 하고 있잖아." 프랭크가 건성으로 재스민을 가리키며 말했다.

스타쉽영화사에 출근한 지 얼마 안 되어 프랭크 몰래 재스민과 잤던 샤스가 그녀를 바라보았다. '나더러 어쩌라고?' 그의 눈빛이 이렇게 말했다.

화가 난 재스민이 돌아서서 방문을 나섰다.

"살 삼촌이 자넬 만나러 왔었다고? 언제?"

"15분 전에요, 토니 씨. 방금 말했잖아요."

닉은 곧장 토니의 집으로 달려왔다. 토니는 텔레비전 경매를 보면서 어젯밤을 뜬눈으로 지새웠다. 경매 진행자는 몹시 흥분한 목소리로 카쉘라와 푸리피카토의 그림들을 소개했다. 토니는 거실에 카쉘라와 푸리피카토 그리고 카루소의 그림들을 걸어놓았다. 지금 닉과 함께 앉아 있는 오렌지색 가죽 소파 위에도 그런 그림들이 걸려 있다! 물론 감동을 주는 것과는 거리가 멀었지만. 사실 그 그림들은 유행에 한참 뒤떨어진 것이었다.

"체티나, 체티나. 이리 와봐!"

토니가 침실 쪽을 향해 소리쳤다. 아직 정신을 차리지 못한 체티나가 나타났다. 머리는 헝클어뜨린 채 카르멜라 이모의 가운을 입고 있었다.

'젠장, 난 창녀하고 결혼했다니까!'

"들었어?" 씁쓸한 생각을 털어내며 토니가 말했다. "살 삼촌이 닉네 집에 갔었대!"

"언제요?" 체티나가 피곤한 목소리로 물었다.

"오늘 아침에, 젠장!" 토니가 짜증스럽게 대답했다. 그리고 닉을 돌아보며 물었다. "살 삼촌이 왜 자넬 찾아간 거지?"

"몰라요, 토니 씨." 닉이 말했다. "정말 모르겠어요. 어젯밤에, 이 구역에서…… 강도 사건이 있었다고 하셨어요."

"강도? 여기 이 구역에서?"

"네, 강도요." 닉이 계속 말했다. "살 삼촌 말씀으론, 이 구역에 사는 어떤 사람이 밈모 삼촌의 가게에 들어가서 강도짓을 하고, 경찰을 총으로 쐈대요."

“이 구역 사람이!” 토니의 두 눈이 휘둥그레졌다.

“네.” 닉이 고개를 약간 숙이며 대답했다.

“커피 줄까요, 토니?” 체티나가 물었다.

“그래. 커피도 끓이고. 제발 부탁인데, 옷 좀 제대로 입어!”

체티나는 어이없다는 표정을 지으며 남편을 보았다. 그러다가 체념을 했는지 느릿느릿 부엌으로 갔다.

“저 여자 옷 입은 꼬락서니 좀 봐.” 토니가 말했다.

닉은 몸 둘 바를 몰라 하며 창밖의 정원을 내다보았다.

“자네도 알 거야, 닉.”

토니가 다리를 꼬면서 말했다. 다리를 꼴 때마다 자주색 바짓단 밑으로 짙은 빨간색 양말이 드러났다.

“이 구역에서 강도짓을 하고 경찰한테 총까지 쐈다면 그놈한테 무슨 일이 벌어질지, 뻔하지 않아? 내 말은 이거야. 자네는 이걸 쉽게 생각할 수도 있어. 내 말은 아침에 잠이 깨서 점프슈트를 입고 서랍에서 권총을 꺼내는, 왜 바레타의 텔레비전 영화에 나오는 것처럼 말이야. 젠장, 아직도 눈치 못 챘나? 그런 프로에서는 그 빌어먹을 권총이 들어 있는 서랍을 절대 닫아두는 법이 없어! 권총들이 보이지. 뭐 권총뿐인가, 금팔찌와 금 목걸이들도 보여. 달러 뭉치까지. 그러니 시청자들은 권총 서랍 안에 저렇게 많은 돈과 금붙이를 가지고 있는 놈이 뭐하러 강도짓을 하겠냐고 생각하는 거지. 하지만 그게 아니야. 그 멍텅구리는 집을 나서서 동네를 어슬렁거리지. 그러다가 주류 상점을 발견하고는 안으로 들어가. 상점 안에는 하필 경찰 두 명과 자기처럼 생긴 흑인 주인이 있어. 검둥이는 총을 쏘고 그깟 돈 몇 푼을 훔쳐서 나와. 그리곤 마이클 잭슨처럼 노래를 부르며 가게를 떠나는 거야! 젠장, 카타니아에서는 그런 놈이 있으면 집 밖으로 나오자마자 총 맞아 죽을걸!"

닉은 계속 창밖을 내다보았다.

"바비큐 파티장 보고 있는 거야, 닉?" 토니가 물었다. "정말 멋지지? 〈코스모폴리탄〉에서 본 거하고 똑같아. 저렇게 만들 수 있도록 허가 받는데 얼마나 걸렸는지 알아?"

닉은 '얼마나?' 라고 물어보는 것처럼 호기심 어린 표정을 지었다.

"젠장, 3년이야! 스칼리 패밀리의 사람인데도 말이야. 내 말 들었어, 닉? 카타니아 관공서에서는 절차가 얼마나 복잡한지……. 카타니아에서는 누군가의 돈을 뺏고 싶을 때 우선 그 사람이 상납금을 내고 있는지 아닌지를 먼저 알아내야 해. 상납금을 내고 있다면 절대 손대선 안 돼. 이러나저러나 빼앗긴다면 상납금이 왜 필요하겠어. 그러니까 자네는 리스트를 먼저 작성해야 되는 거야. 돈을 거둬들이고 싶다면 상납금을 내지 않는 사람들을 택하라는 뜻이야. 그렇게 해야 다른 사람들도 상납금을 내는 편이 차라리 낫다고 생각할 게 아니야? 죽는 거보단 낫잖아. 또 어떤 가게에서 돈을 거둬들일 수 있는지, 어떤 가게에 가면 안 되는지도 빠삭하게 꿰고 있어야 돼. 두 사람이 동시에 같은 상점에 들어가지 않도록 시스템도 갖추고. 나 원 참, 이 조직은 강도질의 스케줄을 잡아주는 일까지 한다니까. 친절한 건지 뭔지. 미국은 안 그래. 거긴 자유무역주의라고, 닉!"

토니가 박하담배에 불을 붙였다(그는 정확히 하루에 세 개비를 피웠다). 그리고 다시 말을 이었다.

"그러니까 간단히 말해서 자네가 이런 사업을 할 수 있다는 허락을 받는다면 말이지, 알다시피 경찰은 절대 건드리면 안 돼. 만일 자네가 경찰을 건드렸다가는 그야말로 모든 게 끝장이야! 경찰 놈들은 자기편이 공격을 당하면 달아오르거든. 그런데 동료 경찰이 총 맞아 죽었다고 생각해봐. 빌어먹을! 말이 필요 없는 거지. 알피오가, 자네, 알피오 아나? 모를 수도 있겠군. 자네가 아직 여기 살기 전 일이니까. 어쨌든 그 알피오는 허락을 받고 규칙이 적힌 종이들을 가지고 상납금을 벌어들였어. 한창 돈을 거두고 있는데 재수없게스리 경찰이 들어온 거야, 알겠나? 그런 상황에서 해야 할 일은 이렇게 말하는 것밖에 없지. 아마 삼척동자도 다 알걸? '죄송합니다, 경찰 나리. 지금 제가 나쁜 짓을 하고 있었어요. 압니다, 절 체포하셔도 됩니다. 그게 당신 일이니까요. 조심할게요. 아무도 다치지 않게 말입니다.

여기 권총 있습니다. 그리고 저도.’ 여기서 중요한 건 권총이야. 명심해, 절대 총알을 채워 두면 안 돼. 이 구역에서 사업을 벌이고 싶다면 반드시 기억해야 해, 알겠어? 이건 규칙이야. 젠장, 빌어먹을 규칙이지. 그러고 나면 순서는 뻔하지 뭐. 강도짓한 놈은 며칠 감옥에 가 있어야 해. 겨우 며칠뿐이야. 란차 광장에 있는 교도소는 항상 만원이거든. 빈 권총으로 푼돈이나 뜯으려던 놈을 그 안에 오래 가둬둘 것 같나? 천만의 말씀이지. 장전된 권총을 사용할 수 있는 데는 오직 은행뿐이야. 물론 은행 강도는 얘기가 좀 달라. 은행은 상납금과 훨씬 더 복잡하게 얽혀 있거든. 아무튼 이거 하나는 잊지 마, 구멍가게 따위를 털면서 총알이 든 권총을 사용한다거나 경찰을 죽이려 들면 안 된다는 거. 그런 생각일랑 애시당초 접는 게 좋아. 무슨 소린지 알아들어?”

“그런데, 알피오는?” 닉이 물었다.

“아, 그래. 알피오……. 알피오는 빈 권총을 들고 강도짓을 하러 간 거였어. 철물점을 털었지. 근데 철물점 주인이 바보같이 군 거야. ‘난 철물을 팔고 있어. 녀석들이 나한테 어떻게 할 수 있겠어, 만약 가게에 불을 지른다고 해도 세를 얻은 거니까 나하고는 상관없어. 또 철물은 불이 붙지 않잖아.’ 얼마나 쪼다 같은 놈이냐고. 어쨌든 가게를 터는 사이 경찰이 왔어. 여기까진 괜찮았어. 그런데 멍청한 철물점 주인이 웃은 거야. 좋아, 그 멍텅구리가 배꼽이 빠지도

록 웃든 말든 상관없어. 하여튼 알피오는 경찰한테 권총을 넘겼어. 근데 갑자기……, 알피오가 대체 무슨 생각을 했는지, 아무도 이해할 수 없는 일이 벌어진 거야. 알피오가 갑자기 정신이 나가버렸다고 할밖에. 놈이 괭이를 집어 들고선 자기 임무를 수행하고 있는 불쌍한 경찰의 머리를 내리친 거야. 알겠나? 경찰은 이미 권총을 권총집에 집어넣고 알피오한테 수갑을 채우려던 참이었어. 구역 사람들은 당연히 알피오를 알고 있었지. 그 녀석은 생계형 강도였거든. 흔히 볼 수 있는 불량배가 아니었다고. 물론 경찰하고도 잘 지냈지. 그러니 알피오가 정신이 나갔다고 볼 수밖에."

"그…… 그래서요?" 닉이 물었다.

"알피오는 달아났어. 그런데 순찰차에서 기다리고 있던 동료 경찰이 낌새를 눈치 챈 거야. 당황해서 일단 시동을 걸었는데, 웬걸? 차가 막혀서 꼼짝도 하지 않았어. 그래서 차에서 내렸어. 하지만 알피오는 이미 사라지고 없었지. 상황이 참 곤란하게 됐지! 결국 시위대가 생겨났어. 시위대들은 신문과 텔레비전의 뉴스를 장악했어. 공공연히 자행되는 상납금 척결을 외치면서. 경찰은 분개했고, 알피오는 사라져버렸어. 알겠나?"

닉이 고개를 끄덕였다.

"며칠 뒤, 경찰서 수위실에서 근무를 서던 경찰이 다리를 좀 풀려고 경찰서 정문 쪽으로 걸어갔어. 그러다가 철제 벤치 위에 앉아 있는 남자를 보게 됐지. 남자는 다리를 꼬고 차분하게 앉아 있었는데, 그 옆에는 신문이 놓여 있었어. 마치 그걸 읽으려는 듯이 말이야, 알겠나? 다만 남자한테 머리가 없었다는 게……. 머리가 없었다고. 경찰은 처음에 자기가 잘못 봤다고 생각했어. 눈을 비볐지. 그런데 정말 머리가 없었어. 다리를 꼬고 신문을 옆에 둔, 머리가 없는 남자가 철제 벤치에 앉아 있었던 거야. 경찰은 곧 경찰서 안으로 뛰어들어가 비상벨을 울렸지. 경찰들이 달려 나왔고, 과학 수사대가 도착했지. 신문 안에는 종이가 한 장 들어 있었는데 이렇게 적혀 있었어. '이자의 빌어먹을 머리는 우리가 보관하고 있습니다.' 이런 식으로 해서 살 삼촌은 존경을 얻게 됐고, 전임 보스의 자리를 차지하게 된 거야. 알겠나? 전임 보스는 졸개들한테 신경을 쓰지 않았지만 삼촌은 아니었어, 젠장. 살 삼촌은 누구의 실수도 용납하지 않아."

"살…… 살 삼촌이요?" 얼굴에서 핏기가 싹 가신 닉이 말했다.

"살 삼촌." 토니가 부엌 쪽을 보면서 말했다. 그리고 소리쳤다. "빨리 좀 해, 체티나! 커피 한 잔 끓이는 데 대체 얼마나 걸리는 거야?"

곧이어 검은 스커트에 하이힐을 신은 체티나가 쟁반을 들고 뚱한 표정으로 나타났다.

"설탕 몇 개 넣어, 닉?" 그녀가 물었다.

"두 개요, 고맙습니다." 닉이 대답했다.

토니가 미소를 지으며 설탕을 넣지 않은 커피 잔을 들었다. 체티나는 치마를 끌어내리고 소파에 앉았다. 토니가 입을 열었다.

"그런데 살 삼촌이 강도 사건이 있었다는 얘기나 하려고 자네 집에 갔을까?"

토니는 말을 툭 던지면서 머릿속으로 생각했다. '살 삼촌은 분명 닉이 빌어먹을 속물이라는 말을 하러 집에 들렀을 거야.'

"사실 다른 말도 했어요."

"그래?" 토니는 두 번째 박하담배에 불을 붙였다.

"어제…… 바비큐 파티 온 사람들이 전부…… 저하고 민디가 얘기하는 것을 봤다고요."

토니가 체티나를 보았다. 체티나는 눈이 휘둥그레져서 토니를 쳐다보았다.

"바비큐 파티에서? 어제 저녁에?"

"네." 닉이 말했다.

토니가 일어섰다. 두 다리를 흔들어 바짓단을 제자리로 돌려놓았다. 그는 거실 안을 서성이며 생각에 잠겼다. '젠장, 지난밤에 사람들이 다 있는 데서 속물이라 하더니, 다음 날엔 직접 찾아가서 그런 말을 한 거야. 닉도 골동품상이나…… 알피오처럼 끝나는 건가……. 아니면 살 삼촌이

머리가 이상해졌나!'

"말해봐, 닉. 혹시 살 삼촌한테서 용서받아야 할 일 같은 거 했어?"

"제가요? 없는…… 것 같은데……."

닉의 얼굴에서 핏기가 가셨다.

토니는 이렇게 말하는 것 같았다. '이봐, 난 지금 자네 얘기 듣고 있지만 다른 곳으로 고개를 돌렸어……. 내 생각엔, 잘 모르겠지만 왠지 집중이 안 되는군. 새들이 시끄럽게 울어서 그런가? 뭔가 생각하긴 해야 되는데. 그러니까어서 털어놔. 뭔가 용서받아야 할 일이 있는 거 같은데.'

"모르겠어요, 토니 씨." 닉이 말했다. "모르겠어요, 정말. 분명한 건 전 어제 바비큐 파티에 가지 않았어요. 정말이에요. 살 삼촌이 잘못 본 거 아닐까요?"

"이거 아나, 닉?"

토니가 천천히 운을 뗐다. 새들의 지저귐이나 체티나 앞에서 체면을 지키려고 했던 것 따윈 몽땅 잊은 듯했다.

"자네 말이 맞아. 살 삼촌이 사람을 잘못 봤어. 삼촌은 실수했다는 걸 아셨어. 그래서 자네한테 용서를 구하고 싶은 거야……. 삼촌은 실수를 할 때면 항상 그랬지. 먼저 자네한테 용서를 구하고 패밀리에 들어오게 할 거야."

"패밀리에?"

"맞아, 패밀리에…… 민디하고, 맞지?"

“민디는 훌륭한 아가씨야, 닉.” 체티나가 말했다.

“너무 훌륭해서 탈이지, 젠장! 카르멜라 이모하고 비슷하다니까!”

“그런 말 하지 말아요!” 토니의 말에 체티나가 토를 달았다.

“왜? 닉이 여기 있어서?” 토니가 말했다. “하지만 닉도 이제 패밀리의 일원이야. 패밀리의 고민을 알아야 한다고! 젠장, 살 삼촌 걱정이 이만저만이 아니야. 우리 패밀리에도 노처녀가 있다고. 벌써부터 스칼리 가문의 여자들은 결혼을 하지 않는다고 떠들고 다니는 놈들도 있어! 이 말이 무슨 뜻인지 알지, 닉?”

닉의 얼굴엔 아무런 표정도 없었다. 무슨 뜻인지 전혀 감을 잡지 못하는 모양이었다.

“제기랄!” 토니가 계속했다. “결혼하지 않는다는 건 패밀리에 대한 욕심이 없다는 뜻이야. 애정이 없다는 거지…… 어쨌든 닉, 난 살 삼촌이 민디 얘기를 해서 정말 다행이라고 생각해. 발렌티나는 기분이 나쁘겠지만 적어도 우린, 패밀리 안에 또 한 사람의 카르멜라 이모가 생기는 건 원치 않아!”

닉은 도무지 갈피를 잡을 수가 없었다.

“일단 사람들 입에 자네 이름이 오르내려야 해. 발렌티나는 따귀 한 대 맞은 것처럼 얼굴이 시뻘게지겠지만!”

토니가 킬킬거리며 닉에게 다가갔다. 손끝으로 닉의 뺨을 꼬집으며 말했다.

"니키, 니키. 자넨 정말 훌륭한 청년이야……. 약간 대책이 없긴 해도 훌륭한 청년이야. 젠장, 시간이 벌써 이렇게 됐네! 그만 가보게. 문까지 바래다주지."

"커피 잘 마셨습니다, 체티나." 닉이 자리에서 일어났다.

"천만에." 체티나가 치마를 내리면서 대답했다.

토니는 닉의 어깨에 한 손을 얹고 싶었지만 닉이 훨씬 컸다. 그래서 왼쪽 팔뚝만 잡고 배웅했다. 문 앞에서 토니는 손아귀에 더욱더 힘을 주었다. 닉이 돌아보았다.

"닉." 토니가 말했다. "이런 말 한다고 웃지 말게, 난 자네를 정말 좋아한다네……. 뭐 다른 말 할 거 없나? 자네를 위해서라면 난 뭐든 할 거야!"

"아무것도 없어요, 토니 씨. 믿어주세요." 닉이 말했다. "특별한 거 없어요."

"좋아." 토니가 닉의 오른쪽 뺨을 톡톡 치며 인사했다. "얼른 집으로 돌아가게."

앞에는 샤스가 서 있었다.

"정말 미치겠군. 나처럼 세금을 꼬박꼬박 내는 사람이 시

칠리아에 갈 수 없다니! 그 거지 같은 FBI한테 핑계를 대야
만 한다고!”

“한 가지 해결해야 할 일이 있습니다, 프랭크.”

샤스가 말했다.

“변호사가 그러더군요. ‘에라 씨가 이런저런 일 때문에
시칠리아에 갔을 때 FBI가 어떻게 했는지 아나? 미행했어.
그 사람이 이탈리아계 미국인이라는 이유만으로 공공의
돈을 낭비한 거지!’ 하고요.”

“제기랄!” 프랭크가 말을 이었다.

“거지 발싸개 같은 쿠바 담배! 이것 좀 봐, 벌써 손가락이
노랗잖아! 그래, 샤스. 뭔가 그럴듯한 게 있어야 돼. 안 그
러면 미국인들이 화를 낸다고. 평범한 미국인의 상식에 맞
는 그럴듯한 이유를 대야 한다고. 자네한테 그럴듯한 게 아
니라 미국인들한테 말이야. 그렇지 않으면 미국인들이 ‘흠’
할거야. 개네들이 ‘흠’ 하는 건 화가 났다는 뜻이야. 의심을
사지 않으려면 사업차 간다든가 여자랑 바람 피러 간다고
해! 제기랄, 오늘 아침에 그런 놈들 봤지? 테니스 라켓을 들
고 있던 놈들 말이야. ‘바이, 바이. 오늘 굉장한 시합이 되
겠죠, 안 그래요?’ 굉장한 시합은 젠장! 그런 놈들은 다 여
자랑 자러 가는 거야!”

“맞아요, 프랭크. 맞아요…….”

샤스가 고개를 끄덕였다. 그러더니 테이블에서 잡지를

들고 페이지를 넘기기 시작했다.

프랭크는 생각했다. '빌어먹을! 그레타한테 이탈리아에 같이 가자고 부탁하면 될 텐데……. 하지만 더러운 년이라 평생 날 협박할지도 몰라.' 프랭크가 손을 긁으며 샤스를 보았다.

"샤스, 내 말 좀 들어봐."

"말씀하세요."

"들어봐, 샤스."

"듣고 있습니다, 프랭크."

"자네…… 여자를 죽여본 적 있나?"

샤스는 잡지를 넘기면서 고개를 끄덕였다.

프랭크는 당황해서 그를 쳐다보았다. 뭐라고 말해야 할지 알 수가 없었다.

"여자를 죽여봤다고?"

샤스가 잡지에서 시선을 거두고 그를 쳐다보았다. 이렇게 말하는 것 같았다. '네, 그게 뭐 어쨌다고요?'

"아니야, 아무것도 아니야." 프랭크가 손사래를 쳤다. "호기심에……, 그냥 궁금해서."

샤스가 고개를 끄덕였다. 그리고 다시 잡지를 넘기기 시작했다.

프랭크는 속으로 생각했다. '빌어먹을, 내가 일단 그레타한테 부탁을 하고 나서 나중에 샤스더러 그레타를 처리하

라고 한다면 FBI가 더 이상 날 의심하지 않겠지!'

그때 인터폰이 울렸다.

"무슨 일이야?" 프랭크가 물었다.

"트렌트 씨가 오셨습니다." 재스민이 퉁명스럽게 대답했다.

"들여보내." 프랭크가 소리쳤다.

프랭크는 샤스에게 윙크를 했다. 신호였다. 그러자 샤스가 바로 경계 태세를 취했다. 문이 활짝 열렸다. 파란 양복에 파란 와이셔츠를 입고 파란 넥타이를 맨 레오나르드 트렌트가 서 있었다. 그는 문가에 선 채 잠시 망설이다가 이내 두 팔을 활짝 벌렸다.

"드디어 경호원을 대동한 빌어먹을 제작자 양반을 뵙는군요."

그가 호들갑스럽게 입을 열었다.

"제기랄! 난 여기 앉겠소. 그래야 경호원을 등질 수 있으니까. 당신은, 부탁인데, 제발 날 봐요!"

"드디어, 스타쉽이 나한테 특별 시사회를 할 수 있도록 손을 써주는군! 나도 여기서 사업을 시작했다는 거 알아요? 부동산 사업 아이디어가 누구 머리에서 나온 줄 알아요? 그거 순전히 내 아이디어였어요. 그런데 빌어먹을 쉬오르티노 패밀리가……. 그래놓곤 나한테 고맙다는 말 한 마디 없었어. 단 한 마디도."

그는 입을 다물더니 다리를 꼬고 앉았다.

프랭크와 샤스는 그를 쳐다보았다. 레오나르드가 두 사람의 시선을 맞받아쳤다.

"당신이 프랭크죠, 맞죠?" 그가 물었다. "에라죠? 좋습니다. 프랭크 에라, 난 당신이 그 빌어먹을 루 쉬오르티노 같은 작자가 아니라는 걸 알고 있어요. 어느 날 아침에 루 쉬오르티노가 나한테 전화해서 이렇게 말했어요. '레오나르드, 새 콘셉트는 언제 보여줄 건가?' 그러면 나는 콘셉트는 거기, 수영장 옆에 있는 하얗게 칠한 철제 테이블 위에 있다고 말해야 하는데 어떻게 말했는지 알아요? '지금 생각하는 중입니다', 이렇게 말한 거요……. 그런데 당신이 이렇게 특별 시사회를 마련해서 어떻게 됐는지 아십니까? 나를 감동시켰어요, 프랭크, 난 정말 감동했습니다!"

샤스가 프랭크를 보았다. '지금 당장 이 쪼다 같은 놈을 한 대 후려칠까요?' 라고 말하는 것 같았다.

"나한테 보여줄 새 콘셉트가 있소, 레오나르드?"

"오늘은 안 가지고 왔어요, 프랭크. 있잖아요, 난 종이 뭉치를 들고 다니는 사람을 정말 경멸해요. 하지만 원한다면 줄거리 정도는 말해줄 수 있어요."

"어디 한번 해보시오, 레오나르드."

역겨운 듯 몸을 돌리는 샤스를 보면서 프랭크가 말했다.

"건축가가 한 명 등장해요. 아니, 꼭 건축가라고는 할 수 없어요. 거의 건축가 비슷한 사람이죠. 이 사람이 고딕식 고층 빌딩을 건설합니다. 고딕 석상들과 그 비슷한 것들. 괴물, 사자, 독수리, 간단히 말해 고딕풍으로 뒤덮인 거대한 고층 빌딩들을 건설하는 거요. 고딕식 고층 빌딩들이 영화하고 무슨 상관이야? 당신은 이렇게 생각할 겁니다. 바로 등장인물의 심리를 보여주기 위해 필요합니다. 파티에 갔는데 자기소개를 이렇게 하는 사람이 있다고 상상해보세요. '반갑습니다, 반갑습니다.' 이렇게 말하는 겁니다. '제가 고딕식 고층 빌딩들을 짓고 있습니다.' 조금 이상하게 들리죠? 아마 당신은 그 인물의 심리 상태가 궁금할 겁니다."

프랭크가 고개를 끄덕였다.

샤스는 혐오스러워하는 표정을 감추지 못했다.

"그렇습니다. 조금 이상하기 때문에 이렇게 자문하게 되죠. 이 사람, 도대체 무슨 꿍꿍이야? 관객들한테 불러일으키고 싶은 반응도 바로 이겁니다. 이런 반응을 일으키기 위해 주변에 고딕 석상들로 둘러싸인 세트장에서 촬영을 하는 겁니다. 주인공이 한밤중에 그 석상들 사이로 걸으면서……."

프랭크는 더 빨리 말하라는 듯 손짓했다.

"좋습니다. 그는 고층 빌딩을 장식할 석상이 필요하다는 핑계를 대고, 자기가 원하는 것들을 밀수합니다. 이집트, 페르시아, 인도, 동양의 고대 석상들이 바로 그겁니다. 이

불법 현장들에 컷을 맞춥니다. 사람들이 석상을 포장합니다. 힌디어 같은 외국 말로 대화를 합니다. 이제 그는 이 고고학적 유물들을 위탁하기 위해 협상을 해야 합니다. 카이로로 가야 하지요. 하지만 FBI가 그를 감시하고 있습니다.”

“빌어먹을 FBI!”

프랭크가 샤스를 보며 웃었다. 샤스가 이 이야기에 관심을 가져주길 바라는 것처럼. 하지만 샤스는 여전히 짜증이 난 얼굴이었다.

“FBI가 그를 감시하는 이유는, 그건, 좀 더 생각해봐야 합니다.”

“그놈들은 어떤 이유든 찾아낸다니까요.”

샤스가 프랭크의 기분을 맞춰줄 요량으로 목소리를 높였다.

“바로 그거예요. 어쨌든 그는 카이로에 가야만 하는데, FBI한테 의심을 살 생각은 추호도 없습니다. 자, 그럼 어떡해야 할까요?”

“어떡해야 하는데요?”

프랭크의 기분을 띄워줄 생각으로 샤스가 물었다.

“팝스타를 따라다니기 시작하는 겁니다. 남자는 엄청난 부자예요. 현금이 두둑한 사람이죠. 그는 초대받은 파티에서 유명한 팝스타를 만납니다. 그러니까…… 제니퍼 로페즈라고 칩시다. 숨 막힐 정도로 탐스러운 엉덩이를 지닌 여자를 발견하고 그는 즉시 구애를 합니다. 그로 말할 것 같으면 팝스타들이 기꺼이 몸도, 마음도 다 바치고 싶어하는 타입의 남자죠. 이집트의 거부 같은 분위기에 아랍 남자처럼 멋들어진 콧수염을 기르고 탄탄한 근육이 드러나는 검은 양복을 입고. 거기다 부드러운 가죽 모카신으로 포인트를 줬는데, 이건 팝스타들이 좋아하는 스타일이지요. 어쨌든 그는 제니퍼 로페즈를 고딕식 고층 빌딩 맨 위에 있는 펜트하우스에 초대합니다. 저녁을 같이 먹자는 거죠. 제니퍼는 당연히 초대에 응하죠. 거기엔 향신료가 가득한……, 모양만 번드르르한 동양 음식들이 지천이고……. 참, 젊은 오마 샤리프한테 어울릴 만한 침실도 있어요. 침실에 들어서는 순간, 그는 제니퍼를 때리기 사작합니다. 제니퍼는 처음에는 모욕감에 치를 떨지만, 맞으면 맞을수록 점점 더 그를 사랑하게 됩니다.”

“변태 같은 년!”

샤스도 흥미를 느끼기 시작했다.

“암튼 자기한테 빠져들게 하고 나서 오마 샤리프는 그녀의 전화를 분명하게 거절합니다. 제니퍼는 눈물로 하소연하지만, 여비서들은 냉정하게 수화기를 내려놓지요. 그녀를 그렇게 미치기 직전까지 달아오르게 해놓고 그가 전화를 합니다. 일주일 뒤에. 처음에 제니퍼는 전화를 받지 않습니다. 그녀는 그 전화가 자기 비위를 맞춰주려고 애쓰는 트레이너거나, 사랑의 분비물 뭐 그 비슷한 쓰레기 같은 걸 자기한테 분출하고 싶은 수컷들 중 하나라고 생각했거든요. 그러다가 전화벨이 계속 울리자 도저히 그 소리를 참을 수 없어 전화를 받습니다. 그런데 수화기에서 흘러나오는 건 오마 샤리프의 목소리! 그는 달콤한 목소리로 그녀를 뉴욕의 최고급 레스토랑에 초대합니다.

그래서…… 부드러운 불빛, 고급스러운 그릇들, 이탈리아 포도주, 오렌지 소스를 곁들인 오리 요리, 그리고 백만 불짜리 미소를 짓는 오마 샤리프. 제니퍼는 자기 때문에 오마 샤리프가 즐거워하고 있다고 생각하지만, 사실 그는 그녀를 파국으로 몰고 갈 계획을 세워 두고 있지요. 두 시간 전에 〈베니티 페어〉와 다른 잡지사에 전화를 걸어서 이 은밀한 데이트를 발설한 거죠. 그래서 기대에 찬 미소를 짓고 있었던 겁니다. 오마 샤리프는 카이로와 이집트의 오래된 도시들에 대해 들려주고 제니퍼는 황홀한 눈빛으로 그를 바라봅니다. 그러곤 이렇게 묻죠. '달링, 카이로엔 언제 데려가줄 거예요?' 그가 대답합니다. '여기 뉴욕에서 할 일이 너무 많아. 하시만 시간을 내서 데리고 갈게.' 그리고 그녀 앞에 반지를 내밉니다. 감격한 제니퍼는 기쁨의 눈물을 흘리고 그를 껴안기 위해서 자리에서 일어납니다.(이 장면을 상상해보세요. 제니퍼의 엉덩이가 전경에 잡힙니다). 바로 그때 사진기자들과 플래시가 파도처럼 테이블 주위로 밀려듭니다. 제니퍼는 본능적으로 화를 냅니다. 그러다가 곁에서 엉큼하게 웃고 있는 오마 샤리프를 목격합니다. 제니퍼는 이 상황을 전혀 이해하지 못해요. 이때 그가 제니퍼의 귓가에 속삭입니다. '사랑은 숨길 수 없는 거야.' 아니면 뭐 그 비슷한 다른 말을. 그러자 제니퍼는 구두를 벗고 테이블 위로 뛰어올라가 사진 기자들을 향해 소리 질러요. '카이로에 데려가 달라고 했어요. 이분이 그런다고 했어요. 할 일이 많아서 뉴욕을 떠날 수 없긴 하지만 시간을 내준대요. 안 그래요, 자기?'"

"젠장! 변태에다가 잡년이네!" 샤스가 말했다.

"조용히 해, 샤스!" 프랭크가 말했다. "이 콘셉트, 마음에 드는군. 아주 좋아."

코르소 이탈리아 가에는 화산암으로 만든 작은 빌딩이 하나 있다. '스칼리 아마레티'는 그 꼭대기에 걸려 있는 청동 간판에 적힌 이름이다. 이 건물은 1920년대에 지은 것이지만 외관만 보면 딱 고대 그리스의 건축물 같다. 벽이며 기둥, 그리고 장식용 가면들이 그렇다. 안으로 들어가면 떡갈나무 마룻바닥에 마호가니로 만든 계산대가 눈에 띈다. 그리고 그 옆에 놓인 은쟁반. 거기엔 아마레티 과자가 피라

미드 꼴로 쌓여 있다.

입구에 자리 잡은 계산대 뒤에는 미스 니쉐미(살 삼촌의 어린 시절 친구인 코지모 니쉐미의 여동생으로 47세이다. 코지모는 몇 년 전 여동생 비토리아 니쉐미만 남겨 둔 채 심근경색으로 죽었다. 살 삼촌은 자비로운 마음으로 그녀를 스칼리 아마레티의 점원이자 비서이자 지배인이자 경영자이자 간판뿐인 사장으로 고용했다)가 가슴을 편 채 꼼짝하지 않고 서 있었다. 살 삼촌이 유리와 놋쇠로 된 출입문을 밀고 들어오는 것을 보았기 때문이다.

살 삼촌은 마룻바닥이 삐걱거릴 만큼 힘차게 안으로 들어섰다.

"왔나?" 그가 말했다.

"아니요, 코멘다토레." 미스 니쉐미가 말했다. "하지만 분명 올 거예요."

살 삼촌은 걱정스러운 얼굴로 왼쪽 계산대 쪽으로 걸어갔다. 그리고 위층으로 이어지는 마호가니 계단으로 곧장 올라갔다. 그는 계단 끝 왼쪽 문 앞에서 잠시 걸음을 멈췄다가 문을 열고 들어갔다.

손전등 같은 불빛이 바닥에 놓인 맥주 캔 두 개를 비추고 있었다. 술과 담배냄새가 온 방 안에 진동했다. 손수건으로 입을 막지 않고는 참을 수 없을 정도로 역겨웠다. 살 삼촌은 창문으로 종종걸음을 치더니 황급히 창문을 활짝 열었다. 책상 위는 엉망진창이었다. 오른쪽에는 먹다 남은 아마레티 여섯 개가 한 줄로 놓여 있고, 왼쪽에는 맥주 캔들이 쌓여 있었다. 빈 위스키병도 수북했다. 살 삼촌은 쓰레기통을 집어 들고 그 안에 과자부스러기며 빈병, 빈 캔 등을 던져 넣었다.

"완전 난장판이군."

살 삼촌이 쓰레기통을 제자리에 놓으려고 몸을 숙이는데, 등 뒤에서 인기척이 났다. 고개를 돌리자 문가에 루 쉬 오르티노가 서 있는 게 보였다. '젠장, 저 옷차림 좀 봐!' 살 삼촌은 이렇게 생각했다. 잠깐이나마 자신의 젊은 시절을 마주 보는 것 같았다. 애비 레인, 게이를 위한 강아지를 품에 앉고 있던 사비에르 쿠가트, 노란 셔츠에 윤이 나는 회색 양복, 지금 루가 입고 있는 양복과 똑같은 것을 입었던 마리노 베레토.

"어수선하죠? 죄송합니다, 돈 스칼리……."

루가 말했다.

"젠장." 살 삼촌이 말했다. "자네 뭐 잘못 먹었나!"

루는 대꾸하지 않고 주위를 둘러보았다. 그는 살 삼촌이 자신에게 어떤 말을 듣고 싶어하는지 잘 알고 있었다. '병원에 데려다주셔서 감사합니다, 돈 스칼리.' 하지만 그에겐 살 삼촌을 기쁘게 해줄 생각이 조금도 없었다.

"자네 때문에 얼마나 놀랐는지 아나." 살 삼촌이 말했다.

"처음에는 얼굴이 하얗게 질리더니 사람들이 득실득실한 곳에서 정신을 잃고 쓰러지더군."

루는 재킷을 벗고 셔츠를 팔꿈치까지 걷어 올리고, 책상으로 걸어갔다. 자리에 앉아 두 다리를 책상 위에 얹었다.

살 삼촌은 멋들어진 검은 에나멜 가죽구두를 슬쩍 훔쳐보고는 칼날 같은 바지 주름이 망가지지 않도록 바지를 끌어 올렸다. 그러고는 책상 앞에 놓인 두 개의 의자 중 하나에 앉았다. 그가 배 위에 두 손을 얹으며 말했다.

"이 의자는 튼튼하지 않아, 루. 흔들리지 않으면 좋겠는데……."

루가 책상 서랍을 열고 진 병을 꺼내면서 물었다.

"한 잔 드릴까요?"

"한 모금만 하지. 딱 한 모금만."

살 삼촌은 떨떠름한 표정으로 술잔을 응시했다.

"내가 자네 할아버지를 얼마나 존경하고 있는지 아나? 자네가 여길 내 집이다 생각하고 편안하게 지내길 바라네, 루."

"잘 지내고 있습니다, 돈 스칼리. 걱정하지 마세요."

"좋아!" 살 삼촌이 말했다. "좋아!"

그러더니 주위를 둘러보고 이렇게 속삭였다.

"그런데 지금 예상치 못한 일들이 벌어졌다네……."

루가 의아한 표정을 지었다. '예상치 못한 일이라니, 그

게 대체 뭐죠?'

"내 말이 뭐고 하니…… 무슨 일인가 일어났는데……."

살 삼촌이 바지 주름을 매만지며 말했다.

"자네가 병원에 의식을 잃고 누워 있는 동안 이곳은 테러와의 전쟁이 벌어진 아프카니스탄 같았어. 불이 번쩍이고, 사이렌이 울리고, 텔레비전 뉴스에……. 내가 투치오한테 시켰어. 도대체 무슨 일이 벌어진 건지 알아보라고. 투치오는 장례식장에서나 볼 수 있는 낯짝이 되어 돌아왔지. 정보를 캐왔다면서. 무슨 일이었는지 짐작이 가나? 살인사건이 벌어졌어. 밈모 삼촌네 잡화점이 털렸는데, 하필 거기 있던 경찰이 총에 맞아 죽었다는 거야!"

"저런." 루가 말했다.

"이건 누가 내 얼굴을 난도질한 것보다 더 끔찍한 일이야."

살 삼촌이 말했다.

"암, 훨씬 더 끔찍한 일이지! 난 이 구역 젊은 놈들을 낱낱이 알고 있는데, 걔네들은 강도짓을 한다고 해도 경찰을 죽이지 않아. 그래서 주변을 돌아다니면서 정보를 캐봤지. 그리고 한 가지 사실을 밝혀냈어. 강도 사건이 벌어지고 나서 밈모 삼촌네 가게에서 젊은 놈 하나가 기어나왔다는 거야. 약에 반쯤 취한 거 같고, 온몸이 피범벅이었대."

루는 아무 말 없이 진을 한 모금 마셨다.

"내가 그놈을 봤다면." 살 삼촌이 말했다. "일단 그 빌어먹을 놈 목부터 따버렸을 거야. 그러고 나서 그놈이 누군지 물어봤겠지. 그렇지만 난 그렇게 할 수 없었다네. 그 마약쟁이가 어떤 놈인지 아나, 루? 바로 토니네 옆집에 사는 딴따라 자식이야. 닉 팔룸보라는 애송이지. 한데 토니, 그 녀석이 이놈을 애지중지한다네. 마치 제 식구나 되는 것처럼. 물론 평소 예의 바르고 착실한 청년이 빗나간 행동을 하는 일이 종종 벌어지기도 하지. 그러니까 어느 순진한 청년이 산 베릴로에서 우연찮게 약간의 약을 선물로 받는 거야. 그렇게 해서 그 청년은 마약쟁이가 됐는데, 갑자기 공급받았던 마약이 중단된 거야. 그럼 그놈이 어떻게 할 거 같나? 약에 미친 놈은 물불 안 가리고 강도짓을 벌인다고. 그래서 경찰복을 입은 또래의 젊은이를 살해하게 된 거야. 어쨌든 루, 자신이 해야 하는 일인데도 자신이 할 수 없을 때가 있다네. 직접 나서는 것보다 머리로 해결해야 하는 경우가 있어. 난 지금 이 상황을 여기서 해결해야만 해. 또한 이 사건이 비극이 되어서는 안 돼. 그래서 자네한테 한마디 해야겠네, 루! 나한테 또 풀어야 할 문제가 하나 있네. 바로 조카딸 민디야. 왜 내가 자네한테 이런 말을 하는 줄 아나? 정말 그 딴따라 녀석이 그랬을까? 말해보게, 자네도 확신하나? 아니, 자넨 아무 말도 못할 거야. 내 말, 더 들어보겠나? 난 어제 살인사건이 벌어진 그 시간에 조카네 바비큐 파티장에서 그 닉이라는 놈을 봤어. 젠장, 파티장에서 민디한테 달라붙어 있더군. 그놈이 민디와 줄곧 붙어 있었던 건 모두가 알고 있네. 그래서 난 혼자 곰곰이 생각해보다가 이런 결론을 내렸어. 사건이 벌어진 시간에 닉 팔롬보는 조카네 바비큐 파티장에 있었는데, 밈모 삼촌 가게에서 무슨 짓을 할 수 있었을까?”

“무슨 짓을 한 건가요, 돈 스칼리?” 루가 물었다.

“아무 짓도 하지 않은 거야! 아무 짓도 하지 않았어! 이 빌어먹을 놈은 그 상점에 가지 않았어. 내 말 알겠나?”

“물론이죠, 돈 스칼리.”

“좋아. 그럼 이 사실을 밈모 삼촌한테도 납득시켜야 해.” 살 삼촌이 단호하게 말했다.

“죄송한데요, 돈 스칼리.” 루는 잔이 가득 찰 만큼 술을 따랐다. “무례하게 굴고 싶지는 않지만, 도무지 이해가 안 돼요. 대체 ‘납득시켜야 하네’가 무슨 뜻인가요?”

“루, 루. 지금 당장 이 사태를 진정시킬 필요가 있다니까……. 아주 미묘한 사안이라고. 난 밈모 삼촌 가게에 부하를 보낼 수가 없어. 물론 경찰에 줄이 닿아 있긴 하지만, 염병할 손니노도 줄이 있거든. 밈모 삼촌은 아무 잘못이 없어. 하지만 경찰이나 손니노가 밈모 삼촌을 가만두겠나? 겁을 줄 수도 있어. 그렇게 되면 겁먹은 밈모 삼촌은 내 부하들이 자길 협박했다고 불지도 몰라. 그럼 내가 어떻게 되겠나? 몸을 숨길 수밖에 없어. 그래서 지금 자네한테 부탁하는 거네. 밈모 삼촌한테 가주게. 밈모 삼촌은 내가 자넬 보냈다는 걸 상상도 못할 거야. 그럼 문제는 다 해결될 거고. 밈모 삼촌이 지레 겁에 질려 거짓 신고를 할 일도 없어질 테지.”

루는 책상에서 발을 내리고 일어섰다. 두 손을 주머니에 찌르고 두어 걸음 앞으로 나갔다.

“돈 스칼리.” 갑자기 돌아서면서 루가 말했다. “이런 미묘한 일을 맡겨주시다니 영광입니다.”

“자넨 정말 훌륭한 젊은이로군. 자네 할아버지한테 말해야겠네. 정말이지 자넨 존경을 받을 만한 훌륭한 청년이야. 그런데 나는.”

살 삼촌이 잠시 입을 다물었다가 말을 이었다.

“난 양심의 가책을 받고 있는 이 닉이란 녀석이…… 근데 내내 바비큐 파티장에 있었는데 왜 죄지은 표정을 하고 있었는지 아직도 잘 모르겠어. 하지만 녀석이 도망가는 건 원하지 않아. 젠장, 그놈은 마약 중독자야. 그런 놈들은 쉽게 초조해하고 두려워하지. 그런 놈을 그냥 달아나게 놔둔다면 내 꼴이 뭐가 되겠나? 특히 경찰 놈들이 어떻게 생각하겠어? 게다가 그렇게 되면 사람들은 아마 닉이 진짜 범인이었다고 여길 거야. 놈도 언젠가는 경찰 손에 잡힐 거고. 그럼 경찰들이 나한테 와서 우쭐대겠지. ‘돈 스칼리, 조카

분 옆집에 사는 남자가 경찰을 살해했습니다. 그런데 당신은 그것도 몰랐습니까? 집안 단속도 제대로 못하면서 꼴에 보스라고 목에 힘 주는 꼴이라니. 위세만 당당하시네요!’ 간단히 말하자면 루, 개들을 끈에 묶어놔야 해! 자네가 이 닉이라는 놈을 좀 감시해주게. 적어도 우리가 이 사건을 납득할 수 있을 때까지. 그리고 달아날 이유가 전혀 없다는 걸 그놈 스스로 깨달을 때까지.”

“지당하신 말씀입니다.” 루가 말했다.

“개들을 끈에 묶어놔야 한다는 말, 그거 말인가?” 살 삼촌이 물었다. “우리 삼촌이 자주 하던 말인데. 권총을 장전할 때.”

“아니요, 위세 당당한 보스라는 말, 그거요.” 루가 말했다. “돈 스칼리, 그러면 제가 닉이라는 녀석을 어떻게 만나야 합니까?”

“토니가 약혼 바비큐 파티를 준비하고 있네.” 살 삼촌이 언질을 주었다. “그 구역에 사는 사람들한텐 평생 기억에 남을 바비큐 파티가 될 거야. 닉 팔룸보도 초대했어. 그놈이 약혼자니까. 그리고 루, 자네도 초대하겠네. 토니가 반반한 여자들을 만나게 해줄 걸세! 걱정할 건 하나도 없어. 진도 충분히 준비할 거니까.”

‘폴리틱스 앤드 프로우즈’ 서점 레드 룸에서 30분을 버텨야 했다. 심신이 지친 그녀는 더 이상 프랭크의 허튼소리를 듣고 싶지 않았다.

“재스민.”

프랭크 에라가 말했다.

“너 책 읽을 때 매도우 소프라노하고 비슷한 거 알아. 안 그래, 샤스? 토니 소프라노(미국에 정착한 이탈리아 마피아를 다룬 드라마 〈소프라노스〉의 주인공—옮긴이)와 카르멜라 소프라노의 딸하고 닮은 것 같지 않아?”

“매도우 소프라노! 맞아, 꼭 닮았는데요.” 샤스가 맞장구쳤다.

재스민은 눈썹 하나 까딱하지 않고 계속 빌어먹을 『시칠리아 섬 완벽 가이드』를 읽었다. 할례를 받지 않은 리와인의 물렁물렁한 거시기와 직접 접촉한 대가로 받은 책이었다. 시칠리아에 대해 자세히 설명된 책을 부탁하자 그 돼지는(머리 위는 둥글게 대머리가 벗겨지고 귀 뒤로는 화장실 빗자루 같은 머리를 길게 길렀다) 대여섯 권의 책을 꺼냈다. 『시칠리아에서의 미드나이트』, 『안녕 시칠리아』, 『스위트 시칠리아』, 『시칠리아에서』. 하나같이 쓰레기였다. 떨떠름한 그녀의 표정을 보고, 그는 희귀도서를 모아놓은 레드 룸에 더 좋은 책들이 있다고 속삭였다. 그곳은 녹슨 선반

위로 먼지가 켜켜이 쌓여 있고, 완전히 부서진 책상이 방치되어 있는 작은 방이었다. 리와인은 그녀의 등 뒤에서 책을 내밀었다. 그는, 그녀의 어머니인 앤 과르다쉬오네의 표현처럼, 그녀에게 '집적'거렸다. 어쨌든 재스민은 도미안 만도를라의 『안녕 시칠리아』와 지금 프랭크에게 읽어주고 있는 『완벽 가이드』 두 권을 겨드랑이에 끼고 나왔다. 『안녕 시칠리아』는 호박, 잠두콩, 올리브와 케이퍼를 곁들인 파스타 이야기가 들어 있어서 앤이 딱 좋아할 만한 책이었다.

"이 광장이 조화로운 바로크 분위기를 풍기는 것은 광장을 에워싼 건물들 때문이다. 광장 한가운데는 도시의 상징인 코끼리 분수가 있다. 이 분수는 남쪽에 자리 잡은, 훨씬 더 차분한 19세기의 아메나노 분수와 대조를 이룬다. 아메나노 분수는 팔라초 키에리치와 팔라초 프라다를 배경으로 서 있다……."

"재스민."

프랭크가 말했다.

"근데 넌 매도우처럼 대학물 먹어보긴 한 거냐? 못 먹어 봤지! 그러니까 생각이 없지. 염병할! 대체 시칠리아의 바로크 따위에 누가 관심을 갖겠냐고! 어쨌든 계속 읽어봐."

재스민은 화가 나서 오른쪽 가운뎃손가락에 침을 묻혀 아무렇게나 20여 페이지를 넘겼다. 그리고 다시 읽기 시작했다.

"가장 유명한 시민으로는 조반니 베르가를 기억해야 한다. 초기에 애국적인 주제에 전념한 그는 후에 감정적이고 낭만적인 열정이 우세한 문학작품들을 발표했다."

'감정적이고 낭만적인 기질이라고?' 프랭크의 머릿속에 희미한 빛이 스쳐지나갔다.

"1871년에." 재스민이 계속 읽었다. "밀라노에서 『참새 이야기』를 발표하면서 성공을 거두었다. 소설은 처음에 1870년 〈라 리카마트리체〉라는 신문에 연재되어 소개되었다."

'리카마트리체! 참새 이야기!' 프랭크는 너무 기뻤다. 온몸에서 힘이 쫙 빠져나가는 것 같았다. 거의 혼절할 지경이었다.

"샤스." 프랭크가 말했다. "제피렐 리가 만든 영화 「참새 이야기」, 기억나나?"

"제피렐리가 누군데요, 프랭크?" 샤스가 물었다. "트렌트 친군가요?"

"아, 그렇게 말할 수 있지." 프랭크가 아주 흡족한 듯 대꾸했다. "그렇다고 할 수 있어."

그로부터 정확히 한 시간 후. 그레타는 여전히 마음속으로 '흠' 하고 있었다. 프랭크의 제안은 정말 이상했다. 그 제안을 듣고 놀라지 않았다면 새빨간 거짓말일 것이다. 정말이지 심장이 내려앉을 만큼 깜작 놀랐다! 프랭크가 전화로 그렇게 다정하게 이야기를 하다니! 상상조차 할 수 없는 일이다. 솔직히 프랭크는 평생 동안 단 한 번도 친절하다는 말을 들을 수 없는 남자다. 일단 얼굴부터! 그렇게 음흉한 빛이 감도는데 어떻게 친절하다는 말을 들을 수 있겠는가? 프랭크의 엄마라도 차마 그런 말을 하지는 못할 것이다. 어쩌면 엄마를 닮아서 그런지도 모른다. 모전자전 아닐까? 어쨌든 그레타가 이탈리아에 가는 건 확실하다! '세상에, 트렌트 영화의 특별 시사회에 함께 가달라니!' 흠…… 그렇지만…… 어쨌든…… 프랭크는 정말 이상한 남자다. 그녀에게 뭔가를 원하는 게 분명하다. 보통 때와 같이 평범한 섹스를 하고 싶어서 이러는 건 아닐 것이다. 프랭크가 잠자리 때문에 이토록 친절하게 군 적은 한 번도 없었으니까! 그럼, 무엇 때문에? 흠, 그렇다면 이유는 분명 프랭크, 자신 때문일 것이다. 프랭크 같은 남자가 두려워하는 건 오직 자기 자신뿐이다. 어느날 갑자기 제정신을 차리고 싶어할까 봐. 사실 거의 모든 남자들이 이런 순간을 맞는다. 남자들은 예외 없이 일정 연령에 이르면 결혼하고 싶어한다. 어떤 여자하고라도…… 틀림없다! 프랭크는 카르멜라를 사랑하고 있다. 바다가재처럼 얼굴이 못생긴 여자다. 어쩌면 그는 그레타를 이탈리아로 데려가서 카르멜라의 질투심에 불을 댕기고 싶은지도 모른다. 그래, 바로 그것 때문이다. 프랭크 같은 남자는 양심의 가책을 느낄 때에만 달콤한 목소리로 속삭인다. 틀림없다.

그에게 친숙한 동네다. 빨간색으로 칠한 차이니스 레스토랑의 목탑, 채소장수와 생선장수의 좌판, 바, 정육점, 세련된 향수를 파는 가게, 잭나이프를 파는 가게. 그렇지만 눈을 씻고 찾아봐도 밈모 삼촌의 가게는 보이지 않았다.

루는 살 삼촌에게서 받은 사진을 다시 꺼내 보았다.

헤어디자이너인 토니가 닉이라는 남자를 뚫어지게 쳐다보고 있다. 눈빛이 지나칠 정도로 끈적끈적하다. 사진을 보고 있자니 루의 머릿속에서 존 쥬프레가 떠올랐다. 쥬프레 패밀리의 감추고 싶은 수치였던 한심한 놈! 그는 뉴욕에서 열린 루의 송별회에 한껏 옷을 차려입고 와서는 토니와 같은 표정으로 루를 바라봤다.

닉이라는 남자는 토니의 표정을 어설프게 흉내 내고 있었다. 부드러운 표정을 지으려고 애쓰고 있는 게 눈에 훤히 보였다. 단번에 티가 났다.

루는 주머니에 사진을 집어넣고 잭나이프를 파는 가게로 향했다.

　타노는 오후에 일어나 밈모 삼촌의 가게로 갔다. 늘 그랬 듯이. 밈모 삼촌의 가게는 오후에 한산하다. 사실 거기엔 급히 사야 하거나 일상생활에 반드시 필요한 물건들이 별로 없다. 반창고나 소독용 알코올 같은 응급처치 용품을 제외하고. 타노는 가게 안으로 들어가 발판사다리에 앉았다. 그러다가 어둑어둑해지면 물건 서너 개를 일부러 떨어뜨리기도 했다. 어둠이 깔리기 시작하면 밈모 삼촌도 기운이 빠져 계산대에 주저앉아 졸았다. 타노는 낮잠에 빠진 사람을 깨우면 안 된다고 생각했다. 그 사람이 모욕을 느낄지도 모르는 일 아닌가. 그래서 대신 물건을 떨어트렸다. 밈모 삼촌은 화들짝 놀라 깨어나더니 곧 정신을 차리고 불을 켜려고 일어났다.

　타노는 흐뭇한 표정으로 고개를 끄덕였다.

　잭나이프를 파는 가게는 검시실처럼 환했다. 루는 점원에게 건성으로 인사하고 진열품을 구경했다. 손으로 적은 가격표가 붙은 잭나이프 10여 개가 유리 진열대 선반에 가지런히 놓여 있었다. 미국에서 파는 것들, 이를 테면 톱니모양에 길이는 50센티미터나 되고 손잡이 안에 구급약품함이 들어 있는 잭나이프, 텍사스나 아칸소의 또라이들이나 맨해튼의 사이코킬러들의 입맛에 맞춰 복잡하게 만든 너클더스트는 보이지 않았다. 대신 손잡이에 섬세하게 무늬를 아로새긴 작은 나이프들과 평범하게 생겼지만, 실용적이고 성능 좋은 너클더스트들이 있었다.

"특별히 찾으시는 게 있나요?"

루는 뒤를 돌아서 점원을 바라봤다. 눈이 마주치는 순간, 그가 평범한 점원이 아니라는 것을 눈치 챘다. 강한 애프터쉐이브 로션의 향기, 50대 남자인데도 그리스볼(grease ball, 미국 속어로 라틴 아메리카의 사람—옮긴이)처럼 깔끔하고 세련되게 갖춰 입은 모습. 틀림없이 여기 주인일 거다. 게다가 얼굴엔 칼자국도 있다. 이런 가게에서 마주칠 수 있는 바로 그런 종류의 사람이다!

루는 주위를 둘러보았다. 그리고 칼자국을 뚫어지게 쳐다보며 물었다.

"잭나이프 있습니까?"

불을 켤 때마다 밈모 삼촌은 눈을 게슴츠레 뜨고 무슨 소리가 들리지 않는지 신경을 곤두세웠다. 그러면 항상 윙윙거리는 소리가 귓속을 파고들었다. 그 소리가 낡은 전등에서 울리는 것인지, 잠에서 깬 파리들의 날갯짓 소리인지는 알 수 없었다. 그래서 눈빛으로 타노에게 물었다. 타노 역시 눈을 게슴츠레 뜨고 귀를 기울였지만, 솔직히 아무 소리도 들리지 않았다. 타노가 어깨를 으쓱했다. '아무것도 안 들리는데!' 하는 표정으로. 그러자 밈모 삼촌은 별 한심하고 게으른 놈 다 보겠다는 듯 타노를 쏘아보더니 계산대로 돌아갔다. 윙윙 소리를 못 듣는 사람과는 단 한 마디도 주고받고 싶지 않다는 듯이. 그러곤 잡지를 집어 들고 페이지를 넘겼다. 그가 보는 잡지는 늘 똑같았다. 총천연색 사진들로 도배된 고급스러운 잡지다. 그는 거기 실린 사진들을 엄청 좋아했다. 당연히 다른 잡지는 안중에도 없었다.

칼자국이 보일락 말락 미소를 지었다.
"따라오시죠."
그가 두 손을 주머니에 집어넣으며 말했다. 그 바람에 주머니 속에 들어 있던 것들이 딸랑거렸다. 그는 계산대 뒤로 가서 몸을 구부렸다. 그리고 벨벳이 밑에 깔린 상자를 집어 들고 상체를 일으켰다. 상자 안에는 보석가게 진열장에 놓아두어도 될 만큼 화려한 잭나이프들이 가득 들어 있었다.
"손님 같은 젊은 분이 아직도 이런 칼에 관심을 갖고 계시다니 정말 놀라운 일입니다."
루가 물건을 살피는 동안 칼자국이 말했다.
"요즘 젊은이들은 너나 할 것 없이 뾰족한 나이프를 선호하잖소? 끝이 뾰족해봤자 아무 소용이 없다고 누누이 말해도 안 통합디다. 뭉툭한 칼도 제대로 다루지 못하는 주제에 뾰족 칼이 무슨 소용 있겠소? 장님이 돌팔매질하는 격이지."

루는 이해가 안 간다는 듯 그를 쳐다봤다.

"내 말뜻은 이거요. 자, 사냥을 갔다고 칩시다. 처음부터 뾰족 칼을 쓸 필요가 있냐 말입니다. 토끼를 잡고 싶으면 일단 총을 써야지. 칼은 토끼 숨통을 끊어 놓은 다음 가죽을 벗길 때에나 사용하는 거요. 무턱대고 뾰족 칼을 휘둘렀다가는 토끼가 아니라 제 살가죽을 벗기기 십상이지. 물론 댁은 이렇게 생각할 수도 있지, 뾰족한 칼로 마지막 숨통을 끊어놓아야 한다고. 하지만 그건 착각이오. 어디 칼로 토끼를 죽이는 사냥꾼 본 적 있소? 토끼는 사람을 물지. 그러니까 토끼한테 다가가기 전에 미리 숨통을 끊어놔야 한다는 겁니다. 정말로 토끼를 죽이고 싶다면 권총을 먼저 집으시오. 토끼 뇌를 박살낸 뒤 칼은 다른 데 사용하라는 뜻이오."

"알겠습니다."

루는 그를 슬쩍 바라보면서 다시 칼들을 살폈다. 칼자국은 이렇게 말하듯 고개를 주억거렸다. '당연히 내 말 알아들었을 거요.' 그러더니 다시 이야기를 이어나갔다.

"하지만 요즈음 젊은이들은 그런 걸 모르오. 설명해주는 사람이 없어서 말이야. 그래서 사냥할 때 엄청난 실수를 저지르는 거지. 옛날에는 그런 걸 일일이 가르쳐주는 이들이 많았는데……."

그는 이렇게 말하면서 자기 뺨을 쓰다듬었다.

"이걸로 주세요. 포장은 필요 없습니다."

손잡이를 자개로 장식한 그 칼은 루의 할아버지 머리처럼 하얗고 윤이 났다.

"한 가지만 물어볼게요." 루가 돈을 지불하면서 물었다. "이 주변에 면도용 거품을 살 만한 데가 있습니까?"

"그럼! 요 옆에 있는 밈모 삼촌네로 가보시구려. 입구가 초라하고, 간판도 없지만 면도용 거품은 있을 거요. 거의 만물상 수준이라니까."

루는 다시 거리로 나왔다. 희미한 누런빛이 밈모 삼촌의 잡화점에서 새어나왔다. 잡화점은 잭나이프 가게와 향수 가게 사이에 끼어 있었다. 입구에 나무와 유리로 된 작은 문이 보였다. 루는 문을 밀고 거침없이 안으로 들어갔다.

"미안하지만 밖에서 기다려주시면……."

밈모 삼촌은 그 말을 다 마칠 수가 없었다. 루가 이미 가게 안에 들어와 있었으니까. 루는 두 손을 트렌치코트에 찌른 채 계산대 앞에 서서 밈모 삼촌을 뚫어져라 노려보았다.

"반창고가 필요한가보구먼. 이렇게 급하게 들어온 걸 보니."

누군가 루의 뒤에서 말했다. 루는 깜짝 놀라 고개를 돌렸다. 웬 노인이 세제가 잔뜩 놓인 금속 선반에 등을 기댄 채 발판사다리에 웅크리고 앉아 있었다.

"밖에서 기다리라고 하지 않았소. 이 안에 사람 있는 거

124

안 보여?"

"괜찮아, 내 걱정은 말게." 타노가 점잖게 말했다.

"아니야, 기다려요."

군대에서처럼 질서를 중시하는 밈모 삼촌이 말했다.

"이건 원칙의 문제야. 내가 줄을 서라고 하면 다 이유가 있어서 그런 거야, 안 그래? 이제 점잖게 밖으로 나가 있어요. 그리고 내가 들어오라고 하면 다시 들어와요. 저 사람 용무를 서둘러서 처리하겠소. 그리고 나서 당신 일을 처리합시다."

루는 한 손으로 얼굴을 쓰다듬으며 밖으로 나갔다.

가게 입구에서 담배를 피우던 잭나이프 가게 주인이 루를 보고 목례를 했다. 그리고 담배를 다시 입으로 가져갔다.

루는 그저 눈만 깜빡였다.

밈모 삼촌의 잡화점에서 열차가 지나가는 것 같은 굉장한 소리가 터져나왔다. 곧이어 밈모 삼촌의 고함 소리도 들렸다.

"젠장, 내 그럴 줄 알았어!"

잭나이프 가게 주인이 두 팔을 벌렸다가 다시 담배를 피워 물었다. 루는 아래턱을 꽉 다물었다.

그때 밈모 삼촌이 입구에 나타났다.

"자, 들어와요. 이제 문제없소. 타노를 남성용 화장품 코너에 쑤셔넣었으니까."

잭나이프 가게 주인이 밈모 삼촌을 향해 가볍게 목례했다. 밈모 삼촌이 답례하면서 말했다.

"생각할수록 슬픈 일이야. 젊은 경찰이 이곳에서 죽다니."

거의 모든 것을 체념한 표정이었다. 나이프 가게 주인은 '어쩌겠어요'라고 말하듯 어깨를 으쓱했다.

밈모 삼촌은 '그래. 어쩔 수 없는 일이야'라고 하듯 고개를 끄덕이며 잡화점으로 들어갔다. 루도 그 뒤를 따랐다.

타노가 남성용 화장품 코너에서 고개를 내밀고 인사했다.

"안녕하십니까?"

마치 루가 이 가게에 처음으로 들어온 것처럼. 그러자 밈모 삼촌이 조용히 하라고 눈짓을 했다. 타노는 무심하게 애프터쉐이브 로션으로 시선을 돌렸다.

"그래, 어떤 반창고가 필요하신가?"

밈모 삼촌이 안경을 끼며 물었다. 타노가 애프터쉐이브 로션을 보며 덩달아 고개를 끄덕였다.

루는 주머니에서 잭나이프를 꺼내 계산대 위에 올려놓았다. 그리고 사진을 꺼내 칼 옆에 놓았다.

밈모 삼촌은 칼, 사진, 루를 차례대로 살펴보았다. 그러더니 석궁을 잡았다.

루가 눈을 깜빡이며 한 손으로 얼굴을 쓰다듬었다. 타노는 손에 쥐고 있던 애프터쉐이브 로션을 떨어뜨렸다.

"코멘다토레 말이 이 석궁은 쥐를 죽이는 목적으로 시판
됐다고 했소. 한데 믿을 만한 말이 아닌 것 같아. 쥐를 죽이
려면 먼저 쥐들을 한구석으로 몰아야 하는데, 그게 말처럼
쉬운 일이 아니거든."

믿모 삼촌이 말했다.

"사진 속의 이 남자를 아십니까?"

루가 석궁을 못 본 척하며 물었다.

믿모 삼촌은 석궁을 손에 쥔 채 대답했다.

"물론이오. 미용사 토니잖소."

"그래, 맞아. 미용사 토니야. 나도 알아." 타노가 거들었다.

믿모 삼촌이 못마땅한 듯 그를 노려보았다.

"토니……."

무안해진 타노가 벽으로 얼른 고개를 돌렸다.

"그 사람 말고 다른 사람 말이오." 루가 말했다.

믿모 삼촌의 윗눈썹이 올라갔다. 그가 다시 사진을 보았
다.

"모르오. 이 사람은 몰라요." 믿모 삼촌이 말했다. "그건
그렇고 당신은 대체 누구요?"

"좋은 질문입니다." 루가 말했다. "당신한테 충고하러 온
사람이오."

"혹시 내가 아는 사람일지도 모르는데……." 티노가 말
했다.

“조용히 해, 자네도 모르는 사람이야.” 밈모 삼촌이 말했다.

타노가 다시 고개를 돌렸다.

“어떤…… 충고 말이오?”

“혹시 누가 나하고 똑같은 질문을 하면 당신은 똑같이 대답해야 됩니다, 알아들었소?”

“으흠.” 밈모 삼촌이 눈을 찡그리며 말했다. “그런데 갑자기 여기서 이 사람을 본 기억이 떠오른다면…….”

“잘못 본 걸 거요.”

“왜 그렇소?”

루는 잠시 생각했다가 입을 열었다.

“여기서 살인사건이 벌어진 시간에 그 청년은 바비큐 파티장에 있었으니까. 토니네 집 말이오. 그러니까 당신이 그 사람을 봤을 리가 없지.”

“아, 그렇군.” 밈모 삼촌이 말했다.

“그렇소.” 루가 말했다.

“그래.” 타노가 말했다.

“알겠소.” 루가 말했다.

“알아야 할 게 뭔지 이제 알겠소.” 밈모 삼촌이 석궁을 내려놓으며 대답했다. “하지만 중요한 건 그게 아니오.”

“아니라고?”

“아니요.” 밈모 삼촌은 등받이 없는 의자에 침착하게 앉아 있었다. 팔짱을 낀 채. 잠시 뜸을 들이다가 그가 입을 열었다.

"이보시오, 수수께끼같이 소리 집어치우고 까놓고 얘기하는 게 어때?"

타노가 고개를 끄덕였다.

"수수께끼라고?" 루가 말했다.

"본론을 얘기하라 이거요!"

밈모 삼촌이 돌연 언성을 높였다.

"좋소, 본론으로 들어가죠."

"그러니까 첫 번째는." 밈모 삼촌이 엄지손가락을 치켜세우며 말했다.

"당신 같은 젊은이들이 요즘 어떤 방식으로 일하는지 난 모르오. 예전에 우린 작은 일 하나라도 침착하게 해결했지. 지금 젊은이들은 일하는 게 아주 엉망이야. 젠장! 자, 들어보시오. 처음에 당신들은 상납금을 받아갔소. 그러더니 강도짓을 해놓고 지금은 협박까지 하고 있어! 내 머리 센 것 좀 보라고! 나는 내 몫을 다 하는 평범한 시민이오. 그런데 이것부터 좀 물어봅시다. 경찰하고 손발은 맞춘 거요? 젠장, 당신들이 꼼꼼하게 계획을 짜 뒀으면 그렇게 바보 같은 짓을 하지 않았을 거요. 참, 내가 범인 몽타주를 그리게 한 거 모르지? 오븐 팬처럼."

"오븐 팬이요?"

"그렇다니까. 그놈한테 딱 어울리는 묘사야. 내가 비록 얼굴에 뇌수를 잔뜩 뒤집어쓰고 보긴 했지만, 틀림없어. 영락없이 오븐 팬이더라고. 그리고 행여 내가 아는 사람이라고 해도 경찰 얼굴을 쑥대밭으로 만든 빌어먹을 놈의 이름을 솔직하게 불 거 같소?"

타노가 '절대 아니지'라는 뜻으로 고개를 저었다.

"두 번째."

밈모 삼촌이 집게손가락으로 금전등록기의 버튼을 누르며 운을 뗐다. 금전등록기는 보통 때처럼 타탕 소리를 내며 열렸다.

"대체 이 따위 기계는 누가 만든 거야?" 밈모 삼촌이 말했다. "거스름돈을 내줘야 할 때마다 혈압이 오른다니까!"

그가 한숨을 쉬며 침착하게 지폐 뭉치를 집었다. 엄지손가락과 집게손가락에 침을 묻혀가며 돈을 세기 시작했다. 하나, 둘, 셋, 넷, 다섯…… 열다섯.

"자, 여기 150유로. 신용, 위치, 구역, 단골 그리고 당신이 중요하게 생각하는 걸 모두 고려해볼 때 이 정도면 적당한 것 같소. 다음 달에도 당신을 기쁘게 해주겠소. 이제 당신이 내 부탁을 들어줄 차례요. 당신을 보낸 사람한테 이 돈을 전해줘요. 그리고 이 말도 전해주시오. 밈모 삼촌은 기꺼이 상납금을 낼 거라고. 평화롭게만 살게 해주시오. 내가 바라는 건 이것뿐이야. 됐소?"

타노가 헛기침을 했다.

"그럼 이제 된 거요?"

타노가 헛기침을 했다. 밈모 삼촌이 그를 보았다.

"코지모……." 타노가 조심스럽게 입을 열었다.

"아, 알았어. 젠장할, 알았다고."

그가 다시 지폐를 세기 시작했다. 10유로짜리 열다섯 장을 테이블 위에 더 올려놓았다.

"이 앞에 있는 코지모네 바도 부탁하오. 기억해요. 코지모, 코지모라고. 다음 달에는 코지모한테 직접 가서 받아요. 내가 코지모한테 일러놓을 테니까."

루가 돈을 보고 고개를 끄덕였다. 돈을 집고, 사진과 칼을 주머니에 넣었다.

"그럼 이제 다 끝난 거요. 안 그렇소?"

밈모 삼촌이 말했다.

루가 고개를 끄덕였다.

"석궁이 필요하시면 선물로 드릴까? 난 이제 필요가 없어서 말이오."

루가 물끄러미 그를 쳐다보면서 대답했다.

"대단히 감사합니다. 그럼 포장을 해주시겠습니까?"

오르차타(곡류를 갈아 만든 음료—옮긴이)를 마시고 있다. 한 모금, 한 모금 마실 때마다 지팡이에 몸을 기댔다. 그는 한 손으로 둥근 선글라스를 만지작거리며 자주 고쳐 썼다. 컵을 내려놓는 그의 마른 손이 사시나무처럼 떨렸다. 부하 둘이서 그가 오르차타를 쏟지는 않을까 조심스럽게 지켜보고 있었다.

"빈첸초는 어디 간 거야?"

돈 조르지노가 물었다.

부하들의 시선이 동시에 마주쳤다.

"돈 조르지노, 빈첸초는 경찰 끄나풀로 밝혀졌습니다. 기억 안 나십니까?"

돈 조르지노 파바로타가 고개를 끄덕였다.

"그 가족들은 감시하고 있지?"

또 다시 부하들의 시선이 마주쳤다.

열세 살에 아버지, 어머니, 형제들의 배를 찔러 죽여 '가족을 찔러 죽인 빈첸초'라 불린 빈첸초는 결혼을 하지 않고 혈혈단신으로 지냈다.

"그럼요, 돈 조르지노. 걱정하지 마십시오."

돈 조르지노가 고개를 끄덕이며 오르차타를 마셨다. 한 모금 마시고 떨리는 손으로 잔을 내려놓았다.

부하들의 눈길은 컵에서 떨어지지 않았지만, 몸은 어느

새 앞으로 기울어져 있었다. 다행히 이번에도 차를 쏟지는 않았다.

첸치노는 벨리니 공원 근처, 에트네아 가의 센트럴 파크 호텔 앞에 차를 세웠다. 보행자 구역이었지만 살 스칼리의 벤츠는 주차가 허용됐다. 첸치노가 차에서 내려 반대쪽으로 뛰어가 자동차 문을 열었다.

살 삼촌은 차에서 내려 재킷의 단추를 채우고, 선글라스를 쓰고, 호텔 안으로 들어갔다.

중요인물과 약속이 있을 때면 부하들을 거느리지 않고 혼자 나타나는 것이 그들 사이의 에티켓이었다. 살 삼촌은 예전에 돈 조르지노 파바로타의 은혜를 입었다.

살 삼촌에게 알피오의 목을 치라고 조언한 사람이 바로 돈 조르지노 파바로타였다. 돈 조르지노는 트라파니에서 태어났지만, 어릴 적에 카타니아로 이주해 왔다. 돈 조르지노는 패밀리의 후임 보스로 살 삼촌을 지지했다. 덕분에 전임 보스였던 밈모 아쉬올라과 끈끈한 관계에 있는 바칼루초 파들이 그에게 반감을 품고 이유를 따졌다. 하지만 돈 조르지노가 강력하게 주장하자 그들은 결국 뒤로 물러섰다. 돈 조르지노는 실제로 살 스칼리를 매우 좋아했다. 몇 년 전, 돈 조르지노는 울컥한 마음에 마르차메미 출신의 나탈레 임펠리체를 죽인 적이 있다. 그가 건방지게 굴었기 때문이다. 그러나 임펠리체 파는 만만한 조직이 아니었다. 그들은 포찰로의 구아레라 파와 산 비토 로 카포의 굴로타 파와 연결되어 있었다. 조르지노가 알지 못했을 뿐이다.

그때 전면에 나서서 이 문제를 해결한 사람이 바로 젊은 보스, 살 스칼리였다.

나폴리에서 살 삼촌은 치로 라 브루나를 알게 되었다. 치로 라 브루나는 미국인 친척들을 둔, 정말 최고의 그리스볼이었다. 치로 라 브루나는 카르미네 굴로타에게 이렇게 말했다.

"나탈레 임펠리체는 우리가 알아서 해치웠다."

치로 라 브루나는 세콘딜리아노 동맹을 깨려고 했던 임펠리체를 봐줄 수 없었다. 카르미네 굴로타는 그 소식을 듣고 치로 라 브루나에게 사람을 보내 말을 전했다. 나탈레 임펠리체는 '세콘딜리아노' 동맹의 '세' 자도 모른다는 것이었다. 그들 세계에서 왕좌를 차지하고 있던 라 브루나는 카르미네 굴로타에게 답신을 보냈다.

"돈 카르미네, 미안합니다. 우리가 사람을 잘못 본 것 같습니다."

카르미네 굴로타는 입을 다물고 있을 수밖에 없었다.

돈 조르지노 파바로타는 입장이 무안하게 돼버린 라 브루나 파에게 북부 이탈리아에서 있었던 비즈니스 수십 건을 양보했고, 살 스칼리와 함께 포르첼라와 미국의 라 브루나 파를 위해 일을 해주었다.

　그들의 미팅은 의례에 따라 호텔에서 이루어졌다. 살 삼촌은 호텔 바에서 세 남자를 발견하고 공손하게 다가갔다. 돈 조르지노는 공개적으로 살 삼촌을 질책하면서 죽은 경찰 문제를 빨리 해결하라고 충고해야만 했다. 이런 일 때문에 살 삼촌을 자기 집으로 초대할 수는 없었다. 정중하게 찾아온 손님을 다그치고 협박할 수는 없었으므로 직접 살을 만나러 가야 했다. 차마 가족들이 있는 집으로 부를 수는 없었다.

　"돈 조르지노." 살 삼촌이 말했다. "저, 왔습니다."

　살 삼촌은 앉으라는 신호를 기다리며 서 있었다. 하지만 돈 조르지노는 꼼짝도 하지 않았다. 부하 한 명이 돈 조르지노의 귀에 대고 소곤거렸다.

　"살 스칼리가 왔습니다."

　돈 조르지노가 깜짝 놀랐다.

　"투루체두가 왔어?"

　"저 여기 있습니다, 돈 조르지노!"

　"여기 있습니다." 부하가 말했다.

　"그런데 왜 앉으라고 하지 않지?"

　돈 조르지노가 부하에게 말했다. 부하가 살 삼촌에게 앉아도 된다고 손짓했다. 그러자 살 삼촌은 얼른 자리에 앉으며 주위를 둘러보았다.

“그런데 투루체두가 빌어먹을 짓을 했다는 게 사실이 야?”

돈 조르지노가 오른쪽에 있는 부하에게 말했다.

“사실입니다, 돈 조르지노. 제가 빌어먹을 짓을 했습니다.”

살 삼촌이 고백했다.

“맞군, 투루체두가 제 입으로 털어놓는군.”

돈 조르지노가 말했다. 그리고 왼쪽에 있는 부하를 향해 돌아섰다.

“누군가 빌어먹을 짓을 하면 나중에 만회할 기회를 줘야 한다고 내가 항상 말했지, 안 그랬나?”

“맞습니다.” 부하가 확인했다.

“맞습니다!” 살 삼촌도 맞장구쳤다.

돈 조르지노가 고개를 끄덕였다. 그리고 오른쪽 부하를 향해 돌아섰다.

“투루체두가 빌어먹을 짓을 했다면 그 일을 바로잡을 때 까지 시간을 줘. 두뇌 회전이 빠른 친구니까 일주일 안에 문제를 해결할 수 있을 거야. 암, 그렇고말고. 그런데 다음 주에 내가 시내에서 처리할 비즈니스가 있어. 그 전까지 모 든 게 깨끗해야 돼, 젠장.”

이가 하나도 없는 입으로 웃으며 그가 말했다.

“투루체두가 두뇌회전이 빨라서 천만 다행이지. 안 그랬으면 내가 얼마나 난처했겠어."

부하가 살 삼촌 쪽으로 돌아서서 말했다.

"돈 조르지노께서는 다음 주 안으로 당신이 문제를 해결할 거라고 확신하고 계십니다."

"살 스칼리가 이미 문제를 해결했다고 돈 조르지노께 말씀드리시오." 살 삼촌이 말했다.

"살 스칼리가 문제를……."

"들었어. 젠장, 내가 귀머거리인 줄 아나?" 돈 조르지노가 말했다. "아, 자네들. 산책이나 좀 갔다 오게. 들었지? 투루체두가 벌써 문제를 해결했대잖아. 이제 이쪽에 앉아서 얘기 좀 하세."

그러더니 왼쪽에 있는 부하의 팔을 잡고 다시 말했다.

"투루체두가 문제가 해결됐다고 하면 정말 그런 거야. 해결되지도 않은 걸 해결됐다고 말할 사람이 어디 있겠나?"

부하들이 서로 마주 보았다. 둘은 선글라스를 벗고 아무 말 없이 밖으로 나갔다.

단둘이 남게 되자 살 삼촌은 돈 조르지노의 옆으로 다가갔다.

"투루체두, 얘기해보게." 돈 조르지노가 말했다.

"명령하신 대로 다 잘됐습니다." 살 삼촌이 말했다. "오늘 밤에 쉬오르티노 패밀리의 애송이가 마약쟁이를 만날 겁니다. 벌써 밈모 삼촌한테 가서 협박을 했더군요. 명령하신 대로 곧바로 경찰에도 알렸습니다. 그 미국놈이 멍텅구리 마약쟁이한테 책임을 전가하고, 우연히 밈모 삼촌 잡화점에 들렀던 제 부하 둘한테 죄를 뒤집어씌우려고 한다고요. 그놈이 살 스칼리를 엿 먹이려고 작정한 거라고 경찰에 일러 뒀습니다! 공식적으로, 그 미국놈이 제 꼴을 우습게 만들고 싶어서 도발한 꼴이 됐습니다. 칼을 잡은 자는 칼로 망할지니……."

"엉덩이를 걷어차버려." 돈 조르지노가 말했다. "다시 말하는데, 정말이지 다음 주 안으로 깔끔하게 정리해야 하네. 라 브루나가 미국에서 소포를 보낼 거야, 우리는 그걸 전해 줘야 해."

루 쉬오르티노 시니어는 얼마 전까지 브룩클린에 살았다. 물론 지금은 뉴저지의 호화로운 저택에서 지낸다. 저택 안에는 조르지오 데 키리코(Giorgio de Chirico, 1888~1978. 현대 이탈리아 미술의 선구자로 평가받는 화가—옮긴이)가 그린 말들이 벽에 걸려 있고, 응접실에는 그랜드피아노가 떡하니 자리를 잡고 있다. 또 정원에는 세련되고 깔끔하게 차려입은 부하들이 물샐틈없이 보초를 서고 있다. 그렇지만 브룩클린을 떠난 뒤로 돈 쉬오르티노는 한날한시도 마음이 편했던 적이 없다. 브룩클린에 살 때에는 캐서린

스코르세세와 찰스 스코르세세가 이웃에 살았다. 자식한
테 엄청난 자긍심을 지니고 있던 부부였다.

　브룩클린에는 루 쉬오르티노 시니어의 모든 꿈과 살아온
나날이 담겨 있었다. 젠장, 예전에는 빈첸초 민넬리가 찾아
와 직접 대문을 두드렸다. 얼마나 향수를 뿌려댔는지 돈 루
의 콧속으로 향기가 진동했었다. 당시 민넬리는 원대한 희
망에 부풀어 있는 청년처럼 행동했지만, 돈 루는 단번에 그
가 연약한 애송이라는 것을 알아봤다. 돈 루는 감비노가
지시한 대로 민넬리를 경호했다. 일어날 수 있는 모든 돌발
상황을 상상하며 파티장마다 따라다녔다. 젠장, 뭔 놈의 파
티들이 그렇게도 요란한지! 온갖 스타들을 다 잡아다놨더
구먼! 메릴린, 조, 그리고 최고의 남자 프랭크가 있었다. 프
랭크 시나트라(Francis Albert Sinatra, 1915~1998. 가수이
자 영화배우. 레코드회사 등 엔터테인먼트 사업에서 대성공을 한
예능계의 거물. 이탈리아계 미국인으로 마피아의 보호를 받았다는
설이 있다—옮긴이)는 한눈에 봐도 배짱 좋은 남자라는 걸
알 수 있었다. 루 쉬오르티노 시니어는 그날 있었던 일을 모
두에게 들려주었다. 프랭크 시나트라에게 담배가 있냐고
물은 사람은 바로 루였다. 그 말을 듣고 프랭크가 말했다.

　"이봐, 젊은이. 담배 없는데……."

　"괜찮아요, 프랭크."

　"이봐, 이름이 뭔가?"

“루 쉬오르티노.”

“기다리게, 루.”

프랭크는 어디론가 사라졌다가 잠시 후 담배가 수북이 담긴 은쟁반을 들고 돌아왔다. 돈 루는 훗날 어느 잡지에서 똑같은 이야기를 읽었다. 어느 빌어먹을 배우가 떠벌린 것이다. 돈 루는 자기가 겪은 일을 가로챈 그 작자가 후레자식이 틀림없다고 생각했다. 하지만 곰곰이 따져 보니 어쩌면 프랭크가 한 짓일지도 모른다는 의심이 들었다. 프랭크에게도 꽤나 마음에 남았던 일이었을 수 있으니까!

하지만 브룩클린에서 보낸 젊은 시절을 떠올릴 때 기억에 남는 인물은 따로 있다. 바로 트렌토다. 브룩클린 사람들은 루와 트렌토를 가리켜 ‘루와 사울’이라고 불렀다. 둘은 형제나 다름없었다. 사실 사울은 시칠리아 태생이 아니었다. 나폴리 근방의 바콜리에서 태어났는데, 어느 날 갑자기 가족을 따라 그도 펜실베이니아로 이사를 가게 되었다.

돈 루가 사울에게 물었다.

“그런 촌구석에 뭐하러 가는 거야, 젠장! 카우보이라도 되고 싶냐?”

사울은 펜실베이니아에서 두 달을 보내고 다시 브룩클린으로 돌아와 비즈니스 두 건을 루와 함께 해치웠다. 그리고 제니 타리아코초와 결혼했다. 성경을 암송하는 유대식 결혼식이었다. 그제야 루는 사울이 유대인이라는 사실을 알게 되었다. 젠장, 나폴리 근처의 시골 바콜리에서 태어난 유대인이라니! 하지만 루는 이미 사울 트렌토를 사랑하고 있었다. 너무나 사랑했기에 젊은 나이에 사울에게 죽음이 덮쳤을 때 그의 아내 제니를, 그리고 나중에는 제니의 자식들을, 그리고 제니의 자식들의 자식들을 도와주었다. 그 무리 중에는 성에서 마지막 모음 'o'를 빼버리길 잘했다고 생각한 타락한 손자 레오나르드도 있었다.

영화로 약간의 돈을 세탁해야겠다고 마음먹었을 때 루의 머릿속에서 레오나르드가 떠오른 건 지극히 자연스러운 일이었다. 루는 레오나르드를 캐서린과 찰스의 아들처럼 만들고 싶었다. 하지만 그 풋내기 같은 녀석은 처음에 루를 열 받게 했다. 그는 〈빌리지 보이스〉(뉴욕에서 발행되는 신문—옮긴이)의 몇몇 멍텅구리들에게서 예술가로 불린 뒤부터 자신이 정말 예술가라고 생각하고 있었다. 그리고 어디서 주워들은 건지 영화와 건설업이 전망 좋은 사업분야라는 것을 알아차렸다.

"참, 레오나르드. 펜실베이니아에 있는 노처녀 사촌은 어떻게 지내나?"

루는 호화로운 뉴저지 저택의 응접실에서 얼음이 두 조각 들어간 아마레토 디사론노(아마레토는 아몬드 향 리큐르로 디사론노는 그 상표 중 하나이다—옮긴이)를 한 모금 마셨다. 레오나르드 트렌트가 그의 앞에 앉아 있었다. 스타쉽영화사가 어떻게 굴러가고 있는지, 프랭크 에라를 만난 일과 이탈리아에서 특별 시사회가 열리는 것 등등을 보고하기 위해 온 것이다.

"사촌은 다음 주에 결혼할 겁니다. 돈 루!"

레오나르드가 말했다.

"펜실베이니아의 텅 빈 영화관에서 빌어먹을「테너들」을 보다가 홀아비 치과의사를 만났답니다."

"거봐, 우리도 가끔 좋은 일을 한다니까!" 돈 루가 말했다.

"한두 번이 아닙니다, 돈 루!" 레오나르드가 참견을 했다. "네, 한두 번이 아니에요! 전 스타쉽이 어떻게 프랭크 에라 같은 망나니 손에 들어갔는지 상상조차 할 수 없습니다!"

"대체 어떤 작자기에?"

"키는 160센티미터에, 지방덩어리에다, 옷 입고 다니는 꼴마저 가관인 놈이죠."

"됨됨이가 어떠냐고. 자존심이 센가, 아니면 겸손한가?"

"저희 아버지라면 나폴리 말로 '별 볼일 없는 놈'이라고 했을 겁니다."

"방패막이들이야 다 거기서 거기지 뭐! 자네하고 부하들 사이에 너무 영리한 놈을 두면 안 돼. 그런 놈은 자네를 엿먹이기 쉬워. 존 라 브루나는 바보가 아니야, 레오나르드! 이런 일엔 프랭크 에라 같은 놈이 적격이야!"

"제가 할 일이 뭡니까, 돈 루?" 레오나르드가 조심스럽게 물었다. "이탈리아에 가야 합니까?"

"음……."

돈 루가 소파 왼쪽의 작은 테이블 위에 잔을 내려놓으며 말했다.

"프랭크 에라는 명령을 따르는 놈이지 명령을 하는 놈이 아니야. 그놈이 이탈리아에 가려고 한다면 그건 존 라 브루나가 가라고 했기 때문일 거야. 무엇 때문에, 대체 무엇 때문에……."

레오나르드는 아무 말 없이 점잖게 대답을 기다렸다. 돈 루는 소파 팔걸이에 두 손을 얹었다가 신음 소리를 흘리며 자리에서 일어났다.

"무엇 때문에…… 그 이유를 말해줄까? 아무래도 카타니아에 있는 내 손자한테 전화를 해야겠어. 나하고 같이 이탈리아로 가세!"

돈 루가 말했다.

"내 몸이 더 나빠지기 전에. 그 전에 로마와 카타니아도 다시 보고 싶군!"

레오나르드는 눈앞의 노인에게 감동하지 않을 수 없었다. 백발이 성성할 뿐, 꼿꼿하게 허리를 세우고 서서 아직도 총기 넘치는 푸른 눈으로 자신을 내려다보고 있다. '젠장!' 그가 생각했다. '우리 할아버지도 틀림없이 이랬을 거야. 키도 크고, 등도 꼿꼿하고. 눈빛 하나로 상대방을 얼어붙게 만들었을 거야! 배짱 좋은 남자들은, 제길, 우리처럼 비굴하지 않지!'

레오나르드 트렌트는 자기 할아버지가 키가 작고 등이 약간 굽었으며 눈빛 또한 생기 없었다는 사실을 전혀 몰랐다. 집에 불이 나는 바람에, 제니 탈리아코초가 가지고 있었던 사랑하는 사울의 사진도 싸그리 불타버렸기 때문이다.

잡풀라 부인처럼 중요한 고객이 '토니스' 미용실을 찾을 때면 둘은 꼭 유니폼을 착용했다. 토니는 70년대 공상과학 연속극에서나 봤을 법한 유니폼을 맞췄다. 그에게는 드라마 속 주인공들이 미용사들처럼 보였으니까!

움베르토 가에 있는 토니스는 70년대 나이트클럽과 80년대 브라질 디스코텍이 공존하는 곳이었다. 그 이유를 설명하면 다음과 같다. 살 삼촌은 미용실을 운영해서 이윤을 남기는 데엔 일말의 관심도 없었지만, 미용실을 통해서 돈세탁을 하는 덴 일가견이 있었다. 우선 그는 없는 게 없는 북부 이탈리아의 대형매장에서 건축 재료와 인테리어 재료들을 구입했다. 표범무늬 소파에서부터 나이트클럽에서나 볼 수 있는 미러볼까지. 그는 늘 당당하게 자기앞수표를 내밀곤 했다. 마음만 먹으면 미용실 하나쯤은 얼마든지 되팔 수 있었다. 자기가 앉힌 허수아비 사장은 물론 심지어 자기 자신한테까지. 그는 루비콘 강물도 팔아먹을 만큼 수완이 뛰어난 사람이었고, 물건을 많이 사면 살수록 돈세탁을 더 많이 할 수 있다는 지론에 충실했다. 카타니아에 미러볼이 그렇게 많은 것도 바로 그 때문이었다.

"토니, 바닥에 대리석 깔까?"

"삼촌, 제가 뭐라고 말할 수……, 좋지요! 정말 근사할 것 같은데요!"

"투치오, 대리석 바닥도 적어. 토니, 도리스식 기둥은 어 떠냐?"

토니의 눈이 반짝였다.

"투치오, 도리스식 기둥도 적어."

1970년대 연속극 주인공들처럼 눈치오와 아가티노는 구 레나룻을 길렀다. 보디빌딩을 한 아가티노는 잡풀라 부인 의 농담처럼 쓸데없이 키만 컸다. 노랗게 물들인 엄지발가 락의 털들이 샌들 위로 여실히 드러났다. 그에 비해 땅딸막 한 눈치오는 15센티미터나 되는 통굽 신발을 신고 있었다.

그들은 지금 시름에 잠겨 있다. 잡풀라 부인은 벌써 샴푸 를 마쳤는데, 토니가 아직까지 미용실에 나타나지 않은 것 이다. 오늘 밤 그녀의 집에서 정치인들의 모임이 열릴 예정이다. 파티가 시작하기 전에 머리 손질을 끝내야 할 텐데.

"무슨 문제가 있는 건 아니겠지, 그치?"

잡풀라 부인이 걱정스러운 듯 물었다. 그녀는 몸매를 잘 관리한 덕에 누가 봐도 50대 주부 같지 않았다. 목소리만 듣지 않는다면 말이다.

"누구요, 토니요?"

아가티노가 눈치 채지 못하게 문밖을 내다보며 모호하게 말했다.

"아세요, 팔사페를라 부인. 오늘 토니가 잡풀라 부인께 저희 미용실의 특별 서비스를 해드릴 거예요!"

팔사페를라 부인의 머리를 감길 준비를 하면서 눈치오가 말했다.

"그럼 부탁해!"

팔사페를라 부인이 샴푸실 의자에 누워 몸을 쭉 뻗었다. 조금 전 눈치오가 페디큐어를 해준 두 발도 공중으로 번쩍 들어 올렸다. 거대한 달팽이처럼 부풀어오른 발가락 사이로 페디큐어가 잘 마르라고 끼어놓은 화장 솜이 꼼지락거렸다.

토니스 미용실에는 자랑할 만한 특별 서비스가 하나 있다. 머리손질을 다 마친 손님에게 색색의 종잇조각으로 머리를 꾸며주는 것이다. 토니는 칼타지로네의 세라믹, 화산암 쪼가리, 레토얀니 바닷가의 돌, 테라코타 타일 같은 것들도 머리에 장식해봤지만 손님들은 화려한 종잇조각을 제일 좋아했다.

"오늘 밤에 우리 집에서 만찬을 열 거야."

잡풀라 부인이 말했다.

"토니한테 머리장식을 맡기려고 왔단 말이야. 남편의 연합당 색깔에 맞춰야 돼."

"저도 타노한테 항상 정치에 투신해야 한다고 말한답니다."

팔사페를라 부인이 말했다.

"정육점을 경영할 수 있으면 한 마을도 운영할 수 있는 거잖아요. 그 브루노 베스파 쇼(브루노 베스파가 진행하는 이탈리아 국영 방송 Rai 1의 인기 토크쇼를 가리킴―옮긴이)에 나오는 그런 치들은 안 돼요. 그 사람들은 고기 1킬로그램 값도 모를걸요. 아마 제 남편한테 물어봐야 할 거예요. 솔직히 우리 정육점 고기가 아주 조금 비싸긴 해요. 보통 고기가 아니거든요. 우리 가게에서는 아르헨티나 고기만 파니까요……."

"지금 정치인들이 무게를 잡고 있긴 하죠. 조금 가벼워질 필요는 있어요."

잡풀라 부인이 말했다.

"베스파 쇼 봤어요? 그럼, 가십기사에나 나올 법한 얼간이들이 요리 가지고 이러쿵저러쿵 떠드는 거도 봤겠네요?

세상에나! 우리 식구들은 식사하기 전에 항상 살해당한 연합당 사람들을 위해 기도하는데 말이에요. 그치들 꼬락서니란!”

“그런데 대체 왜 그런 거예요? 얼마 전에 댁 남편네 연합당 사람들이 살해된 거 말이에요? 무슨 일이 있었나요?”

팔사페를라 부인이 물었다.

“신문 안 보세요?” 잡풀라 부인이 말했다.

“물론 읽지요. 하지만 그닥 자세하게 읽진 않아요!” 팔사페를라 부인이 화를 내며 대답했다.

“사흘 전에 바울리에서 문화위원회 위원이 살해당했어요!” 잡풀라 부인이 말했다.

“맞아요. 그 위원이 누구 부인과 불륜이었대요. 문화위원들은 돈이 없어 굶어 죽게 생겼잖아요.” 팔사페를라 부인이 대꾸했다.

“글쎄요, 그건 잘 모르겠네요.”

잡풀라 부인이 다시 신문을 펼치면서 중얼거렸다.

“어쨌든 난 색종이로 머리 장식을 해야 돼요. 그렇게 해서라도 분위기를 밝게 만들어야죠. 그런데 토니가 오긴 오는 거야, 아니면 죽기라도 한 건가?”

눈치오와 아가티노는 서로 눈을 마주 보았다.

토니는 차에서 내려야 한다는 것을 잊고 있었다.

그는 자신의 자주색 피아트 127을 미용실과 그리 멀지 않은 곳에 세웠다. 미용실 유니폼을 입은 채 파란 벨루어로 덮인 핸들에 두 손을 올려놓고 멍하니 허공을 바라보았다. 백미러에 걸어놓은, 향기 나는 고무 비행접시가 아직도 흔들거렸다.

그는 비지스의 「트래지디」를 틀어놓고 경청했다.

첸치노는 벙어리였다. 정확히 말하자면 들을 수 있었고, 목소리를 내는 데 필요한 건 다 갖추고 태어났지만 평생토록 말을 하지 않았다. 그의 어머니도 똑같은 문제를 겪었는데, 아버지는 이 사실을 알면서도 결혼을 감행했다. 살 삼촌이 첸치노를 운전수로 고용한 것도, 아버지와 같은 속셈이었기 때문이다.

오늘 살 삼촌이 "염병할, 아직도 서 있는 거야? 토니 미용실로 가자고 했지! 네가 말을 못하는 건 알았지만 귀까지 먹은 줄 몰랐다, 젠장!"이라고 소리치며 면박을 줬을 때도 첸치노는 "씨발, 나한테 욕하지 말지 말아요!"라고 대들지 못했다. 그는 시동을 걸고 액셀 페달을 사정없이 밟았다. 토니의 미용실을 지날 때마다 첸치노는 늘 긴장했다. 장갑을 끼지 않았는데도 손에서 땀이 배어났다.

카르멜라 이모의 흰 머리가 토니스 입구에 나타났다. 아가티노와 눈치오가 서로 마주 보았다.

"오, 마이 갓!"

아가티노가 조그맣게 탄성을 내질렀다. 밀라노에서 일한 적이 있는 그는 가끔 이런 말을 구사했다.

"끝장났다!"

카타니아 밖으로 한 발짝도 나가지 않던 눈치오가 탄식했다.

"안녕하세요, 부인!"

아가티노가 용감하게 인사를 건넸다.

"갑자기 웬일이세요. 그 흰 머리를 전부 다 자르시겠다는 말씀은…… 아니시겠죠!"

카르멜라 이모는 아가티노의 존재를 인정하고 싶지 않은 듯 모른 척하고, 빅토리아 시대의 왕좌 같은 의자로 도도하게 걸어갔다. 자리에 앉아 핸드백을 가슴에 안고 말했다.

"잘 들어. 첫째, 난 부인이 아니고 미스야. 둘째, 다신 여기서 머리를 하지 않을 거야. 셋째, 난 조카와 약속이 있어서 왔어. 갠 어딨지?"

"저도 기다리고 있어요." 잡풀라 부인이 말했다. "오늘 밤 만찬이 있는데 토니가 보이질 않네요."

"아, 잡풀라 부인." 카르멜라 이모가 말했다. "머리에 뒤집어 쓴 그 천 때문에 못 알아봤어요!"

눈치오와 아가티노는 서로 눈을 마주 보았다.

「트래지디」…….

테이프가 끝났다. 토니는 테이프를 다시 감았다. 갑자기 잠에서 깨어난 것 같은 기분이었다.

"젠장."

토니는 차에서 내렸다. 열쇠로 문을 잠그고 차량이 넘쳐 나는 움베르토 가를 비틀거리며 건넜다. 그는 마치 바에서 한잔 걸치고 돌아온 사람처럼 침착하고 평온하게 미용실로 들어섰다.

"좋은 아침입니다, 여러분! 아, 잡풀라 부인 오셨군요."

토니가 몸을 숙이고 그녀의 손에 입을 맞췄다.

"아, 팔사페를라 부인도 오셨네요."

그는 기분 좋게 인사를 건네며 팔사페를라 부인에게 다 가갔다가 이내 몸을 돌리고 말았다. 출산하는 여자처럼 다 리를 치켜들고 있는 모습이 민망해 보였기 때문이다. 토니 는 카르멜라 이모에게 다가갔다.

"오셨어요?"

"그래, 왔다."

토니가 이모의 뺨에 입을 맞추고 귀에 속삭였다.

"젠장. 이렇게 친히 와주시다니 천만 다행이에요. 살 삼 촌이 무슨 일을 꾸미고 있는지 이모는 아시죠? 제발 저한 테 얘기 좀 해주세요."

"토니, 지금 뭐하는 거야? 난 벌써 30분이나 기다렸다구."

잡풀라 부인이 신경질을 부렸다.

"눈치오, 잡풀라 부인 머리를 꾸며드릴 종이 좀 가져와."

팔사페를라 부인의 머리를 감기던 눈치오가 수돗물을 잠그고 미용실 뒷문으로 갔다.

"토니." 팔사페를라 부인이 세면대에 머리를 숙인 채 말했다. "다음 주엔 나도 특별 서비스 해줘. 완벽주의자의 저녁만찬에 가야 하거든. 그 사람하고 우리 정육점이 좋은 가격에 고기를 거래했다고."

토니가 아가티노를 보았다. 그리고 눈으로 말했다. '젠장, 나는 몇 분이라도 늦으면 안 되는 거야? 만날 이렇게 손님들하고 입씨름하게 만들어야 니들 직성이 풀리겠냐!'

아가티노는 토니의 시선을 피하면서 수건을 접어 잡풀라 부인을 마사지했다.

"물론이지요, 팔사페를라 부인." 토니가 말했다.

"내 생각에는 왠지 그 완벽주의자라는 사람은 명이 길 것 같지 않아." 잡풀라 부인이 속삭였다.

"오케이, 좋아. 여기에 세워, 첸치노. 그리고 저 안에 들어가서 내 조카 좀 불러와. 듣는 귀가 많은 곳에는 들어가고 싶지 않아."

살 삼촌이 말했다.

첸치노가 신경질적으로 눈을 껌뻑였다. 그는 이중주차

를 하고 시동을 끈 뒤 차에서 내려 인도로 걸어갔다.

눈치오가 색종이 뭉치를 들고 미용실 뒤에서 나타났다. 토니는 그의 손에서 종이를 가로챘다.

"이거예요." 그가 말했다. "잡풀라 부인, 이 색종이로 부인 머리를 꾸밀 거랍니다."

그때 마침 첸치노가 미용실 안으로 들어왔다. 그는 초조한 듯 주위를 둘러보다가 토니를 발견했다. 그리고 평소와 마찬가지로 엄지손가락을 들어 신호를 보냈다. 토니가 카르멜라 이모를 쳐다보자 이모는 고개를 끄덕였다.

"그런데…… 그런데…… 그런데……." 토니가 더듬거렸다. "트리트먼트를 안 했잖아!"

놀란 아가티노가 토니를 보았다. '트리트먼트라니, 무슨 빌어먹을 트리트먼트?'

토니가 색종이 뭉치를 집어 바닥에 힘껏 집어던졌다.

"너희들은 미쳤어! 완전히 미쳤다고! 빵집, 정육점, 아니면 바에 가서 일하고 싶은 거야! 잡풀라 부인이 오셨는데 트리트먼트를 안 해드렸잖아! 이런 멍텅구리들 같으니라고! 자아, 이제 이렇게 하자. 난 좀 진정을 해야겠어. 산책을 하고, 가판대에서 〈베니티 페어〉를 사올게. 다시 돌아왔을 땐 잡풀라 부인이 트리트먼트하고 계신 걸 볼 수 있겠지! 부인, 원하시는 거 있으면 뭐든 말씀하세요. 이 두 사람을 해고하라고 하시면 당장 해고할게요.”

토니가 눈치오와 아가티노에게 찡긋 눈짓을 보냈다. 그리곤 재빨리 첸치노의 팔짱을 끼고 밖으로 나갔다.

“토니가 말한 트리트먼트가 뭐지?” 잡풀라 부인이 의심스러운 듯 물었다.

“이런, 사실은 제가 깜빡했지 뭐예요. 죄송합니다. 어젯밤에 늦게 잤거든요. 새 클럽이 오픈을 해서요. 그치, 눈치오?”

“정말 죽여주는 곳이에요. 요즘 세대 입맛에 딱 맞는 클럽이죠!”

“눈치오, 트리트먼트 좀 줘. 당장 해드리게!”

“트리트먼트가 뭐야?” 팔사페를라 부인이 샴푸대에서 일어나면서 물었다.

“특별한 거랍니다, 부인.”

“그럼 나도 해줘.”

“그럼요, 부인. 물론이죠.”

첸치노는 넋을 잃은 어린아이를 데리고 가듯 토니를 부축해 차로 갔다. 토니는 계속 비틀거렸다. 발걸음을 뗄 때마다 현기증이 일었다. 첸치노가 차 문을 열어주었다.

“고마워, 고마워.” 토니가 살 삼촌 옆에 앉으며 말했다.

살 삼촌은 잠시 토니를 주시했다가 다시 밖을 보았다.

"지나는 길에 들렀다."

토니가 눈치오와 아가티노를 고용하던 날에도 살 삼촌은 지나가다 들렀다. 그리고 토니에게 산 베릴로에 사는 어떤 트랜스젠더가 결국 매춘부가 되었다는 이야기를 전해 주었다.

"그 앞에 자동차가 얼마나 늘어서 있는지 넌 상상도 못 할 거다! 그런데 그놈은 거시기 떼는 수술을 공짜로 받았다더구나. 그 기사, 신문에서 봤냐?"

토니가 진땀을 흘리기 시작했다.

"그런데 삼촌, 왜 그런 이야길 저한테 하시는 거죠?"

"대화를 하기 위해서지." 살 삼촌이 대답했다. "그건 그렇고, 새로운 청년 둘은 애인이 있긴 하냐?"

별 뜻 없이 물어본 것이었지만, 토니는 혈당이 급격히 떨어지는 것을 감지했다. 살 삼촌은 미국인 친구한테서 미용실에서 일하는 남자들은 애인을 두거나 결혼을 해야 좋다는 이야기를 들은 적이 있었다. 그래야 일에 더 전념할 수 있다는 것이다. 이런 사실을 알 리 없는 토니는 그 말을 듣는 순간 "아니요!"라고 크게 소리쳤다.

"아니요, 애인 따윈 없습니다!" 그러곤 얼른 잘 들르셨다고 인사했다.

살 삼촌이 고개를 끄덕였다. 당연한 말이다.

“토니, 너 닉이란 놈 알지?”

토니는 아무 말도 하지 않았다. 살 삼촌의 고개는 여전히 창밖을 향해 있었다.

“내가 닉 생각을 해봤다.” 살 삼촌이 말했다.

“아.”

“그놈을 용서해주고 싶다.”

“아하.”

“왜 그런지 아니?”

토니가 고개를 저었다.

“그건.” 살 삼촌이 고개를 돌려 토니를 보았다. “그놈이 패밀리 전체를 우습게 만들었기 때문이다. 나하고 너만 우습게 만든 게 아니야! 아니라고! 패밀리 전체를 우습게 만들었어. 순전히 우연의 일치로 그곳에 있었던 걸까? 스칼리 패밀리가 모두 모인 네 바비큐 파티에 말이다! 그 건달 녀석은 손님들이 다 보는 데서 패밀리 전체를 우롱했어!”

“그렇지만 삼촌, 그건…….”

“입 다물어라.” 살 삼촌이 말했다. “난 그놈을 용서해줄 수도 있고, 죽여버릴 수도 있어. 어떻게 했으면 좋겠니, 토니?”

당황한 토니는 아무 말도 하지 못했다.

“쓸데없는 질문이지. 안 그러냐?” 살 삼촌이 계속 말했다. “네가 그 건달 놈을 좋아하고 있으니까……. 그뿐 아니라 넌 그놈을 우리 패밀리에 끼워넣고 싶어해. 내 말 맞지? 어디 내 말이 틀렸으면 틀렸다고 해봐라.”

토니는 아무 말도 하지 못했다. 딴생각에 빠진 듯 멍한 표정을 짓고 있었다. 속으로 이렇게 외치고 있는 것 같았다. ‘혈당이 내려가고 있어요. 그러니 제발, 날 괴롭히지 말아요.’

“젠장, 토니.” 살 삼촌이 말했다. “화 돋우지 마라. 내 말이 틀렸으면 틀렸다고 말해보라고 했지. 지금 내 말이 틀렸다고 생각하는 거냐?”

“무슨 말씀이세요, 삼촌, 혈당이 내려가서…….”

“누가 네 혈당에 관심 있다더냐? 제발 나 열 받게 하지 마라!”

“사실은 말이에요, 삼촌.” 토니가 입을 열었다. “저는 닉을 좋아합니다. 그래서 저는 삼촌이…….”

“좋다, 토니. 좋아! 네가 날 설득시켰어, 젠장! 내일 저녁에 바비큐 파티를 준비해라. 그래서 닉하고 민디가 서로 눈이 맞는지 보자.”

“닉하고 민디만 초대해야 합니까?” 토니가 물었다.

“토니! 토니! 혈당이 아니라 아이큐가 떨어졌나보구나! 전부 초대해야 돼! 전부! 빌어먹을, 내 조카들을 행복하게 해줄 수 있다면 내가 뭔들 못하겠니?”

살 삼촌이 냅다 소리쳤다.

아가티노는 토니스에서 아부의 참뜻을 되새기고 있었다. 아부란 사람의 환심을 사기 위해서가 아니라, 비밀로 감춰 둬야 할 빌어먹을 일로부터 상대방의 관심을 돌리기 위한 것이다! 여러분도 알다시피 이런 행동에는 여러 가지 이유 가 있다.

어쨌든 그는 카르멜라의 머리에 성수를 뿌리듯 증류수 를 찔끔찔끔 끼얹으며 입을 열었다.

"미스 카르멜라는 옛날 분이시지요. 그쵸, 미스 카르멜 라? 흰머리는 지혜의 표시니까 그냥 그대로 두고 싶으신 거 죠. 그쵸? 그런데 시칠리아에서 이렇게 서로 다른 사람들 이 함께 살아간다는 건 정말 멋진 일인 것 같아요. 안 그래, 눈치오?"

눈치오가 열심히 고개를 끄덕였다.

"미스 카르멜라 같은 여성 분들은, 말하자면 자랑스럽게 전통을 지키고 계시는 거죠. 그렇죠, 잡풀라 부인? 그리고 부인처럼 미래를 향해 도약하고, 전통에서 자유롭고 활력 적이고……."

아가티노는 다른 형용사를 찾아내지 못했다.

"……혁신적이고 개방적이시고, 사회 조직의 일원이시 고, 올바른 정책을 위해 애쓰시고!"

마침내 눈치오의 얼굴이 붉어졌다.

"저희가 부인 같은 분을 잊으면 절대 안 되지요." 아가티노가 말했다. "팔사페를라 부인 같은 분은, 이런 분은……."

팔사페를라 부인이 호기심 어린 표정으로 샴푸 세면대에서 고개를 들었다.

그때 토니가 들어왔다.

'이번엔 제때 왔는데.' 아가티노와 눈치오의 시선이 마주쳤다.

그는 겨드랑이에 〈베니티 페어〉를 끼고 있었다. 얼굴은 백짓장처럼 새하얬고, 식은땀까지 흘리고 있었다. 그가 숨을 헐떡거리며 물었다.

"트리트먼트하고 있는 거야?"

"예, 다 됐습니다. 끝났어요!"

"잘했어! 아가티노, 나 물 한 컵만 갖다 줘."

"설탕 넣어서." 카르멜라 이모가 말했다. "토니, 괜찮니?"

"그럼요. 괜찮아요, 이모." 토니가 잡풀라 부인의 머리를 만지며 말했다.

아가티노가 설탕물을 들고 돌아왔다. 토니는 물을 한 모금 들이켜더니 휴우 하고 숨을 내쉬었다.

"〈베니티 페어〉를 사다가 살 삼촌을 만났어요. 삼촌이 이러시더라구요. '토니, 내일 저녁 바비큐 파티 여는 게 어떠니? 닉하고 민디도 초대하고.'"

"닉하고 민디를?" 카르멜라 이모가 되물었다.

토니가 고개를 끄덕였다.

"네, 닉하고 민디요……. 이모, 닉 기억하세요?"

카르멜라 이모가 당연하다는 듯한 표정을 지었다.

토니가 이모를 쳐다보는 순간 카르멜라는 그의 머릿속을 꿰뚫어봤다. 그래서 고개를 끄덕이며 이렇게 말했다.

"머리는 네가 맡아라."

"하지만 이모……."

"드레스는 내가 알아서 할게."

"그렇지만 이모……."

"아무 말 하지 마, 부탁이다. 그 애는 꼭 신부처럼 보여야 돼!"

살 삼촌이 기뻐할 거야. 민디는 애인 닉 팔룸보를 가족들한테 소개하고 싶어하잖아."

토니가 제안했다. 그래서 모두들 승낙했다. 운명적인 저녁의 운명적인 바비큐 파티였다. '정말 기억에 남을 바비큐 파티가 될 거야. 별로 신경을 쓰지 않아도 저절로 근사해지는 파티 같은 거 말이야. 우아한 손님들과 예의 바른 가족들. 은은한 불빛 아래 음악이 흐르면 편안하고 부드러운 분위기가 조성될 거고……. 세상에, 정말 기억에 남을 만한 파

티가 될 거야.' 토니는 정원이 내다보이는 집 안 계단에 서
서 생각에 잠겨 있었다. 자홍색의 인도산 실크 셔츠가 비슷
한 색깔의 꽉 끼는 바지 위로 삐져나왔다. 그는 아마레티에
중독된 미국인을 맞으러 정원으로 걸어나갔다.

"정말 미쳐버리겠어요. 이러다 제 명에 못 죽을 거예요!"
정원의 한쪽 구석에서 민디가 카르멜라에게 물었다.

민디는 카르멜라 이모가 골라 준 옷을 입었다. 엄마가 만
들어준 옷 중 하나다. 퍼프소매에 레이스와 리본으로 장식
된 옷. 머리는 사람 넷의 머리를 합친 것처럼 크게 부풀려
올린 신부 머리를 했다.

"걱정마라, 민디. 난 남자들을 잘 알아."

젊은 시절부터 독신으로 지내고 싶었던 카르멜라 이모
는 기발한 방법을 고안해냈다. 결혼하기 전에 신부처럼 옷
을 입는 것이다. 남자들이 연애의 마지막 순간에 보고 싶어
하는 모습을, 갈망하는 환영을 실컷 보게 해주면 간단하게
해결됐다. 그들은 영원히 떠나버렸다.

살 삼촌이 아버지를 죽였을 거라는 의심이 들기 시작했
을 때 민디 역시 독신으로 살기로 결심했다. 살 삼촌이 진
짜 범인인지 확신할 수는 없었지만, 심사숙고할 때마다 똑
같은 결론에 도달했다. 실제로 그가 범인이 아니라 해도 범
죄에 개입됐을 가능성은 있다. 민디는 어머니의 형제가 아

버지를 죽이는 이런 세상에서 절대 가족을 이루고 싶지 않았다.

"이모, 난 다 용서했어요." 어느 날 민디가 말했다. "그렇지만 독신으로 살고 싶어요. 남편이 생겨서 불행히도 자식을 낳게 된다면 기관총을 들고 모두 죽일 테니까요."

카르멜라 이모는 민디의 말이 농담이 아니라는 것을 알았다. 40년 전 그녀도 똑같은 생각을 했으니까.

발렌티나는 고리버들 의자에 앉아 있었다. 빨간 립스틱을 바르고 빛바랜 면바지에 복숭아 색 티셔츠, 옷과 어울리는 모카신을 신고 책상다리를 하고 앉아 있었다. 얼굴은 통통 부어 있다. 그 옆에 앉은 로시는 스타킹이 자꾸 흘러내리는 바람에 신경이 곤두서 있다. 이리저리 자세를 바꿔 앉아 보았지만 소용이 없었다. 오히려 움직일 때마다 치마가 위로 말려 올라갈 따름이었다.

"아, 돌아버리겠네. 대체 누구야. 고리버들이 유행이라고 토니 오빠한테 말한 사람이?"

"너 꼭 그렇게 날라리처럼 옷을 입어야 하니?" 발렌티나가 물었다.

로시가 웃었다. 그녀는 칭찬을 좋아했다.

"내 말 좀 들어봐, 내가 스티브한테 얘기했어. 내 사촌 때문에 가슴이 찢어질 것 같다고. 스티브가 그러는데 너만 좋으면 ‘화이트 케이크’의 가수를 소개해줄 수도 있대. 그런데 지금 널 보니까 좀, 좀…… 그렇다. 친치아한테 옷을 빌리는 게 어때?”

“아, 그래. ‘화이트 케이크’ 가수와 데이트하려면 친치아처럼 입어야겠지. 거리의 여인들처럼 말이야.” 발렌티나가 말했다.

“맞아!” 로시가 말했다. “그 남자는 끈이 풀어진 수수한 군화를 신는 그런 타입이래.”

“수수해?” 발렌티나가 말했다.

“그래. 너처럼 패션에 전혀 관심 없는 스타일.”

로시는 이렇게 말하고 관심 없는 스타일을 흉내 내기라도 하듯 다리를 벌리고 뾰로통한 표정을 지었다.

발렌티나가 그녀의 눈을 똑바로 보았다.

“팬티 보여.” 그녀가 말했다.

“재수 없어.” 로시가 대꾸했다. “재수 없어! 재수 없어! 나도 알고 있었다구!”

닉은 자기 집 덧창의 틈새로 바비큐 파티가 한창인 토니의 정원을 훔쳐보고 있었다. 나일론과 소모사가 섞인 파란색 졸업 양복을 껴 입은 탓에 쪄죽을 것 같았다.

“빌어먹을!” 그가 큰 소리로 투덜거렸다. “난 저 빌어먹을 바비큐 파티에 안 갈 거야, 절대 안 가! 난 떠날 거야! 사라질 거라고! 호놀룰루……로 갈 거야! 호놀룰루? 어떻게 호놀룰루가 생각났지? 저 빌어먹을 바비큐 파티인지 뭔지 때문에 생각난 건가! 호놀룰루 근처도 가 본 적이 없는데!"

그 순간 자신의 뺨을 쓰다듬으며 속삭이던 살 삼촌의 말이 떠올랐다.

"다음 바비큐 파티엔 꼭 참석할 거지?"

닉은 서투른 손놀림으로 넥타이를 맸다.

루 쉬오르티노 주니어는 에트네아 가를 걸으면서 눈에 띄는 바를 쉽게 지나칠 수 없었다. 세 군데의 바에서 진을 두 잔씩 걸치다 보니 토니의 정원에 들어섰을 때는 이미 곤드레만드레 취해 있었다. 마치 산 제나로 페스티발(뉴욕에서 9월에 열리는 이탈리아 축제—옮긴이) 때 멀버리의 파티에 참석한 것 같은 기분이었다!

색색깔의 풍선들, 색색깔의 색종이 테이프들, 색색깔의 옷을 입은 손님들, 한쪽에는 남자들이, 다른 쪽에는 여자들이 모여 있었다. 무대 위에는 파란 옷을 입은 밴드들……. '이제 카놀리(시칠리아 지방의 디저트—옮긴이)가 나오겠는걸!' 루가 생각했다.

그런데 살 스칼리의 사진에서 본 것 같은 남자가 나타났다. 그 남자는 샐리 스펙트라(Sally Spectra, 1980년대 미국 드라마의 스타—옮긴이)와 똑같이 자홍색 옷을 입고 있었다.

“살 삼촌이 기다리시는 미국인이신 것 같은데, 맞죠?” 사진 속의 남자가 말했다. “난 토니입니다. 내 말 알아들으시겠어요?”

“알아들었습니다.” 루가 말했다.

“그런데.” 사진 속의 남자가 말했다. “미국에서는 ‘젠장’을 대체 뭐라고 말하나요?”

밴드가 연주를 시작했다. 춤을 춰요. 춤을 춰요. 신사 숙녀 여러분.

“‘fuck’이라고 합니다.” 루가 말했다.

“아, 그렇군요.” 사진의 남자가 말했다. “‘젠장’이 ‘fuck’이군요!”

“그렇습니다.” 루가 대답했다.

춤을 추는 사람은 한 명도 없었지만, 모두들 박자에 맞춰 손뼉을 치기 시작했다.

살 삼촌은 남자들이 모여 있는 곳에서도 한가운데에 자리를 잡고 있었다. 주머니에 손을 찔러넣고, 다리를 딱 벌리고 서 있었다. 그리고 자신이 감시 카메라라도 되는 양 천천히 고개를 돌려 파티가 열리고 있는 정원 구석구석을 살폈다. 그는 누구와도 인사를 주고받지 않았다. 그저 고개만 끄덕였다. 손뼉을 치지 않는 사람은 살 삼촌밖에 없었다.

토니는 사람들을 뚫고 그에게 루를 데리고 갔다. 토니는
살 삼촌 쪽으로 몸을 숙였다.

"카피라이터가 왔습니다!" 그가 말했다.

'이런 멍텅구리를 대체 누가 낳은 거야?' 살 삼촌이 고
개를 끄덕이며 생각했다. 토니는 빙그르르 돌며 신나게 박
수를 쳤다. 그리고 그릴이 있는 쪽으로 멀어져 갔다. 흰 가
운을 입고 요리사 모자를 쓴 눈치오와 아가티노가 거기서
'타노 팔사페를라와 아들들' 정육점에서 사 온 아르헨티나
산 소고기를 굽고 있었다. 눈치오가 오른손 검지와 중지로
고기를 집어 아가티노에게 건네주면 아가티노는 조심스럽
게 그릴에 올려놓았다. 음악은 끊이지 않고 흘러나왔다.

살 삼촌은 루를 보고 만족스레 고개를 끄덕였다. '역시
훌륭한 청년이군, 정각에 나타나다니!'

루는 한 손으로 턱을 쓰다듬으며 주위를 둘러보았다. 어
린 시절, 할아버지의 손을 잡고 멀버리 가의 퍼레이드에 갔
을 때처럼 당황스러웠다. 검은 양복을 입고 콧수염을 기른
남자가 박수를 치면서 그를 바라보고 있었다. 당장 달려가
주먹을 한 대 날려주고 싶은 얼굴이었다. 함께 춤을 추고
있는 남자 두 명도 보였다. 그들은 샌프란시스코에서나 볼
수 있을 듯한 미소를 머금고 루에게 눈짓을 보냈다. 손에
든 접시 때문에 박수를 못 치고 음악에 맞춰 엉덩이만 흔들

어대는 사람도 있었다.

　체구가 자그마한 한 여인이, 여자를 잘 유혹할 것 같은 덩치 큰 남자를 피해 비틀거리며 루에게 다가왔다. 그녀는 진이 든 술병과 컵이 담긴 쟁반을 들고 있었는데, 그녀를 보는 순간 루는 마약에 중독된 아서 스카파티의 고모를 떠올렸다. 스카파티 집안사람들은 누군가 집을 방문할 때면 고모를 다락방에 가두었다.

　"고맙다, 체티나." 살 삼촌이 말했다. "자네도 들게. 루, 이건 자네를 위한 거야."

　닉은 집 문을 잠갔다. 뭐 빠뜨린 것 없을까? 아무것도 없어, 젠장! 아무것도 없다고! 그는 모카신을 신고 토니의 정원을 향해 걸어갔다. 아스팔트를 걷는데 신발이 미끄러웠다. '대체 민디란 계집애가 누구야, 빌어먹을! 토니네 바비큐 파티에 젊은 여자들이 득실대긴 했지. 예쁘장한 여자들도 몇 명 있긴 했어. 하지만 민딘지 뭔지는…… 어떻게 생겼는지 내가 어떻게 알아, 젠장!' 닉은 평소에도 얼굴과 이름을 제대로 기억하지 못했다. 그러니 지금은 말할 필요도 없다. '그리고 토니! 제기랄! 그 작자는 빌어먹을 친척이 대체 몇 명이나 되는 거야!'

　닉이 정원으로 들어서자 살 삼촌이 밴드에게 신호를 보

냈다. 밴드가 갑자기 연주를 중단했다. 파티에 모인 모든 사람이 동작을 멈추고 닉을 쳐다봤다. 닉도 사람들을 둘러보았다. 사람들은 모두 드디어 약혼자가 도착했다고 생각하는 모양이었다. 다들 열렬히 박수를 보냈다.

살 삼촌이 다시 밴드에게 신호를 보내자 연주가 다시 시작되었다.

춤을 추세요. 춤을 추세요, 신사 숙녀 여러분……

"저 사람일세."

살 삼촌이 루에게 말했다. 루는 마약에 중독된 스카파티의 고모를 찾으려고 주위를 둘러보았다. 그의 두 눈에 체티나가 들어왔다. 그녀는 파티에 모인 사람들 중에 키가 제일 작았고, 반짝이가 달린 빨간 옷을 입어서 금방 눈에 띄었다. 루가 그녀에게 다가갔다.

"실례합니다." 그가 이탈리아어로 말을 걸었다. "진 한 잔 마셔도 될까요?"

체티나의 얼굴에 불안한 빛이 스며들었다. 그녀는 고개를 살짝 돌려 지나가는 여자들을 이리저리 살펴보다가 그중 한 명의 팔을 꽉 잡았다. 물에 빠진 사람이 지푸라기를 잡듯이. 그렇게 잡아 세운 걸 보니 친척이나 친구인 것 같았다.

“마리.” 그녀가 말했다. “영어 할 줄 알아? 외국 손님이 뭐라고 하는데, 무슨 말을 하는지 통 알아들을 수가 있어야지.”

마리가 루를 쳐다보면서 막 입을 열려고 하는데, 루가 먼저 말했다.

“땡큐, 내가 알아서 할게요.” 그리고 그 자리를 떠났다.

마리가 체티나의 어깨를 잡고 흔들었다. “저 사람이 뭐라고 했어, 응? 뭐라고 했는데?”

단지 영어를 못한다는 이유만으로 그녀는 어떤 남자가 자기한테 관심을 보이고, 또 감사의 말까지 건넸다는 사실을 전혀 알지 못했다.

닉은 입구에 꼼짝 않고 서 있었다. 토니가 닉에게 다가갔다.

“이리 오게, 이리와.” 그의 목소리가 떨렸다. 흥분한 것 같았다. “살 삼촌한테 데려다줄게! 자넬 기다리고 계셔, 닉! 빨리 와!”

“중매결혼은 완전 최악이라는 거 너 아니?”

알레씨아가 친치아에게 말했다. 두 사람은 로시와 발렌티나가 있는 곳에서 반대쪽, 정원의 한구석에 있었다.

알레씨아는 밝은색 두꺼운 면바지를 입고, 발목에 닿는

스웨이드 부츠를 신고, 밤색 남성용 스포츠 재킷을 입고 있었다. 로마에서 심리학을 공부하는 여대생들의 전형적인 스타일이다.

"무엇보다 여자가 자신이 속한 사회의 문화, 거기서 물려받은 취향에 영향을 받아 스스로 중매결혼을 할 때……."

알레씨아가 말했다.

"무슨 말도 안 되는 소릴 하는 거야."

친치아가 그녀의 말을 가로막았다.

"너 스스로 결혼을 준비한다면 그건 이미 중매결혼이 아니야. 자기 힘으로 결혼을 준비하지 않으니까 중매결혼한단 소릴 듣게 되는 거야."

친치아는 하얀 탑에 커다란 주머니들이 잔뜩 달린 통 넓은 바지를 입고 부츠를 신고 있었다. 시에나에서 인류학을 공부하는 여대생들의 전형적인 스타일이다.

"그래. 하지만 열 받잖아! 발렌티나를 보고 있으면 속상해서……."

알레씨아가 말했다. 두 사람 모두 발렌티나를 눈으로 좇다가 로시의 미니스커트가 허벅지 위로 올라가버린 것을 보았다. 둘은 번개같이 달려가서 로시를 가려주었다. 그 와중에도 발렌티나의 눈동자는 닉에게 고정되어 있었다.

"어떻게 저런 사람을 좋아할 수가 있을까?" 친치아가 한심하다는 듯 말했다. "개성 있게 생긴 것도 아니고, 외모도 볼품없는데.”

“그럼 볼 품 있는 외모는 뭔데? 누가 외모 같은 거 상관이나 한대!” 발렌티나가 퉁명스레 대꾸했다.

“너희들이 앞을 가려서 난 하나도 안 보인다구.” 로시가 투덜거렸다.

토니는 닉을 살 삼촌 앞으로 데리고 갔다. 삼촌은 바비큐 파티장의 어느 한 곳을 응시하다가 갑자기 휙 닉을 향해 돌아섰다. 그러곤 부러뜨리기라도 할 것처럼 닉의 목을 조르면서 흔들어대기 시작했다.

“니키, 드디어 왔군! 좋아, 잘했어!”

그 광경을 지켜보면서 토니는 감개무량했다. 닉이 캑캑거리는데도 살 삼촌은 두 손으로 그의 얼굴을 감싸 쥔 채 계속 흔들어댔다.

“좋아, 구석구석 돌아볼까! 자네한테 루를 소개시켜줘야겠군그래. 니키, 영어할 줄 아나?”

두 사람은 팔짱을 낀 채 파티가 벌어지고 있는 정원 안을 이리저리 걸어 다녔다. 살 삼촌은 키가 작았지만 꼿꼿했고, 닉은 키는 컸지만 구부정했다. 살 삼촌이 힘차게 닉을 끌어당겼다.

“당연히 할 줄 알겠지, 자네 이름이 니키잖나!”

그러더니 살며시 닉을 잡아당겼다.

“젠장, 토니한테 들었는데 자네가 기타 연주를 한다며.
그러니까 영어도…….” 마지막으로 온힘을 다해 그를 잡아
당기며 말했다. “물론 영어도 할 줄 알겠지!”

두 사람이 루 앞에 도착했다.

“니키, 벌써 다 모였다네. 자네 바비큐 좋아하나? 이제부
터 파티에 자주 참석하게, 자주 와야 한다고! 봐, 루도 있잖
아! 니키, 어서 루한테 인사하게!”

“만나서 반갑습니다.” 닉이 인사를 건넸다.

“만나서 반갑습니다.” 루가 대답했다.

“반갑습니다.”

토니는 다시 한 번 자기를 소개했다. 조금 전 루가 못 알
아들었을지도 모른다고 생각했기 때문이다.

“난 토니, 토니예요. 알아들었어요?”

살 삼촌이 토니에게 눈짓을 보냈다. ‘이 녀석아, 대체 뭐
하는 거야? 우린 지금 일을 하고 있다고! ’

토니는 얼른 그 뜻을 눈치 채고 이렇게 말했다.

“실례합니다. 바비큐가 어떻게 되고 있는지 가서 확인해
야겠어요.”

춤을 춰요. 춤을 춰요. 신사 숙녀 여러분.

“이봐, 니키.” 살 삼촌이 말했다. “루는 미국인이야. 우리

회사 아마레티에 사랑의 문장들을 쓰고 있지……. 그런데 자네, 우리 회사 아마레티 먹어봤나?”

“그럼요, 돈 스칼리.” 닉이 대답했다. “토니 씨가 저한테 줘서…….”

“젠장.” 살 삼촌이 루에게 말했다. “들었어? 한 번도 우리 회사 아마레티를 먹어본 적이 없다니. 믿을 수 없는 일이군 그래! 체티나, 체티나! 대체 어디 처박혀 있는 거야?”

체티나가 불쑥 나타났다. 살 삼촌이 자신을 불러주기만 기다리고 있었던 듯이.

살 삼촌은 나무라는 듯하면서도, 애정이 듬뿍 담긴 눈으로 그녀를 바라보았다.

“체티나, 닉한테 아마레티 좀 맛보게 해주겠니?”

체티나는 아주 잠깐 당황하는 눈치였다.

“어서, 체티나! 어서.” 살 삼촌이 닉의 목을 흔들면서 말했다. “당장 맛을 보여주자고! 아마레티 한 상자 가져와!”

체티나가 한 손을 가슴으로 가져가며 쏜살같이 달려갔다.

“자, 우리가 무슨 말을 하고 있었지?” 살 삼촌이 말했다. “아, 그래. 니키, 루를 봤나?”

그러면서 루를 더 잘 볼 수 있도록 닉의 목을 비틀었다.

“루는 외국인이야, 외국인! 그러니 젠장, 우리가 카타니아 구경을 시켜주는 게 어떨까? 내 말은 우리가 주변을 보여주는 게 어떻겠냐는 거야? 니키, 자네한테 하는 말이야!”

“예예. 돈 스칼리, 그럼요. 그럼요.”

“그래, 좋아! 그럼 내일 자네가 데리고 다니게. 유적지들을 구경시켜줘. 괜찮지, 니키?”

“그럼요, 돈 스칼리. 물론이죠!”

“아, 왔군.”

체티나가 아마레티 한 상자를 가지고 왔다.

살 삼촌은 한 손으로는 닉의 목을 다정하게 잡고, 다른 손으로는 루에게 팔짱을 낀 채 말했다.

“체티나, 하나만 줘봐!”

체티나는 당황했다. 두 손으로 상자를 들고 있어서 아마레티를 꺼낼 수 없었기 때문이다.

“제가 들고 있겠습니다.”

루가 체티나를 도왔다. 그녀가 아마레티 하나를 꺼내 살 삼촌에게 내밀었다.

살 삼촌은 닉에게 눈길 한 번 주지 않고 억지로 그의 입에 아마레티 하나를 쑤셔넣으며 루에게 말했다.

“그럼 동의한 거지? 니키가 자네를 데리고 유적지를 구경 시켜줄 걸세. 카타니아 상징물인 코끼리를 보게 될 거야. 두오모도 볼 거고. 또…… 체티나, 하나 더 줘봐. 에트네아 가를 보게 될 거야. 자네, 이 녀석을 놓치지 말게. 시야에서 놓치면 안 돼. 유적지들을 못 볼 수도 있어. 살 스칼리의 아마레티 맛있나! 응, 니키? 자! 하나만 더 먹어봐!”

그러더니 갑자기 잡았던 손을 놓고, 인사도 없이 손에 묻은 과자가루를 털고 가버렸다.

"지난번에도 살 삼촌이 저렇게 다정하게 굴더니만." 로시가 말했다. "지롤라모 산토노치토랑 같이 있었을 때 말이야. 근데 지롤라모가 이틀 뒤에 저지대 관개수로에서 발견됐잖아. 글쎄, 입에 재갈을 물고, 손하고 발은 뒤로 묶인 채 숨겨 있었대."

알레씨아와 친치아의 두 눈이 마주쳤다. 그녀들도 바로 그 생각을 하고 있었지만 발렌티나 앞에서는, 빌어먹을, 그 말을 하면 안 됐다! 그녀들은 '말하지 마. 말하지 마. 말하지 마'라고 재촉하듯 로시를 보았다. 그렇지만 일은 이미 벌어졌다. 발렌티나의 오른쪽 뺨 위로 눈물이 흘러 내렸다.

로시는 아무것도 눈치 채지 못하고 계속 떠들어댔다.

"단눈치오도 그랬잖아, 내 말 맞지?"

비행기에서 샤스는 마티니 두 잔을 준비했다.

한 잔은 자기가 마실 것이고 다른 한 잔은 프랭크 것이다. 프랭크는 그레타에게 서비스를 받고 난 뒤에는 항상 마티니를 마셨다. 그 이유야 알게 뭔가. 그리고…… 그레타도 열심히 구강운동을 하고 난 뒤 마티니를 벌컥벌컥 마실 것이 틀림없었다!

비행기 내부는 프랭크가 미친 듯이 좋아하는 사실주의 화가가 그린 50년대 저녁 만찬장처럼 보였다. 그 쪼다 같은 화가 이름이 뭐더라? 어쨌든 프랭크는 그 화가의 그림을 볼 때마다 항상 이렇게 말했다.

"젠장, 마술이야, 마술. 이 그림을 볼 때마다 슬퍼진다니까."

하여튼 비행기 의자는 크림색 가죽소파였고, 바닥에는 초록 카펫이 깔려 있었다. 레오나르드는 조종석 가까이에 앉아 있었다. 그는 비행기 타는 것을 끔찍이 싫어했지만, 그나마 앞쪽에 앉으면 기분이 조금 나아지는 것 같았다. 샤스는 조종석 바로 뒤에 있는 바에서 마티니 두 잔을 만들고 있었다. 프랭크와 그레타는 비행기 뒤쪽에 있었다. 프랭크는 레오나르드와 샤스가 앉은 자리에서는 기껏해야 그레타만 살짝 보일 거라고 생각했다. 약간 규칙적인 간격으로(대략 3, 4초) 의자 위로 나타나는 그레타의 금발과 눈만 보일 것이다.

레오나르드는 비행기를 탈 때면 늘 가슴을 답답하게 만드는 망상에 시달렸다.(비행기가 추락하고 몇 분밖에 남지 않은 마지막 삶을 의연하게 맞는다, 그의 장례식, 비탄에 빠진 아버지와 어머니, 그가 알던 여자들……, 몇 명이나 되지? 서른 명이던가 마흔 명, 아니 한 육십 명? 죽어가는 순간에 아무것도 기억을 할 수 없다니 얼마나 놀라운 일인가! 어쨌든 그가 아는 여자들이 모두 참석할 것이고, 그녀들 역시 슬퍼할 것이다. 하지만 몇 명 안 되는 빌어먹을 친구들은 자기에 대해 이런저런 헛소리들을 지껄일 것이고…….) 그는 마음을 가라앉혀보려고 그레타의 눈이 규칙적으로 보였다가 사라지곤 하는 의자 가장자리를 뚫어지게 바라보았다. 잠깐 동안 레오나르드는 이런 생각도 했다. 눈만, 온갖 체위로 섹스를 하는 여인의 눈을 차례로 클로즈업시키는 것이다. 무관심한 눈, 사랑에 빠진 눈, 부드러운 눈, 시큰둥한 눈, 사랑스러운 눈, 프로의 눈, 경멸하는 눈, 혐오스러운 눈, 재미있어하는 눈……. 그리고 지금 그레타의 눈처럼 생각에 깊이 잠긴 눈. 그레타는 입으로 애무를 해주고 있었지만, 머릿속으로는 어떤 생각에 골똘히 빠져 있는 것 같았다. 어쩌면 프랭크가 쏟아내는 신음 소리 때문에 아무 말도 할 수 없어서 그런 것인지도 모른다. 아니면 프랭크가 그녀에게 다른 여자를 질투하게 만든 탓에 무엇인가 골똘히 생각하고 있을지도. 물론 그녀는 이 망할 다른 여자가 누군지 알지 못했다. 어쩌면 그녀가 상상할 수도 없는 어떤 일이 이미 벌어졌기 때문인지도!

맙소사, 프랭크는 그녀를 로마에서 열리는 파티에 초대했다. 공적인 파티에 그녀를 초대하다니! 프랭크 같은 사람은 이탈리아에 갈 때 비행기나 호텔에서 서비스를 해줄 여자를 데리고 다니는 게 관행이다. 그렇지만 저택에서 열리는 만찬에 초대받았을 때 혹은 거지 같은 종이봉투에 거지 같은 중국 음식을 사러 갈 때는 그녀를 호텔에 머물게 할 것이다. 같이 다니는 게 부끄러우니까. 흑인 매춘부들과 역겨운 포주들이 거들먹거리는, 트리베카에 있는 바비 레스토랑에도 데려가지 않는 건 두말할 나위도 없다.

더러운 놈!

출발하기 전날 그 더러운 놈은 이렇게 말했다.

"이렇게 하자. 그레타한테 정말 끝내주는 파티라고 설명하는 거야. 어떤 저택에서 열리는지, 어떤 스타들이 오는지, 음식은 뭐가 나오는지를 말이야. 그럼 그년은 자기도 데려가 달라고 애걸복걸할걸!"

프랭크는 자신이 정말 웃긴다고 생각했다. 그레타같이 막 굴러먹는 여자에게 끝내주는 파티라고 설명하려고 애쓴다는 게 얼마나 어리석은 짓인가. 어떻게 말하든 그녀는 파티에 가고 싶어서 안달할 것이 뻔한데. 그레타 같은 여자들은 파티를 동경한다. 어쨌든 그는 자기 생각대로 밀고 나갔다. 그래서 자기가 초대한 것이 아니라 그레타가 파티에 데려가 달라고 애걸한 것이다. 염병할 FBI들이 그에게 묻는다면 사람들이 다 있는 곳에서 이렇게 대답할 것이다.

"파티에 데려가 달라고 한 건 그 여자예요."

그래서 그는 이탈리아 최고의 영화제작자인 데 안젤리

스, 롬바르도, 베르나베이도 파티에 참석할 거라고 말했다, 젠장!

그레타는 프랭크가 자기에게 왜 이렇게 친절하게 구는지, 그 이유를 절대 알지 못했다.

파티의 이모저모를 들려주는 프랭크를 바라보며 그레타는 생각했다. '어쨌든 난 당신한테 서비스하고 있어요. 당신이 유명한 사람들과 친구라는 거 알고 있어요, 굳이 나한테 그런 거 설명할 필요 없다고요.' 어쨌든 그랬다. 그레타는 카메론과 함께 영화산업에 우아하게 발을 들여놓았다! 카메론은 스타가 되었다. 크레타는 그 비결을 잘 알고 있었다. 그녀를 볼 때마다 카메론이 항상 그 비결을 일러주었던 것이다!

"잊지 마, 그레타. 너한테 돈과 명예를 안겨줄 제작자가 나타났다고 하더라도 먼저 접근하면 안 돼. 그 사람하곤 절대 자면 안 돼. 정말, 정말로 네가 그 사람한테 끌리게 되면, 그때 자라고! 명심해. '제작자'라는 말에 조금이라도 흔들리면 넌 끝장이야!"

프랭크는 이 매춘부가 대체 무슨 꿍꿍이인지 알 수가 없었다. 벌써 30분 동안 자기가 아는 빌어먹을 이탈리아 유명인사들의 이름을 쏟아냈는데도, 그녀는 별다른 반응을 보이지 않았다! 그저 줄로 손톱만 다듬고 있다! 대체 손톱 다듬는 게 뭐 그리 중요한 거라고. 좀 더 꿀을 발라 말했어야 했나? 이 매춘부가 자기를 믿을 수 있도록?

젠장!

그 순간, 프랭크는 자신의 문제가 무엇인지 분명히 깨달았다. 그레타는 절대 그에게 카타니아에, 이탈리아 사람들이 넘쳐나는 파티에 데려가 달라고 애걸복걸하지 않을 것이다. 절대. 프랭크는 대장에 경련이 일어나는 것을 느꼈다. 용기를 냈다. 살인충동을 누르며, 그레타가 그 파티에 관심을 보이느니 차라리 산 채로 화형당하는 편을 택할 수도 있다는 게 분명해지긴 했지만, 금발의 암소에게 다가가서 뺨을 어루만지며 속삭였다.

"내 사랑, 물론 너도 가는 거지."

"나도요?"

그레타는 전혀 동요하지 않고 성가신 듯한 표정을 지으며 욕실로 들어갔다. 욕실 문 앞에서 그녀가 말했다.

"지겨워. 이제 파티까지 따라다녀야 하는 거야?"

그녀는 욕실 문을 닫고 함박웃음을 지었다.

"와우! 정말 끝내주는 방법인데? 드디어 이탈리아에 가게 됐어. 굉장한 파티에! 근데 뭐 입고 가지?"

토니의 바비큐 파티장. 루 앞에 놀랄 만큼 가슴이 큰, 비대한 육신이 나타났다. 네 개의 이중 턱에, 얼굴 주변의 여덟 군데에서 지방덩어리가 흔들리고 있고, 머리에다 헤어스프레이를 잔뜩 뿌린 여자였다. 매끄러운 검은 옷의 가슴 부위엔 시커먼 얼룩이('타노 팔사페를라와 아들들' 정육점의 고기조각을 곡예사처럼 던지던 눈치오가 실수를 해서 생긴) 크게 나 있었다. 그녀의 거대한 발목 아래로 1950년대에나 신었을 법한 구두가 보였다.

"난 민디 엄마예요." 여자가 말했다. "내 동생 살이 그러는데, 총각이 내 딸을 만나고 싶어한다면서요."

파티에서는 별의별 일이 다 벌어진다. 술기운이 올라 사람을 혼동하는 것도 다반사다. 루는 조용히 목례를 했다. 그리고 컵과 접시를 든 수많은 팔을 요리조리 피해서 파티장의 초록색 잔디 위를 지나가는 무개차들을 따라갔다.

갑자기 차들이 멈춰섰다. 루의 콧속으로 향수가 스며들었다. 자기 몸에서 나는 향이 아니었다. 고개를 들다가 폰지(「해피 데이즈」라는 1970년대 시트콤의 주인공—옮긴이)의 여자 친구처럼 옷을 입은 젊은 여자와 시선이 마주쳤다. 한 발 다가가는 것조차 용인하지 않는 눈이었다. 그 눈은 이렇게 경고하고 있었다. '멍텅구리 새끼야, 꿈도 꾸지 마!'

대체 무슨 꿈을 꾼다는 건가? 루는 이해할 수가 없었다. 물론 그는 자기 마음대로 꿈을 꿀 수 있다. 그렇지만 무슨 꿈? 아무리 생각해봐도 뭔가 한심한 짓을 한 거 같지는 않은데.

"로자문다(민디는 로자문다의 애칭)예요. 만나서 반가워요." 여자가 기분 나쁘다는 투로 말했다. 그러더니 닉과 카르멜라 이모가 있는 곳으로 가버렸다.

루는 멀어져가는 그녀의 뒷모습을 바라보았다. 이상하게도 불쾌해하는 그녀의 태도가 마음에 들었다.

"니키, 얘가 민디예요." 카르멜라 이모가 민디의 옷을 최종 점검한 후 말했다.

"만나서 반가워요, 로자문다예요." 민디가 마지못해 미소를 지었다.

"반갑습니다, 닉입니다." 닉이 말했다. 빌어먹을, 벌써 신부처럼 꾸며 놨군그래! 그런데 이 아가씨는 어디에 나오더라? 토니네 텔레비전 시리즈?

당황한 닉은 주위를 둘러보다가 발렌티나와 눈이 마주쳤다. 로시와 함께 고리버들 의자에 앉아 있던 발렌티나는 치밀어오르는 분노를 참지 못하고 의자에서 벌떡 일어났다. 자리를 박차고 다른 곳으로 걸어가버렸다. 닉은 그녀의 행동을 이해할 수 없었지만, 불쾌해하는 태도가 마음에 들었다.

"샴페인을 듭시다, 이 만남을 축하합시다."

지나칠 정도로 시끄러운 밴드의 음악소리 속에 토니의

목소리가 울려 퍼졌다. 그의 목소리는 바비큐 파티가 벌어진 정원을 넘어 길거리로, 햇빛에 누렇게 마른 풀과 시커먼 화산암 사이로 퍼져나갔다.

체카롤리는 로마에서 임무를 충실히 수행했다.

스페인 계단 위에 있는 하슬러 빌라 메디치 호텔에서 특별 상영이 끝난 뒤 열린 파티에는 데 안젤리스, 롬바르도, 바르나베이 같은 이탈리아 영화계의 거물들이 대거 참석했다. 티타누스, 메두사, 룩스의 고급 간부, 사회적인 의식이 있는 여배우들, 배우들과 조연들과 작가, 좌파 비평가들과 파파라치들도 왔다. 숀이 바로 어제 스위트룸 예약을 취소하지 않고 머물렀다면 체카롤리에게는 영광스러운 일이 되었을 것이다. '그 사람이 혼자서 다 쓴 「달콤한 인생」의 한 장면이 됐을 텐데.' 체카롤리는 인터넷에서 그레타와 카메론의 사진을 찾아냈다. 사진 속에서 둘은 가슴을 그대로 노출한 채 바디빌더에게 채찍을 휘두르고 있었다. 그는 이 사진을 로마 잡지사에 던져줬다. 냄새를 맡은 파파라치들이 하슬러 호텔 밖에서 구름처럼 몰려들었다. 그들은 프랭크와 그레타가 도착한 것을 보고 미친 듯이 달려들었다.

"카메론처럼 좀 부끄럽지는 않나요, 그레타?"

"카메론 얘기 좀 해주십시오!"

"좋아요." 그레타가 환하게 웃으며 말했다. "로마는 정말 멋져요!"

흰 재킷에 검은 넥타이를 맨 프랭크는 그녀의 팔을 꽉 잡고 바보 같은 소리 좀 작작하라며 눈짓을 보냈다. 그러나 어리석은 그레타는 미처 그 뜻을 알아차리지 못하고 꽥 소리를 질렀다.

"아얏!"

프랭크가 속으로 투덜거렸다. '우라질 년. 피부는 약해가지고.' 그러다가 그녀의 발에 뭔가 걸린 것을 알아차렸다. 그는 그녀의 발목 쪽으로 몸을 숙이고 천천히 문질러주었다. 그리고 흰 턱시도 안에 배를 집어넣으면서 말했다.

"자기야, 많이 아파?"

"괜찮아요, 프랭크." 그레타의 얼굴이 더욱 환해졌다.

'이 갈보년이 뭐가 좋다고 배실거리지?' 파파라치들의 손에서 요란하게 터지는 플래시를 바라보며 프랭크는 잠시 생각에 잠겼다.

사실 그레타가 환하게 웃는 데에는 이유가 있었다. 눈앞에서 플래시가 터진다는 건 부귀영화가 가까이 왔다는 뜻이다. 하지만 지금 이 순간 부귀영화 따위는 안중에도 없다. 프랭크가 오늘 오후 파티에 그녀를 초대하면서 이렇게 말했기 때문이다. 뺨을 쓰다듬으며.

"어떻게 이럴 수 있지. 나 프랭크가 당신을 정말 사랑하다니…… 믿을 수 없는 일 아니야?”

그레타가 프랭크의 팔을 잡은 손에 힘을 주었다. ‘뭐하는 거야. 왜 이렇게 꽉 잡는 거냐고, 이 갈보년아?’ 하지만 프랭크도 그녀의 팔을 꽉 잡으며 사랑스러워 죽겠다는 듯 그레타의 얼굴을 쳐다보았다.

그레타의 눈이 반짝였다. 순간 어떤 생각이 그레타의 머릿속을 번개처럼 스치고 지나갔다. 세상에서 가장 작은 머릿속에 기껏해야 평생에 한 번 떠오를까 말까 하는 생각. ‘내가 진짜 원하는 게 이런 걸까? 카메론과 샤를리즈처럼 사는 걸 원하는 거 아니었나? 난 정말 베벌리힐스에 대저택을, 5번가에 펜트하우스를 갖고 싶은 걸까? 아니면 그저 이 조그만 남자가 시골 농가로 데리고 가기를 바라는 것일까? 이 남자가 장작 패는 모습을 부엌 창문으로 내다보며 임신한 배를 어루만지는 그런 생활을?’

상습적인 바람둥이들, 기둥서방, 뚜쟁이, 온갖 종류의 포주들이 잘 알다시피 그레타 같은 여자들, 혹은 그들이 좋아하는 모든 여자들을 속이는 건 세상에서 제일 쉬운 일이었다.

하슬러 호텔 로비에 들어갔을 때 체카롤리가 걱정스러운 얼굴로 다가왔다.

“좌석 배치 문젠데, 프랭크. 내 생각에는…….”

“체카롤리, 당신이 잘 알아서 해.” 프랭크가 말했다. “그레타는 내 왼쪽이요, 오른쪽이요?”

온갖 만찬과 파티를 수년간 경험한 체카롤리는 에티켓을 조금 알고 있었다. 그는 그레타의 자리를 유명한 좌파 비평가의 옆 자리, 프랭크의 앞 자리에 마련할 생각이었다. 하지만 즉시 생각을 바꾸었다.

“물론 그레타는 오른쪽이야.”

7층의 옥상 레스토랑. 프랭크는 빨리 제자리로 가서 앉고 싶었지만, 땀에 젖은 손들과 수백 번 악수를 나눠야 했다. 특히 홍당무처럼 얼굴이 벌겋고, 빛나는 은발에 파란색 넥타이를 맨 정말 밥맛 떨어지는 감독이 프랭크의 짜증을 돋웠다. 그는 스페인 광장, 판테온, 베드로 성당, 아이젠하워, 영국의 여왕 등에 대해 쉴 틈 없이 지껄여댔다. 갑자기 프랭크의 머릿속에서 좋은 생각이 떠올랐다.

“고맙소. 나도 하슬러에 관한 거라면 알고 있소. 내 친구 존 고티한테 다 들었어요. 그것도 10년 전에. 그 친구는 여기 2주일이나 묵었거든.”

테이블에는 데 안젤리스, 그리고 티타누스, 메두사, 룩스 관계자들 같은 중요한 인물들과 레오나르드가 앉아 있었다. 레오나르드는 프랭크의 바로 앞에 자리를 잡고 앉았다. 그 옆으로 짜증스럽게 생긴 이탈리아 작가와 그녀의 남편이라는 감독인지 배우인지 하는 놈팽이, 유명한 평론가, 더러운 안경을 쓴 지저분한 놈, 유명한 문학상의 심사위원단

장인 여자, 그리고 노파 하나가 앉아 있었다. 노파가 그레타에게 계속 말을 걸었다.

"물 좀 줄까요, 귀여운 아가씨? 피곤해요, 귀여운 아가씨?"

귀여운 아가씨는 여전히 환한 얼굴로, 프랭크 앞에 앉아 먼저 파스타 한 접시를 먹어치웠다. 해산물 소스와 호박꽃을 곁들인 파스타였다.

프랭크는 자신의 기름진 손가락 자국이 여기저기 난 크리스털 잔을 물끄러미 보다가 점점 신경이 날카로워지는 것을 느꼈다. 이탈리아 사람들, 창녀, 할망구, 지저분한 비평가, 그리고 쓰잘 데 없는 이야기들이 머릿속을 어지럽혔다. 물론 그레타한테는 다행한 일이었다. 이런 것들 때문에 카타니아에 같이 가자고 할 수 있었으니까. 안 봐도 뻔하다. 프랭크는 지금 신경이 곤두서고 있었다.

"제가 왜 선생님이 하시는 일을 높이 평가하는지 아십니까?"

별 볼일 없는 비평가의 기어들어가는 듯한 목소리가 칙칙한 머릿속을 비집고 들어왔다. 비평가는 레오나르드 트렌트에게 진부한 말을 해야 할 순간이 왔다고 생각했다. 자신을 초대한 게 훌륭한 선택이었다는 것을 보여줄 절호의 기회였다.

"선생님한테는 직업적인 불안감이 전혀 보이지 않아

요. 선생님께서 확신을 갖고 영화를 찍으신다는 건 「플라스틱 러브」만 봐도 금방 알 수 있습니다. 영화가 존재한다는 확신, 그러니까 영화는 소유할 수 있고 붙잡을 수 있는 것이라는 신념, 우리가 그 안에 들어갈 수 있고 무엇인가를 배울 수 있고 또 배워야 한다는 절대적인 신념 말입니다. 진정한 영화라면 그래야지요. 어떤 시대에든 영화는 권력층의 특권에 반기를 들었습니다. 데 시카(Vittorio De Sica,1901~1974. 이탈리아의 유명한 배우이자 영화감독—옮긴이)를 예로 들 수 있지요. 선생님 생각에는 데 시카가 뭐에 영감을 받았다고 생각하십니까? 이데올로기? 아닙니다. 그저 태어나고 죽어가는 몇몇 이미지들, 그리고 태어나고 죽어갈 만한 가치가 있는 이상들을 보고 싶은 바람밖에 없었습니다.”

‘난 당신이 태어나고 죽어가는 걸 보고 싶은데…….’ 레오나르드는 거짓 미소를 지으며 이렇게 생각했다. 그런 칭찬에 감사해야 하는 사람이 응당 지어야 할 그런 표정으로.

지저분한 비평가는 기분이 좋아져서 그날 밤, 다른 임무도 해결하기로 마음먹었다. 다름 아니라 자기 왼쪽에 앉아 있는 제인 같은 여자에게 몇 마디 던지는 것이었다.

“데 시카 좋아하십니까?”

그가 호박꽃이 잔뜩 낀 누런 이를 드러내며 물었다.

시칠리아식 쿠스쿠스(밀을 쪄서 고기, 야채 등을 곁들인 북

아프리카 요리—옮긴이)를 곁들인 왕새우 찜 요리, 모차렐라 치즈, 그리고 이제 프랭크가 데려가줄 게 확실한 보브 레스토랑에서 먹게 될 리코타 치즈를 생각하고 있던 그레타는 주저 없이 대답했다.

"네, 맛있어요. 드류하고 쿠엔틴하고 같이 퀸즈에 있는 다시카에 가본 적이 있거든요. 정말 끝내주는 레스토랑이에요!"

지저분한 비평가는 잠시 당황해하다가 안경을 벗고 냅킨으로 안경알을 닦았다. 프랭크는 겨우 침을 삼켰다. 그는 사람들이 다 보는 앞에서 그레타를 한 대 갈겨주고 싶었다. 그렇지만 프랭크는 웃는 쪽을 택했다. 처음에는 숨죽여서 웃다가 점점 천박하게 큰 소리로 웃었다. 만찬에서, 공개적으로 그렇게 행동할 수 있는 건 이탈리아계 미국인뿐이었다. 물론 모두 같이 웃었다. 그러자 문학상 심사위원 중 하나인 노파가 입을 열었다.

"이봐요, 귀여운 아가씨. 내가 아가씨 나이 때 다 시카라는 레스토랑에 자주 갔다우. 하지만 그 레스토랑은 나폴리에 있었지……."

프랭크는 한없이 짜증이 번지는 것을 느꼈다. 그는 할망구, 지저분한 평론가와 창녀를 증오했다. 여류작가와 그 남편인지 뭔지 하는 놈팽이도 증오했다. 구두쇠 이탈리아 제작자들도 증오했다. 호모처럼 가식적으로 웃고 있는 레오나르드도 증오했다. 대장에서 경련이 일었다. 프랭크는 몸도 진정시킬 겸 와인을 마시기로 했다. 차라리 술 취해서 스스로 망가지는 게 낫지 않을까 하는 생각이 들기도 했다. 하지만 막상 술을 들이켜려는 순간 생각을 바꿨다. 이 빌어먹을 창녀를 망가뜨리기로 작정한 것이다. 그는 그레타의 잔이 넘치도록 와인을 따랐다. '맛 좋지, 응? 마셔, 마시라고, 갈보년아!'

그때 갑자기 번개처럼 반짝이는 아이디어가 떠올랐다.

"내 생각에는." 그가 지저분한 평론가를 보며 말했다. "이탈리아에서 가장 천재 감독은 프랑코 제피렐리 같습니다. 「참새 이야기」(조반니 베르가의 소설을 원작으로 제피렐리가 만든 영화 「스패로우」로 알려졌다—옮긴이) 보셨습니까? 이미지, 당신 말대로라면 태어날 가치가 있는 이미지들은…… 바로 그 영화에 등장하는 그런 것들이지요."

"키치적인 아름다움이죠." 짜증 나게 생긴 여류 작가가 말했다.

"뭐라고요?" 프랭크가 물었다.

"아…… 그러니까." 지저분한 평론가가 말했다. "전 제피렐리가 영화 권력층의 특권과 무관한지 어떤지는 잘 모릅니다. 제피렐리는 비스콘티한테 빚이 있고."

"브라보, 제피렐라!"

그레타가 소리를 지르며 넘칠 듯 와인이 가득 든 잔을 들어 올리다가 순백의 테이블 보 위에 쏟고 말았다.

"제피렐리 만세!" 레오나르드도 재미있는 듯 잔을 높이 들며 말했다.

"맞아!"

프랭크가 동그란 눈으로 웃고 있는 그레타의 파란 눈을 뚫어지게 바라보면서 말했다.

"영화학교에서 「참새 이야기」를 상영해야 한다니까. 카타니아의 바로크 시대를 훌륭한 프레임으로 찍은 감동적인 러브스토리지. 감정의 대서사시! 눈부신 시칠리아의 도시를 배경으로 한 뜨거운 사랑의 찬가! 그 길 이름이 뭐더라?"

"수녀원 길 말인가요?" 노파가 말했다.

"맞아요." 프랭크가 말했다. "교회들이 늘어서 있고 예술 작품들이 즐비했지요. 거기엔 수도원 양 날개를 이어주는 공중 통로가 있었어요."

프랭크가 두 팔로 날갯짓을 흉내 냈다.

"참새다리 말씀이시군요." 심사위원 할망구가 생기 없는 회색 눈으로 그레타의 파란 눈을 똑바로 바라보며 말했다. "지금도 사랑하는 연인들은 그 다리에서 키스를 한답니다."

"바로 그겁니다." 프랭크가 지친 듯이 말했다.

그레타가 프랭크의 팔에 손을 올려놓고 한숨을 쉬었다.

갑자기 그녀가 풀이 죽었다. '세상은 엉망진창인데, 왜 이렇게 가끔은 아름답기도 하고, 갈망으로 가득한 걸까?' 잠시 후 그녀가 프랭크에게 속삭였다.

"데려가줄 거죠, 프랭크?"

"어딜?"

프랭크가 아주 오래전 어린 시절의 어느 날과 똑같이 환한 표정으로 물었다. 자기보다 세 살이 많다는 이유로 자신을 끊임없이 괴롭혔던 카르미네 카카체의 아들을 마침내 흠씬 두들겨 팼던 그날처럼.

"참새다리요." 그레카가 조그맣게 말했다.

"물론이지, 귀여운 아가씨!" 프랭크가 말했다.

마르차메미 해변에서

두 사람이 긴 의자에 앉아 책을 읽고 있었다. 책을 읽는 것을 보니 관광객이 틀림없다. 브란카멘타(허브를 이용해서 만든 이탈리아의 술—옮긴이)를 마시는 꼴을 보니 루 쉬오르티노도 방금 식사를 마친 것이 틀림없다. 그는 차양 아래 앉아 있었다. 그곳에는 테이블 네 개가 놓여 있고, 빨간 체크무늬 종이 식탁보가 덮여 있었다. 테이블은 아직 어수선했다. 돈 밈모가 종종걸음으로 테이블에 다가왔다. 부스러기들을 종이 식탁보에 모으고 둘둘 말았다. 돈 루 쉬오르티노가 고개를 끄덕였다. 철근 콘크리트 골격이 불길한 징조를 암시하는 것 같았다.

예전에 그들은 여기에도 건물을 지었다. 굴착기와 벽돌들이 도착했다. 바로 이곳에서의 건축사업을 기반으로 루쉬오르티노는 성공했다. 그는 뉴욕까지 진출하여 재산을 모았다. 하지만 여기, 마르차메미에는 돈 밈모의 손녀를 위한 인형의 집 하나 짓지 않았다. 마르차메미 해변 앞에, 아름다운 별장이 서 있는 작은 섬이 하나 있다. 돈 루가 미국에서 마르차메미를 생각할 때 머릿속에 떠오르는 것은 돈 밈모의 레스토랑, 라 톤나라와 작은 섬의 별장이었다. 그의 머릿속에 존재하는 건물은 이 두 개밖에 없었다. 여기에 아주 작은 변화만 더해져도 마르차메미는 다른 곳과 똑같은 장소로 변해버릴 것이다.

"누구 말입니까?"

핍피노가 물었다. 그는 당나귀와 말들에게 해를 입히는, 독성이 있는 식물, 협죽도 같다고 해서 '협죽도 핍피노'라고 불렸다. 노련한 칼잡이 핍피노. 40년 전 카타니아에서는 모두들 그를 악마라고 불렀다. 악마 같은 마음을 가지고 있어서 아무도 그를 믿지 않았다. 그는 누구의 똥구멍도 닦지 않았는데, 사람들은 그가 유일하게 닦는 건 자기 칼뿐이라고 수군거렸다. 그는 칼에 비누까지 문질러 칼날을 더욱 미끄럽게 만들었다. 상대에게 더욱 쓰라린 상처를 선사하기 위해. 40여 년 전 어느 날, 돈 루 쉬오르티노는 핍피노를 따로 불러 투리 크리쿠오쿠 바에서 페르넷(허브로 만든 술로, 소화를 촉진시켜줘서 식전이나 식후에 마신다—옮긴이)을 한 잔 사 주었다. 그리고 그에게 말했다.

"사람들 말이 자네가 악마라고 하더군. 하지만 내 눈에는 악마가 아니라 협죽도 같아 보여. 물론 협죽도니까 독이야 있겠지. 하지만 우리 할아버지는 협죽도도 마당에서 기를 수 있다고 말씀하셨어. 물을 주고, 가꿀 수 있다고."

돈 루 쉬오르티노의 말이 맞았다. 40년이 지났지만 핍피노는 아직도 돈 루 쉬오르티노의 곁에 있었다. 시칠리아와 미국에 있는 마피아들이 모두 그를 '돈 루의 협죽도'라고 불렀다.

"섬에 사는 사람 말일세." 돈 루가 턱으로 섬을 가리키며 말했다.

핍피노는 백화점에서 산 밤색 양복을 입고 있었다. 맞춤 양복을 입은 그 누구도 그렇게 점잖고 멋있을 수 없었다. 대머리에 둥근 얼굴, 매부리코. 키는 그리 크지 않았다. 외모만 놓고 보면 프랑스 안무가로 착각할 정도다. 그것도 흔치 않는 이성애자 안무가! 재킷 속에는 폴로셔츠를 입고 목까지 단추를 채웠다.

"비탈리노 브란카티입니다." 핍피노가 말했다.

"아, 그래." 돈 루가 대답했다.

돈 루 쉬오르티노는 이미 10여 년 전에 핍피노를 은퇴시켰다. 핍피노는 아주 정갈한 아파트에서 혼자 살면서 가끔 교양 있는 여행을 즐겼다. 전 세계의 최고급 호텔에서 책을 읽으며 몇 주일씩 머물렀다.

"브란카티라는 사람은 어떤가?"

"착한 사람입니다." 핍피노가 대답했다.

"가볼까?" 돈 루가 시계를 보면서 말했다.

핍피노는 벌떡 일어나 산책로를 살폈다.

"언제든지 말씀만 하십시오."

재규어가 울퉁불퉁한 길 위에서 요란하게 흔들렸다. 양 옆의 새하얀 돌담 위로 캐롭 나무와 선인장들이 우뚝 솟아 있었다. 핍피노는 형체만 남은 농기구들과 트랙터 타이어들, 납 드럼통들이 자리를 차지한 공터에 차를 세웠다. 수레에 묶인 개 두 마리가 짖어댔다. 후줄근하게 옷을 입은 청년 하나가 시멘트 벽돌로 지은 슬래브 지붕 건물 앞에서 힘겹게 경운기를 고치고 있었다. 청년은 경운기에서 손을 떼고 수건으로 닦은 뒤 다시 바지에 문지르며 말했다.

"당신들한테 선인장이 필요할 거라고 하더군요. 이 주변에서 원하시는 만큼 가져가시면 됩니다."

돈 루와 핍피노는 아무 말 없이 청년을 보았다. 그리고 천천히 공터 앞쪽에 있는 올리브 밭으로 걸어갔다. 핍피노가 맨홀을 발견했다. 뚜껑이 열려 있었다. 그 안으로 들어가려고 하자 루가 그의 팔을 잡고 '아니, 내가 먼저 들어가겠네'라고 말하는 것 같은 눈빛을 보냈다. 돈 루는 머리가 부딪히지 않도록 조심스럽게 고개를 숙였다. 좁은 계단에서 잠시 망설였다. 핍피노가 친절하게 살며시 그를 잡아주었다. 에어컨을 세게 틀어놓은 듯 안에서 서늘한 공기가 새어나왔다. 야콥보 마레타는 파란색 버뮤다 반바지에 오렌지 얼룩이 진 러닝셔츠를 입고 있었다.

야콥보 마레타가 실존인물이 아니라는 소문이 있었다. 우치아르도네 감옥에 수감된 릴로 비르투데가 자신의 믿음직한 부하가 세상에서 활동한다는 걸 알리기 위해 만들어낸 가공의 인물이라는 것이다. FBI의 공식 문서에는 쿠바 사업가들을 태운 모터보트를 탔다가 함께 익사했다고 기록되어 있다. 하지만 뭔가 냄새가 났다. 대체 쿠바 사업가를 본 사람이 어디 있단 말인가. 그래서 대다수 사람들은 야콥보 마레타가 실제로 팔팔하게 살아 있을 거라고 생각했다.

사실 좀 더 정확히 이야기하자면 일은 이렇게 된 것이다. 비르투데는 우치아르도네 감옥에 들어가기 몇 달 전 마레타더러 종적을 감추라고 했다. 그리고 마레타의 실종과 관련해서 정반대되는 소문을 흘렸다.

"감옥 밖에서 일해줄 사람이 필요하네. 자네가 필요해."

마레타는 현재 마르차메미 뒤쪽 들판의 지하 벙커에서 살고 있다. 외출할 일이 있으면 트랙터를 타고 마을로 나갔다. 마을에 가면 노란색 피아트 127이 그를 기다리고 있다가 이스피카에 있는 정원용 석상 판매자에게 데려다준다. 그러면 이스피카에서 트럭으로 갈아타고 그 안에서 옷을 갈아입고는 아주 우아한 차림으로 카타니아 공항에 내렸다.

"돈 루, 용서해주십시오! 석 달이나 밖에 나가지 않았더니 짐승 꼴입니다."

야콥보 마레타는 두꺼운 머리털을 새까맣게 염색했다. 그래서인지 콧수염이 가짜 같았다.

"핍피노, 여전하지?"

핍피노는 대답 대신 돈 루를 쳐다보았다. 돈 루가 핍피노에게 고개를 끄덕였다. 그러자 핍피노가 마레타에게 고개를 끄덕였다.

"제기랄, 자네 같은 사람은 이젠 찾아볼 수 없을 거야."

마레타가 말했다.

"핍피노, 개인적인 부탁 한 가지만 하겠네. 내가 알기론 자네, 여자들하고 즐기는 거 좋아하는 것 같던데, 야콥보의 부탁 하나만 들어주게. 자넨 자식을 낳아야 해! 자네 같은 사람이 항상 필요하단 말이야!"

마레타가 한숨을 쉬더니 덧붙였다.

"돈 루, 시칠리아에 정말 잘 오셨습니다. 손자 분은 잘 계시나요? 대단히 훌륭한 청년이지요. 할아버지처럼 말입니다. 아, 돈 루……. 그건 그렇고, 조언을 청하고 싶은데요. 곧 콩을 심을 계절입니다. 그동안 무슨 일이 벌어졌는지 아십니까? 콩들이 말라 죽는 겁니다. 작년에 콩이 죄다 말라 죽어버렸어요! 그러니 지금 어떻게 믿고 심을 수 있겠습니까? 돈 루도 아시다시피 콩을 심으려면 비용이 많이 들잖아요. 일꾼도 사야 하고, 관개시설도 준비해야 하고, 수도관도 끌어와야 하고……. 돈이, 돈이 정말 많이 들지요. 아, 물론 농사짓는 게 옛날 같지는 않습니다. 지금은 조합이 있으니까요! 일꾼들은 제시간에 왔다가 제시간에 갑니다. 젠장, 그러면서 돈은 얼마나 꼬박꼬박 챙겨가는지. 제가 드리고 싶은 말씀이 뭔지 아세요? 그까짓 찌그러진 콩 몇 알 수확하려고 몸을 바칠 필요가 없다는 겁니다! 전 이 콩이 싫어요. 너무 작아서 슬프고, 잘 크지도 않지요. 콩을 믿을 수가 없습니다……. 하지만 호박은 얼마나 예쁜지 모른답니다. 돈 밈모네 식당에서 호박 파스타하고 리코타 치즈 샐러드 드셔보셨어요? 젠장, 돈 밈모는 여전하다니까!"

"돈 밈모는 좋아 보였네." 돈 루가 말했다. "물론 돈 밈모도 우리처럼 늙었지. 하지만 믿을 수 있는 사람이야. 음식을 나를 때 손을 조금 떨기는 하지만."

"핍피노, 핍피노는 뭘 먹었습니까? 말씀하지 마세요, 다 알고 있습니다. 붉은 고추가 통째로 잔뜩 들어간 스파게티 알라 페스카토라죠. 그건 그렇고 뭐 좀 드릴까요? 물론 방금 식사를 하셨겠지만. 아, 아마레티 드릴까요? 그런데 상하지나 않았는지 모르겠네요. 하도 오랫동안 여기 있었던 거라서. 어떨 거 같으세요? 제 생각에는 맛이 갔을 거 같은데……. 여기 곰팡이가 폈네요! 다 버려야겠어요, 다 버려야겠습니다.”

마레타는 아마레티에 정나미가 떨어진 듯 언성을 높이며 과자상자를 휙 던져버렸다.

“지금 카타니아로 가실 거지요, 안 그렇습니까? 좋습니다! 돈 루, 손니노를 만나주세요, 부탁드립니다. 저를 믿어주십시오. 전 출세한 조직원들을 많이 봤습니다. 그렇지만 자식처럼 생각하고 부탁드린 사람은 없습니다. 카타니아에 가시면 손니노한테 연락해주십시오. 꼭 전화를 주세요. 믿을 만한 사람이 필요하실 것 같아서 손니노를 추천해드리는 겁니다.”

“야콥보, 만나서 반가웠네.”

“무슨 말씀이십니까, 돈 루. 이렇게 찾아주신 게 저한테는 영광이라는 거 잘 아시지 않습니까. 그리고 허락만 해주신다면…….”

마레타가 돈 루의 손을 잡더니 무릎을 꿇고 그 손에 입을 맞췄다.

“일어나게, 야콥보. 이번에 부탁할 사람은 나야.”

울퉁불퉁한 길 위에서 요동치는 자동차를 타고 가며 돈 루는 생각에 잠겼다. 핍피노는 앞만 똑바로 바라보았다.

"내가 무슨 생각하는지 아나, 핍피노? 마레타는 내가 좋아하는 배우 같더구먼……. 그 배우 이름이 뭐지?"

"찰스 브론슨입니다." 핍피노가 대답했다.

"꼭 그 사람 같아!" 돈 루가 웃으면서 말했다.

핍피노도 웃었다.

서른일곱 살 때 '라 팔리아' 레스토랑에서

오징어먹물 스파게티를 먹다가 살해당한(얼굴이 접시에 처박혀서 사람들이 그를 일으켰을 때는 시칠리아 꼭두각시 인형극에 나오는 사라센인 같았다) 레오루카 파바로타는, 조르지노 파바로타의 형으로 살 스칼리의 진정한 우상이었다. 세련된(한여름에도 아일랜드산 린넨 양복을 흠 하나 없이 깔끔하게 입었다) 레오루카 파바로타는 끝내줄 정도로 잘생긴데다가 당구의 지존이었다.

그가 게임을 벌이면 팬들이 우르르 몰려들곤 했다. 그중에는 어린 살 스칼리도 끼어 있었다. 살 삼촌 같은 어린아이에게 당구장이 매력적인 장소로 다가왔던 1949~50년대 이야기다. 미국식으로 놀고 마시던 문화가 막 움트기 시작하던 시대였다.

그로부터 54년이 흐른 지금, 중요한 결정을 내려야 하는 오늘 같은 날, 살 스칼리는 과연 어디 있을까? 바로 에덴 당구장이었다. 레오루카 파바로타가 미국식 당구의 일인자로 군림했던 바로 그 방은, 금방이라도 쓰러질 것 같은 중간 2층에 있었다.

물론 세월이 많이 흘러 당구대의 초록 펠트 천은 누런 색을 띄었다. 벽에 걸린, 페인트를 칠한 큰 나무 광고판의 'SAMBUCA'라는 글씨도 한번에 읽을 수 없을 정도로 바랬다. 그림 또한 제대로 인물이 구별되지 않았는데, 하얀 옷을 입고 양산을 든 여자들과 그 곁에서 환심을 얻으려는 콧수염울 기른 신사들만 겨우 알아볼 수 있었다. 술을 마시며 신나게 떠들어대고 있는 신사들의 모습이다. 그림의 가장자리에는 죽은 파리 떼가 달라붙어 있다. 지배인은 작은 테이블 뒤에서 꾸벅꾸벅 졸았다. 그 뒤에 있는 맥주 자동판매기에서 윙 소리가 들렸다.

짙은 청색의 린넨 양복을 입은 살 삼촌은 방금 프랭크 에라와 통화를 마쳤다. 몇 시간 전 카타니아에 도착한 프랭크는 곧 센트럴 펠리스 호텔에서 가장 비싼 스위트룸에 숨었다.

투치오가 휴대전화에서 심(SIM) 카드를 뺐다. 그리고 파키노에서 토마토를 따던 모로코 인들의 전화번호를 복제한 카드를 끼웠다. 그런 다음 살 삼촌이 그에게 준 번호로 전화를 걸어 프랭크 에라를 찾았다. 수화기 너머에서 샤스가 "여보세요?" 하며 전화를 받자 살 삼촌에게 휴대전화를 건넸다.

"살 스칼리요. 프랭크 에라 있소?" 살 삼촌이 물었다.

"잠시만 기다려주십시오." 샤스가 보통 때와 다름없이 정중하게 말했다.

"프랭크 에라입니다."

"살 스칼리요. 이렇게 전화상으로 첫인사를 대신합니다. 친구들한테 얘기 많이 들었습니다."

"저도 마찬가지입니다. 언제 한번 만나야 하지 않을까요?"

"그렇습니다. 당장은 안 될 것 같고…… 먼저 카타니아를 좀 둘러보는 게 어떠시겠습니까? 어딜 구경하고 싶은지 말씀해주시면 준비하지요. 편한 대로 이용하실 수 있도록 부하들한테 일러놓겠습니다."

프랭크가 생각했다. '염병할, 이런 게 바로 전문가라는 거지!'

"이렇게 신경 써주시니 감사합니다." 그가 말했다. "참새 다리에 가볼 생각입니다. 여자 친구가 그 다리를 보고 싶다고 해서요. 여자들이란!"

"그럼요! 카타니아에 오셨으니 여자 친구 분한테 참새다리를 꼭 보여주셔야죠. 그러면 그분도 틀림없이 뭔가를 보여줄 겁니다!"

프랭크가 웃었다.

"나중에 봅시다, 살!" 프랭크가 말했다.

"몸조심하게 , 프랭크." 살 삼촌이 말했다.

마지막 의식을 치를 때 살 삼촌은 항상 "몸조심하게"라고 말했다. 그가 이 말을 할 때마다 투치오와 누치오는 과장되게 신경질적으로 웃었다. 지명된 사람을 저세상으로 인도하는 것이 그들의 임무였으니까. 레오루카 파바로타가 그랬듯이 살 삼촌은 태연하게 가만히 앉아 있었다. 1949년, 레오루카 파바로타는 당구장에서 자신에게 반말로 "오늘 밤 어때, 루카. 자네 기막힌 솜씨 한번 보여주겠나?"라고 말하는 사람에게 먼저 스트레가(이탈리아의 허브 술—옮긴이)를 대접한 뒤 이렇게 말했다. "몸조심하게." 그러곤 마지막으로 따귀를 다섯 번 때렸다. 한 쪽은 세 번, 다른 쪽은 두 번.

누치오는 신이 나서 웃어댔다. 그리고 끊임없이 말을 되풀이했다.

"젠장, 이제 미국놈들까지 골로 보내게 생겼어!"

누치오는 에덴 당구장에 있는 걸 정말 좋아했다! 향수 냄새를 풍기며 임무를 지시하는 세련된 보스, 그리고 자신과 함께 능수능란하게 일을 처리하는 투치오와 같이. 그의 눈에는 두 사람이 일본의 야쿠자처럼 보였다, 젠장!

타탕! 누치오는 문제없이 임무를 수행할 수 있다는 걸 보여주기라도 하듯 기름을 잘 먹인 권총을 꺼내 들었다.

살 삼촌이 차가운 눈초리로 그를 주시했다.

"실수하지 마. 조심해." 그가 말했다. "미국놈들은 혼자 계약서에 서명하는 멍텅구리가 아니야. 비즈니스에서 실수하면…… 네놈은 분명 대가를 치를 거야."

프랭크는 스타쉽영화사의 대표 자리를 수락한 것 외에는 실수한 게 없었다. 하지만 살 삼촌의 생각은 달랐다. 드디어 정의의 이름으로 심판할 때가 왔다고 판단한 것이다.

투치오가 침을 삼켰다. 그는 밈모 삼촌의 잡화점에서 벌어진 살인사건이 복잡해진 데에 일말의 죄의식을 갖고 있었다.

누치오가 되풀이해서 말했다. "젠장, 이제 미국놈들까지 골로 보내게 생겼어."

"누가 이런 일에 실수를 하겠습니까?" 잔뜩 긴장한 투치오가 물었다.

"그럼 일하러 가봐야지?" 살 삼촌이 지시했다.

투치오와 누치오가 고개를 끄덕이자 살 삼촌도 끄덕였다.

"그러면." 살 삼촌이 투치오에게 돌아서며 말했다. "누치오. 넌 미국인과 그놈의 여자친구를 맡아. 그 연놈들이 고통스러워할수록 더 좋아. 그리고."

그가 누치오에게 라이플총을 건네며 말했.

"권총 대신 이걸 써. 일을 마치면 아마레티 가게로 가져와, 곧바로. 지난번처럼 하지 말고. 알아들어?"

"물론입니다……." 누치오가 말했다. "물론입니다. 명령하신 대로 하겠습니다."

"좋아." 살 삼촌이 말했다. "투치오, 넌 손니노한테 가서 내가 좀 만나보잖다고 해. 무슨 일이냐고 물어보면 모르겠다고 해. 한 큐에 그 빌어먹을 손니노까지 해결할 수 있을지 두고 보자고."

다른 지역의 보스에게 부하를 보낼 때면 언제나 둘을 함께 보내야 한다. 살 삼촌이 한마디 덧붙였다.

"눈치오 알리오트로도 데려가."

핍피노와 돈 루가 출입문으로 다가오는 것을 보았다.

"그래, 그래. 미니스커트 입고 있어. 데이지 무늬가 있고 살짝 트인 그 데님 치마. 맞아…… 맞아. 하이힐 신고. 오늘 아침에 집에서 나오다가 코가 깨질 뻔했다니까. 그래, 내가 앉아 있으면 다 볼 수 있을걸. 조용히 해, 쉿. 누가 오고 있어. 조용히 하라고 했지. 이따 전화할게, 이따가……."

미스 니쉐미는 전화를 끊고 주위를 둘러보더니 다리를 꼬고 매무새를 고쳤다.

"전화하는데, 짜증 나게시리……."

그녀는 일어나서 본드지를 한 뭉치 집어 돌아왔다. 다시 의자에 앉아 다리를 꼬고는 매무새를 고쳤다.

핍피노가 먼저 가게 안으로 들어왔다. 돈 루는 두어 걸음 뒤에서 따라왔다. '두 남자……. 이 사람은 중후해 보이고, 저 사람은 잘생겼네. 하지만 머잖아 밥숟갈 놓을 나이군.' 미스 니쉐미는 풍만한 가슴을 내밀고 의자에서 몸을 일으켰다. 그렇지만 핍피노와 돈 루의 얼굴, 자신을 하늘나라로 보낼 수도 있는 사람들의 얼굴을 알아보자마자 자세를 가다듬고 본드지를 움켜쥐었다.

"안녕하세요." 그녀가 말했다. "이걸 정리하느라 정신이 없어서……."

"안녕하시오." 핍피노가 말했다. "쉬오르티노 씨는?"

"쉬오르티노 씨는 안에 계세요. 그런데 실례지만, 누구시라고 전할지……."

"돈 루 쉬오르티노가 오셨다고 쉬오르티노 씨에게 전하시오." 핍피노가 말했다.

미스 니쉐미가 수화기를 잡고 번호를 눌렀다.

"여보세요." 그녀가 말했다. "성함이 루 쉬오르티노 씨, 맞으시죠, 맞죠? 왜 그러냐고요? 여기 또 다른 루 쉬오르티노 씨가 오셔서…… 아, 알겠어요. 알겠어요."

그녀가 핍피노에게 말했다.

"저쪽, 2층으로 올라가셔서 왼쪽이에요."

핍피노가 돈 루를 보았다. 돈 루가 고개를 끄덕였다. 약간 주저하는 듯한 걸음걸이였지만, 등을 똑바로 편 채 나무 계단 쪽으로 걸어갔다.

핍피노는 원형의 조그만 진열장 앞에 서 있었다. 진열장의 은쟁반 위에서 아마레티가 돌아가고 있었다. 진열장 안에서는 요한 슈트라우스의 왈츠가 흘러나왔다.

"그건 대체 뭐냐?"

루의 사무실로 들어가면서 돈 루가 물었다. 루는 책상에 앉아서 석궁을 만지작거리고 있었다. 물론 돈 루는 그게 뭔지 잘 알고 있었다. 하지만 손자를 만난 반가운 마음을 그런 식으로 대신해버렸다.

"석궁입니다."

루는 신문지로 석궁을 둘둘 말아 책상 위에 다시 올려놓고, 할아버지에게 다가가 포옹했다.

"그래, 잘했다. 잘 보관해 둬라. 그런 이상한 물건은 위험하니까! 아서 젤리의 마누라가 『선(禪)과 양궁』인지 『선(禪), 양궁의 기술』인지 그런 쓰레기 같은 책을 썼더라. 그러더니 결국 남편까지 잡더라고. 빌어먹을 화살을 만지다가 실수한 거지."

"할아버지, 만나자마자 불길한 이야기만 하시네요!"

"농담 마라, 루. 난 정말 화가 난다!"

돈 루는 의자를 박차고 일어나려고 했지만, 몸이 따라주지 않았다. 그는 욕설을 내뱉었다. 그리고 천천히 한숨을 쉬며 안정을 되찾았다.

"내가 이런 빌어먹을 곳에서 얘기를 해야겠니?"

"걱정하지 마세요, 할아버지. 이 방에는 도청장치가 없어요."

"마르차메미에 갔다 왔다. 야콥보를 만나고 나서 우리 친구들을 바꿔야 한다는 걸 확실히 깨달았다. 그놈이 '전 찌그러진 콩은 믿을 수가 없어요'라고 하더구나. '아마레티를 버려야겠어요'라고도 했어. 망할, 우리가 뉴욕에 있었으면 루, 먼저 핍피노한테 조르지노 파바로타를 데려오라고 시켰을 거다. 그리고 조르지노한테 이렇게 말했을 거야. '조르지노, 자네 형이 총 맞아죽길 아주 잘했어. 안 그랬으면 자네 같은 사람 옆에서 근근이 목숨을 이어갔을 테니까.' 그리고 내가 직접 총을 쐈을 거다. 그 빌어먹을 자식이 자기 패밀리를 다시 결집시킬 힘이 없다고 해도 말이다. 그리고…… 살 스칼리로 말하자면, 젠장! 난 핍피노한테 그놈이 영안실에서 뻗어 있는 모습을 보고 싶다고 말했을 거다. 이미 부검을 마치고 죽은 생선마냥 내장 하나 없이 뻣뻣하게 뒈져버린 그 꼴을 말이다. 인식표 하나 붙일 데가 없어서 아마 엄지손가락에 붙이겠지. 그렇지만 우리가 있는 곳은 시칠리아야, 루. 미국인들은 여기서 아무것도 할 수 없어. 여기서는 심지어 43년에 돈 비토니와 맥스 마냐니도 한 쪽 구석에 얌전히 앉아 있다가 핍피노 로쏘와 반니 사코의 명령을 받을 수밖에 없었다니까. 다행히 멍텅구리 같은 미군놈들이 맥스한테 의약품 창고 관리를 맡겼지. 모르핀이 있는 창고 말이다, 망할! 그리고 돈 비토네는 군대에 빵, 올리브기름, 설탕과 커피를 공급하는 암시장 쪽 일을 하게 됐다. 아무리 잘나갔어도 그 둘은 보스를 항상 존중했어. 왜냐하면…… 들어봐라, 루. 보스는 항상 존중받아야 하거든! 무조건 말이다. 여기서 우리는 비르투데를 존중해야 한다! 비르투데가 우리더러 항아리를 깨라고 하면 항아리를 깨야 하고, 어떤 약국에 가서 상납금을 받아오라고 하면 가서 약국을 거덜내는 한이 있더라도 상납금을 받아와야 돼. 빌어먹을 짓을 하지 말라고 하면 또 그대로 따라야 하고. 들어봐라, 루. 나, 야콥보, 비르투데, 라 브루나, 파바로타, 살 스칼리, 그리고 심지어 그 바보 멍텅구리, 이름이 뭐더라…… 프랭크 에라. 그래, 프랭크 에라까지도. 간단히 말해 우리들은 유기체야. 루, 살아 있는 조직이란 말씀이야. 하지만 다른 모든 유기체와 마찬가지로 우리도 살기 위해서 세포 몇 개 정도는 버릴 수 있어. 이제 어떤 세포를 버릴지 결정해야 할 때가 됐다, 빌어먹을!"

"저기, 손잡이가 자개로 된 잭나이프 보이세요, 할아버지?” 루가 책상을 가리키며 물었다.

“난 다리에는 힘이 없다만, 루, 눈은 문제없다. 그래, 잘 보인다. 그런데 저게 무슨 상관이냐?”

“저 칼로 이 석궁하고 300유로를 얻었어요.”

“무슨 짓을 한 거냐. 총기상에서 강도짓을 한 게야?”

“더 나쁜 짓이죠. 잡화점에서 가엾은 노인을 협박했거든 요!”

돈 루는 의자에서 일어나려고 했지만, 이번에도 몸이 제대로 움직여주지 않았다. 그는 욕설을 내뱉은 후에야 겨우 마음을 진정시켰다.

“왜 그런 터무니없는 짓을 했는지 설명해주겠니?” 돈 루가 숨을 가쁘게 내쉬며 말했다.

“살 스칼리가 시켰어요. 그 노인이 고발하지 않게 가서 겁을 주라고요. 살 스칼리의 조카인 토니의 친구가 그 잡화점에서 강도짓을 벌이다가 경찰을 총으로 쏴 죽였거든요.”

“맙소사! 살 스칼리가 내 손자한테 그런 일을 시켰단 말이냐? 그자는 부하들도 없다더냐?”

“제가 꼭 가야 한다고 하던데요.”

“대체 네가 무슨 상관이 있다고?”

“제가 도와주지 않으면 무례한 거라고 했어요.”

“맙소사! 너한테 그런 일을 시킨 그놈이 무례한 거지. 넌 손님이야!”

돈 루는 의자 팔걸이를 주먹으로 내리쳤다. 다시 일어나려 힘을 줬고, 이번에는 몸이 제대로 따라주었다. 그는 천천히 방 안을 세 바퀴 돌았다.

"프랭크 에라가 여기 카타니아에 도착했어. 살 스칼리는 살인사건이 벌어지고 나서…… 내 손자한테 터무니없이 바보 같은 일을 시켰어."

"프랭크 에라가 카타니아에 왔다고요?"

"그래. 벌써 센트럴 팰리스 호텔에 짐까지 풀었다! 부하한 명에 창녀, 레오나르드 트렌트도 같이 있어! 틀림없이 살 스칼리가 다 알고 있을 거다."

"그럼 살 스칼리를 잡아요. 그래서 세포 몇 개를 없애는 거죠, 할아버지!"

"루, 루……. 넌 내 말을 하나도 이해 못했구나! 지금은 대화로 풀어야 때다, 대화로. 그 빌어먹을 놈한테 전화해서 네 할아버지가 센트럴 팰리스 호텔에서 보스하고 몇 마디 나누고 싶어한다고 전해. 그리고 손니노가 지금 어디 있는지 찾아봐. 목숨을 부지하려면 조심해야 해. 젠장!"

할아버지와 손자가 이야기를 나누는 동안 핍피노는 아래층에서 그들의 대화가 끝나기를 기다리고 있었다. 미스 니쉐미가 그에게 커피를 가져다주었다. 그녀는 가슴 가까이 쟁반을 받쳐 들고 좋은 구경거리를 선사했다. 하지만 핍피노는 커피 잔을 든 채 작은 진열장에서 눈을 떼지 않았다. 예쁜 프랑스 용병 인형들과 시칠리아의 수레 모형이 스칼리의 아마레티를 잔뜩 싣고 진열장 안을 빙빙 돌고 있었다. '뭘 보는 거야! 여길 보라구!' 그러나 핍피노는 끝내 고개를 돌리지 않았다. 미스 니쉐미는 하는 수 없이 제자리로 돌아갔다.

머리가 천장에 찧을 뻔했다. 토니와 결혼한 뒤로 아침마다 그랬다.

바비큐 파티가 끝나고 며칠 동안은 치워야 할 게 너무 많았다. 파티 당일보다 더 바빴다.

토니는 메시나의 시장에서 접었다가 펼 수 있는 차양 같은 것을 구입했다. 그는 이것을 아랍 천막이라고 불렀다. 바비큐 파티가 끝나고 나면 이 천막을 정원에 치고 쿠션, 물담배 파이프와 종들을 천막 안에 가져다 놓았다. 토니는 시칠리아 사람들이 아랍 사람들에게서 손님을 접대하는 방법을 물려받았다고 생각했다. 아랍 사람들에게 말과 손님은 신성한 존재였기에 이런 천막이 필요했을 것이다. 얼마나 이 생각에 빠져 있었는지 그는 어느 날 밤 갑자기 벌떡 일어나서 이렇게 물었다.

"그런데 체티나, 우리가 말도 초대해야 하는 거 아닐까?"

그러고 나서 그는 다시 잠이 들었다.

바비큐 파티를 하고 난 뒤 토니는 며칠 동안 출장요리사를 불렀다. 다행히 바비큐 파티를 하는 동안엔 이들을 고용할 필요가 없었다. 아랍 천막 안에서 손님들을 접대하기 위해 출장요리사를 부를 때면 그는 늘 호루라기를 사용했다.

체티나는 오늘 아침 그 호루라기 소리를 듣고 잠에서 깼다.

그녀는 침대에서 일어나 슬리퍼를 찾아 신고는 머리를 산발한 채 정원으로 나갔다. 구멍이 난 가운을 입고, 슬리퍼를 꿰고서.

토니는 카프탄(터키 사람들이 입는 셔츠 모양의 기다란 상의—옮긴이)을 입고 자기 이름의 첫 자를 새긴 뾰족한 신발을 신고 있었다.

허리가 꽉 끼는 하얀 상의를 입은 출장요리업체 종업원이 터키 커피를 쟁반에 들고 체티나 앞을 지나갔다.

체티나는 남자 동성애자가 종업원으로 일할 수 있는 곳은 출장요리업체가 제격이라고 확신했다. 레스토랑에서는 그들을 원하지 않을 것이다. 하지만 그녀는 이 파티에서도 동성애적 성향이 있는 종업원들이 손님들에게 불쾌한 인상을 주지 않을까 걱정스러웠다. 하지만 그녀가 꿈에도 모르는 사실이 하나 있었다. 출장요리업체의 종업원들을 손수 캐스팅한 사람이 바로 남편 토니라는 사실을!

종업원은 우아하게 몸을 숙이고 토니 앞에 쟁반을 내려놓았다. 토니 옆에는 그리스풍 바지에 블라우스를 입은 자동차 정비공인 펠리체 로마노가 앉아 있었다. 체티나는 예전에 그의 부인이 그 블라우스를 입고 있는 것을 본 적이 있었다. 재단사인 안젤로 콜롬보도 그들과 함께 있었다. 그는 진주 빛이 도는 회색 바지에 금빛 단추가 달린 파란색 이중 재킷을 입고, 선장들이 쓰는 흰 모자를 쓰고 있었다.

체티나를 발견한 토니가 벌떡 일어섰다. 그녀에게 달려와서는 팔을 잡고 다짜고짜 부엌으로 끌고 갔다.

부엌에서는 댄스 음악이 흐르고 있었다. 다른 세 명의 출장요리업체 종업원들이 커피를 준비하면서 음악에 맞춰 팔을 흔들었다.

토니가 체티나의 귀에 대고 뭐라고 소곤거렸다. 체티나는 대답 대신 두 팔을 들고 박자에 맞춰 손을 저었다. 음악소리가 너무 커서 아무것도 들리지 않는다는 걸 행동으로 알리려는 듯.

토니는 부엌을 둘러보고 고개를 끄덕였다. 체티나의 팔을 잡고 거실로 데리고 나와서 문을 닫고 말했다.

"남편을 뭘로 아는 거야, 대체 왜 이러는 거야, 응? 정신병원에서 뛰쳐나온 것 같은 꼬락서니를 하고 나타나도 된다고 생각해?"

"당신, 몰라서 물어요. 펠리체와 안젤로는 내가 집에서 제대로 옷을 입고 있는 걸 한 번도 본 적이 없다구요!"

토니는 손을 올려 부채처럼 흔들어댔다. 열을 식히려는 모양이었다. '쳇, 이제 미친 듯이 화를 내겠지?' 체티나가 생각했다. 하지만 웬일인지 토니는 화를 내지 않았다. 박하 담배를 꺼내 들더니 손가락에 끼고 불을 붙였다. 그리고 정원을 내다보았다.

저 담배는 어디서 난 거지?

토니가 꼭두각시 같은 표정을 지었다.

"젠장, 체티나." 그가 말했다. "난 천재라니까!"

체티나가 고개를 들고 멍하니 천장을 올려다보았다.

토니가 소파에 앉아 다리를 꼬았다.

"그러니까." 그가 말했다. "살 삼촌이 민디하고 닉을 결혼시킬 계획을 세웠어. 우리가 다 알다시피 말이야."

왼쪽, 오른쪽으로 다리를 꼬면서 그가 말을 이었다.

"민디는 닉한테 전혀 관심이 없어. 발렌티나만 닉을 뺏길 생각에 이성을 잃었지."

토니가 담뱃재를 허공에 떨었다. 체티나는 소파로 다가갔다. 그녀가 의자에 앉자마자 토니는 벌떡 일어나 장식장에 몸을 기댔다.

"체티나, 기분 나빠하지 마. 당신은 지금 상황 파악을 전혀 못하고 있어. 그렇지만 내가 보기에는 틀림없이 민디가 바비큐 파티에서 미국인한테 추파를 던졌어.”

‘추파를 던졌다고! 산 채로 그 남자를 잡아먹을 것 같던데, 쳇!’

“그리고 미국인도 민디한테 티가 날 정도로 관심을 보였고.”

‘티 나게 관심을 보여? 미국인은 눈빛 가지고도 민디를 X레이 찍고, 초음파 검사까지 다 한 것 같던데.’

“그래서.” 토니가 말했다. “당신은 그런 걸 눈치 채지 못했지만, 나는 아까 말했듯이 천재잖아. 이제 당신 남편이 뭘 할 건지 당신한테 보여줄게.”

토니가 잽싸게 수화기를 잡는 바람에 체티나는 이렇게 대답할 기회를 놓치고 말았다. ‘바보 같은 짓 하지 말아요.’

“미스 니쉐미, 그 미국인 좀 바꿔줘요.” 토니가 말했다.

체티나가 고개를 저었다. 수화기에 대고 떠들어대는 토니의 목소리조차 귀에 들어오지 않았다.

“토니입니다. 미스터 쉬오르티노……. 기억납니까? 일요일 밤 바비큐 파티에 와주시겠습니까?”

토니가 웃는 얼굴로 다시 소파에 앉았을 때에도 체티나는 여전히 멍하니 허공을 바라보고 있었다.

‘내 남편이지만, 정말 바보 같다니까.’

“그럼 이제.” 토니가 말했다. “일요일 밤에 이 계절을 마감하는 마지막 바비큐 파티를 화끈하게 열어보자고! 잘생

216

긴 시칠리아계 미국인과 얼마나 끈끈한 관계를 유지할 수 있는지 살 삼촌 앞에서 보여주자고!"

"그러다가 살 삼촌이 그 미국인을 없애버리게 될걸요. 그리고 민디가 갑자기 임신이라도 하면 닉은 결혼해야 할 거고……."

"아니야, 여보." 토니가 말했다. "우리가 발렌티나하고 닉을 확실하게 연결해줄 거야. 그럼 살 삼촌은 아무 짓도 못할 걸. 조카딸을 과부로 만들고 싶지는 않을 테니까! 그건 그렇고 이제 당신, 옷 좀 제대로 입고 다시 아랍 천막으로 오는 게 어때."

밝은 회색 소모사 양복을 빼입은 살 삼촌이

에덴 당구장에 도착했다. 주문하고 나서 무려 5개월에 걸쳐 재단사가 공들여 만든 양복이었다. 재단사인 파보네는 게이 같은 옷을 만들어주고 싶어서 일부러 소매에 주름을 잡았다.("밝은색 양복에 딱 어울리는 스타일이십니다"라고 그가 말했다). 살 삼촌은 완성된 옷을 입고 거울을 살펴보았다. 어깨 위의 주름도 마음에 들었다. 그는 머릿속으로 에트네아 가를 걷는 자기 모습을 상상하다가 서둘러 지워버렸다.

어쨌든 새 양복을 입고 에덴 당구장에 나타난 살 삼촌은 그 어느 때보다 기분이 끝내줬다. 옷이 자기 몸과 완벽하게 일체감을 이루는 것 같았다. 그는 2층에 있는 자기 의자에 앉아서 감각적인 패션을 뽐내기라도 하듯 두 팔을 느릿느릿 크게 움직였다.

"보스, 정말 제가 따라가지 않아도 되겠습니까?"

투치오가 느닷없이 물었다.

"물론이지." 살 삼촌이 웃으면서 대답했다.

살 삼촌은 기분이 아주 좋을 때는 어떤 말도 너그럽게 받아준다. 그가 다시 입을 열었다.

"이건 공식적으로는 사교적인 방문이야. 그 자리에 부하를 데리고 갈 순 없잖아?"

투치오는 여전히 의심을 떨쳐버리지 못한 표정이었다.

"왜 그런 표정을 짓고 있는 거야?"

살 삼촌이 물었다. 그는 자신이 기분 좋을 때는 다른 사람들이 그 기분 좋은 이유에 의심을 품는 것을 용납하지 못했다.

"그게, 제 생각에는…… 제 생각에는 그 쉬오르티노 노인네한테서 수상한 냄새가 납니다."

"수상한 냄새? 좋은 냄새만 나는데, 뭘."

"좋은 냄새가 뭔데요?"

"너, 이 새끼! 당장 일어나지 못해! 네놈 엉덩이를 두 동강이 내주기 전에! 내가 그 손자를 손봐주고 있어. 근데 그 할애비까지 나타났다고. 내가 이제 그 노인네도 손 좀 보겠다는데, 잔말이 왜 그리 많아!"

"알겠습니다. 그런데 그 할아범이 보스와 이야기하고 싶어서 사람을 보낸 걸까요?"

"무슨 생각을 하는 거야? 그저 날 위협하려는 것 같은데."

"정말입니까? 그런데 보스는 혼자 가시겠다는 겁니까?"

"물론이지! 난 자신이 있어!" 살 삼촌이 교활한 표정을 지었다. "로마인들의 속담에 이런 게 있잖나. 똑똑한 똥구멍은 방귀도 조용히 뀐다. 조직원들을 데리고 가면 내가 뭔가를 의식한다는 걸 보이는 거야. 하지만 난 옛날 친구처럼 나타날 거야. 그자가 나를 위협한다면 표정으로 눌러주면 돼, 이렇게!"

살 삼촌이 입과 두 팔을 딱 벌리고 무서운 표정을 지었다.

살 삼촌은 두 팔을 벌리고 미소를 지으며 돈 루와 핍피노가 기다리고 있는 센트럴 팰리스 호텔 스위트룸으로 들어갔다.

"돈 루, 돈 루! 이렇게 만나 뵙게 돼서 얼마나 기쁜지 모릅니다, 정말 반갑습니다!"

"와인 좀 더 주겠나, 목이 마르군." 돈 루가 핍피노에게 말했다.

돈 루는 빨간 가죽 소파에 앉아 살 삼촌 쪽으로는 눈도 들지 않은 채 기침을 했다. 화이트와인이 담긴 잔을 들고,

여전히 협죽도를 보며 말했다.

"방금 도착한 이 바보 같은 얼굴 보고 있나? 우리가 목을 잘라버려도 웃고 있을 거야. 패션 감각이 뛰어난 신사니까 미소 짓는 입에서 혀를 빼서 넥타이처럼 매달 수도 있겠어. 내 손으로 직접 멋지게 넥타이를 매줄 수 있고. 하지만 내가 워낙 바보 멍텅구리라서 이자와 먼저 이야기를 좀 해야겠네."

살 삼촌은 주먹으로 한 대 맞은 것 같았다. 예상한 일이었지만 이렇게 불시에 당할 줄은 몰랐다. 그는 천천히 앉아서 얼굴을 일그러뜨렸다.

"돈 루…… 왜 이러십니까? 무슨 일 입니까? 저한테 말해주십시오, 말해주십시오!"

"당신 일을 해결하는 데 내 손자를 보냈다니 대체 무슨 말이오?"

살 삼촌은 두 손으로 머리를 쓸어 넘기고 오른손 주먹으로 왼손바닥을 쳤다.

"제 말 좀 들어보십시오, 돈 루……. 들어보십시오. 그놈들이 모든 걸 뒤죽박죽으로 만들었습니다. 손니노라는 그 빌어먹을 놈한테 제대로 당했습니다. 그리고 니키……. 제 미래의 조카사위가 밈모 삼촌한테 가서 멍청한 짓을 한 겁니다! 제가 뭘 할 수 있었겠습니까! 이해하시지요, 안 그렇습니까? 제 밑에 있는 놈들 가운데 믿고 맡길 놈이 한 놈도 없었습니다. 은혜를 원수로 갚을 배신자 놈들을 키운 거죠! 그래서 믿을 수 있는 사람은…… 돈 루의 손자밖에 없었습니다. 손자 분께서 그렇게 해주신 건 하느님께 감사할 일이지요!”

“그런데 왜 프랭크 에라가 카타니아에 온 거지?”

“누구요?”

“프랭크 에라, 라 브루나 쪽 사람들이 내 손자의 자리에 앉히라고 보낸 그 멍텅구리.”

“누구요?”

돈 루가 천천히 핍피노를 올려다보았다.

“아아! 프랭크 에라 말씀이시군요!”

살 삼촌이 한 손으로 이마를 탁 치며 말했다. “맞습니다! 라 브루나 사람들이 손자 분 자리에 보낸 그 사람…… 그런데 무슨 일로 카타니아에 왔답니까?”

“잘 듣게, 거래는 이거야.” 돈 루가 계속 협죽도를 보면서 말했다. “난 카타니아에 휴가를 왔네. 며칠 동안 주위를 둘러보고 싶어. 시장에도 갈 거고, 산 조반니 리 쿠티에도 갈 걸세. 내가 원하는 곳은 어디든지. 하지만 만일 무슨 일이 일어나면…… 난 아무것도 물어보지 않을 거라네. 내 말 알아들었나?”

“좋으실 대로 하십시오, 돈 루! 좋으실 대로 하십시오!”

“내 생각엔 자넨 이제 가도 되겠군.”

"프랭크 에라 말인데요, 돈 루." 살 삼촌이 일어서면서 말했다. "누구를 붙여 미행시킬까요?"

"자넨 이제 가보는 게 좋겠다고 말했을 텐데……."

"물론이죠, 물론이죠!" 살 삼촌이 자리에서 일어났다. "맞습니다! 그럼 모두에게 인사 전해주십시오. 우린 모두 잘 있습니다. 잘 있게, 핍피노!"

돈 루는 소파에서 힘들게 일어났다. '젠장', 그가 생각했다. '이놈은 내가 제거될 세포라고 생각할걸!' 관절 통증이 너무 심해서 핍피노의 어깨에 몸을 기댔다.

"잠깐 좀 누워야겠네." 그가 말했다. "와인을 마셨더니 머리가 쑤셔."

그레타는 이제 더 이상 창녀가 아니라 마누라처럼 행동하고 있었다. 온몸에 소름이 돋는 것만 같았다. 그녀는 예전처럼 소파 팔걸이에 다리를 꼬고 앉아 가슴을 내밀지 않았다. 〈코스모폴리탄〉을 손에 들고, 두 다리를 딱 벌리고 등이 꺼져라 소파에 몸을 파묻었다. 머리에는 핀 두 개를 아무렇게나 꽂고서. 프랭크는 랩댄서(관객의 무릎 위에 앉아서 선정적인 춤을 추는 댄서) 제니 엘레멘토를 떠올렸다. 그녀는 잭 그라바뉴올로와 결혼해서 모두를 깜짝 놀라게

했다. "친구들." 잭이 친구들에게 고백했다. "나 어떡하면 좋지? 제니가 내 마음속으로 슬며시 들어오더니 지금은 아예 자리를 잡았어."

"준비해, 나갈 거니까." 프랭크가 신경질적으로 그레타에게 말했다.

그레타는 생각했다. '치, 확실히 나한테 빠졌다니까. 남자들은 다 그래. 사랑에 빠지면 저렇게 툴툴거린다니까. 남편들을 봐. 항상 투덜거리잖아. 그래도 조금은 남자들 비위를 맞춰주는 시늉이라도 해야겠지.' 그래서 둘러댔다. "머리가 아파요, 프랭크."

"무슨 소리야?" 프랭크가 말했다. "참새다리 보러 가야 한다고 그렇게 노랠 부르더니 이젠 머리가 아파?"

"알아요, 프랭크. 하지만 나도 아프고 싶어서 아픈 게 아니잖아요. 샤스하고 가는 게 어때요, 자기?"

'염병할, 이 갈보년이 날 자기라고 불렀어!' 프랭크는 소파 팔걸이에 앉아 그레타의 머리를 쓰다듬었다. '제기랄, 이년이 머리에 스프레이를 얼마나 뿌려댄 거야!'

"귀염둥이의 머리가 아프다니 가슴이 아프군." 프랭크가 말했다. "두통약 하나 줄까? 그럼 한 방에 다 해결될 텐데, 응?"

"그냥 조금만 기다려줘요, 프랭크. 그새 조금 나아진 것 같아요."

프랭크는 불에 데기라도 한 듯이 창녀의 소파에서 벌떡 일어났다.

"좋아! 그럼 참새다리로 가자고!"

그레타는 오른손 가운뎃손가락 끝으로 눈썹을 쓰다듬었고, 입술 끝부분에 묻은 립스틱을 지웠다. 그러더니 어쩔 수 없다는 듯 한숨을 내쉬었다. "오케이, 프랭크. 가요!"

키가 작고 대머리에 흰 옷을 입은 남자……. 색기가 흐르는 창녀같이 키 크고 늘씬한 여자. 크로치페리 가에 진을 치고 있던 파파라치 중 하나가 둘을 알아보았다. 기다리고 있던 바로 그 커플이 우직하게 생긴 미국 보디가드들을 거느리고 모습을 드러냈다. 그레타가 가슴을 자꾸만 찌르는 와이어를 손보고 있던 순간, 가장 먼저 둘을 발견한 파파라치의 카메라의 플래시가 터졌다. 그 뒤를 잇달아 수백 개의 플래시가 터지고, 찰칵 하는 소리가 사방에서 요란하게 들렸다.

'맙소사! 체카롤리, 이놈이 어떤 놈인지 이제야 알겠군.' 프랭크가 생각했다. '이놈은 결혼 스캔들 얘기만 들리면 카타니아 전화번호부터 집어들 자식이야!'

그러다가 무슨 이유 때문인지 프랭크는 가슴이 아렸다. 세련된 신사복을 빼입고, 고급 창녀를 곁에 끼고, 보비 데니로도 거느려보지 못한 보디가드들의 호위를 받으며 플래시 세례를 받고 있는 상황이 눈앞에 펼쳐진 것이다. 뭉클한 감동이 밀려왔다. 사라고 레스토랑에서 일하던 시절이 떠올랐다. 프랭크가 지배인으로 일하던 시절, 카르미네 콸리아룰로가 자동차 정비공 제임스 필리가모를 레스토랑으로 불렀다. 카르미네는 제임스가 가지고 있는 성능 좋은 카메라로 스트립걸들을 흥분시킬 수 있으리란 기대에 차 있었다. 플래시를 터트려주면 스트립걸들은 자기들이 마치 제트족(자가용 제트기를 타고 전세계를 돌아 다니는 사람들—옮긴이)이라도 된 것처럼 착각을 해서 더욱 열정적으로 '오럴'을 해줄 것이라고 카르미네는 생각했다. 그에게는 필름 한 통 따위는 문제도 되지 않았다. "사진 같은 건 찍지 않아도 돼. 중요한 건 플래시야. 플래시를 터뜨려서 저것들을 제대로 흥분시켜달란 말이야." 하지만 제임스는 평소처럼 카메라에 필름을 넣고 말았다. 다음 날 신문에 자신들의 사진이 실릴 거라고 생각한 스트립걸들이 카르미네에게 들이닥쳤다. 카르미네는 〈뉴욕 데일리 뉴스〉 광고국에 전화를 걸었다. 자기 소유의 세탁 체인점 광고를 내는 신문사였다. 그는 그 사진들이 작은 기사로 나오도록 손을 썼다. 그 사진 속에는 프랭크도 있었다. 농어가 담긴 쟁반을 들고 서 있기도 했고, 카르미네가 스트립걸들의 다리 사이를 헤매고 있을 때 그 방황이 끝나기를 기다리고 있었다. 한번은 카르미네가 프랭크를 나이트클럽에 데리고 간 적도 있었다. 그때 찍힌 사진에서 프랭크는 소파에 앉아 카르미네의 술잔에 샴페인을 따르고 있었다. 카르미네는 산 조르지오에서 크레마노에 갓 도착한 린다를 올라타고 있었다. 그때 프랭크는 제 신세가 샴페인을 채우고 있는 그 술잔처럼 느껴졌다.

'그러던 내가…… 내가!'' 프랭크가 생각했다. '이런 인물이 된 건가?'

프랭크는 쉽게 흥분하지 않으려고 어린 시절에 겪었던 불쾌한 경험을 떠올렸다.

'이 따위 다리나 보려고 그렇게 칭얼댔던 거야! 멍청한 년. 젠장, 내가 대체 여기서 뭘 하는 거지?'

"저기 봐요!" 그레타는 파파라치들을 의식하며 미소를 지었다. "바로 저기예요. 제피렐리가 멋진 장면을 만들어낸 곳 말이에요."

그레타는 자기가 의도한 대로 행복하게 미소를 지었다. 하지만 뭔가 부족했다. 완벽하게 행복한 미소를 지었다는 생각이 들지 않았다. 카메론이 전에 했던 말이 떠올랐다. "네가 모두의 주목을 한몸에 받게 되는 순간이 있을지도 몰라. 하지만 실은 그게 네가 정신없이 바쁜 게 아니라 세상이 네 주위에서 눈부시게 돌아가는 거라고 느껴질 때가 있을 거야. 그럴 때면 넌 간혹 슬픔에 빠질지도 몰라. 모든 게 낯설고 멀게만 느껴지거든. 네 남자와 엄마, 아빠마저도."

그레타는 프랭크를 바라보았다. 그의 시선은 참새다리가

아닌 다른 다리에 고정되어 있었다. 뭔가 분위기가 이상했다. 그가 부자연스러워 보였다. 옆모습은 항상 뭔가 이상해 보인다. 진짜 좋아하는 사람의 옆모습을 본 적이 있는가? 가까이서 자세히 살펴본다면 '내가 사랑하는 사람의 옆모습이 이렇게 생겼단 말인가?' 하고 낯선 느낌을 받게 될 것이다. 물론 다시 앞모습을 바라보면 더 이상 낯선 느낌은 사라질 테지만.

그레타는 눈을 떼어 프랭크의 얼굴을 정면으로 바라봤다. 하지만 이런! 그의 얼굴은 여전히 이상했다. 프랭크가 왼손으로 이마를 짚었다. 상황 파악이 안 된 그레타는 "멋져요, 프랭크!", "훌륭해요!" 같은 시시한 말을 둘러댔다.

갑자기 프랭크가 그녀의 오른쪽 가슴을 한 손으로 움켜쥐었다. 그러더니 브래지어를 잡고 조그맣게 속삭였다. "이런, 염병할!" 그는 파파라치들이 보는 앞에서 무릎을 꿇었다. '맙소사, 왜 이래? 지금 뭐하는 거야? 사람들이 두 눈 시퍼렇게 뜨고 있는데!' 프랭크의 손아귀에 끌려 천천히 쓰러지면서 크레타는 머릿속으로 아무것도 떠올릴 수 없었다. 프랭크의 이마에서 뭔가 솟아나오고 있었다. 뻐꾸기시계에서 뻐꾸기가 튀어나오오듯. 자세히 살펴보니 뻐꾸기가 아니라 분수였다.

그레타의 입에서 비명이 터져 나왔다. 그녀는 두 손으로 머리를 움켜쥐고, 뭔가 코를 스치는 것 같은 느낌에 몸을 돌렸다. 그녀의 두 눈에 샤스의 모습이 들어왔다. 샤스도 얼굴이 온통 피범벅이 된 채로 천천히 고꾸라지고 있었다. 바닥에 쓰러져 정신을 잃기 전, 크레타는 한쪽 눈이 없어진 샤스의 얼굴을 보았다.

누치오가 웃으며 자동차 유리창을 올렸다. 두 다리 사이에 놓인 권총에서 아직도 연기가 새어 나오고 있었다. 브루노 파리넬로는 사고가 났던 낡은 벤츠에 시동을 걸었다. 곧 경사진 가리발디 가에 들어섰다. 그들은 1분도 채 걸리지 않아 산 크리스토포로 광장에 도착해 있었다. 좁은 커브 길을 지나 어두운 야외 차고에 들어가다가 그만 멀쩡했던 부분에 흠집을 내고 말았다. 차고의 문이 뒤에서 닫혔다. 쪽문에서 두 남자가 차고 안으로 들어오더니 채소를 가득 실은 지저분한 밴에 올라탔다. 누치오와 브루노도 그들을 따라 차를 옮겨 탔다. 밴이 부르릉거리며 출발하더니 조금 못 가서 트럭 앞에 멈춰 섰다. 뷔르스텔 소시지를 넣은 파니니와 감자튀김을 파는 트럭이었다. 운전하는 사내가 한 손을 내밀자 트럭 속의 남자가 파니니와 맥주를 건넸다.

돈 루의 재규어가 자갈로 포장된

카타니아 구시가를 조용히 달렸다. 거리는 젊은이들로

북적거렸다. 좁은 길에서 갑자기 핸들을 틀자 그림자 하나 찾아볼 수 없는 고요한 거리가 나왔다. 높이 2미터 정도 되는 돌 위에 세운 작은 제단이 길모퉁이에 보였다. 사진과 싱싱한 꽃들이 그 위에 놓여 있었다. 제단에는 다음과 같은 글귀가 보였다. '프란체스코 스팜피나토 1967~1985'. 이곳은 산 베릴로였다.

이 지역의 피스토네 가, 델레 피난체 가, 델레 벨레 광장 사이에는 셀 수 없을 정도로 작은 제단들이 놓여 있었다. 포주들 사이에서 벌어졌던 피할 수 없는 최후의 결전이 빚은 부산물이었다. 재규어는 창문을 닫은 채 에어컨과 방향제를 작동하여 거리에 배어난 진한 지린내를 사방으로 퍼트렸다. 창녀들은 수돗물도 나오지 않는 지하방에서 일했다. 버려야 할 액체는 양동이에 담아두었다가 거리에 쏟아냈다. 엉덩이가 커다란 두 흑인 여자가 보였다. 둘은 브래지어와 팬티 차림에 하이힐을 신었는데, 허리가 아픈 듯 구부정하게 서 있었다. 얼굴에는 상처가 있었다. 부족의 문신인지 황산에 의한 것인지 알 수 없었지만, 그녀들은 그 상처에서 벗어날 수 없었다.

모퉁이를 돌았다. 젠장, 그런 창녀들이 얼마나 득실대는지!

200여 미터 되는 거리에 다닥다닥 붙어 있는 문가마다 창녀들이 늘어서 있었다. 카프탄을 입은 모로코 남자가 맥주와 커피 보온병을 가득 담은 슈퍼마켓 카트를 밀고 그 거리를 오갔다. 카세트테이프 장사꾼이 모퉁이 벽에 다리 하나를 기댄 채 눈을 반짝이고 있었다.

흑인 창녀 하나가(100킬로그램은 족히 되어 보였고, 얼굴에는 파리 같은 검은 점들이 박혀 있었다) 재빨리 자기 방으로 뛰어 들어가더니 나무문을 닫고 열쇠를 잠갔다. 딸그랑 하고 쇠사슬까지 채우는 소리가 들렸다. 도둑 맞을 걱정이야 덜겠지만, 만약 급료를 나눠주는 포주의 승용차가 나타나는 날이면 그녀는 다른 창녀들보다 항상 뒤쳐질 것이다. 유일한 백인 창녀 하나가 빨간 나일론 속치마를 입고, 나무의자에 앉아 낡은 로맨스 잡지를 읽고 있었다. 다 떨어진 슬리퍼 옆, 플라스틱 쟁반에는 닭 뼈가 수북이 쌓여 있었다. 창녀는 오른쪽 새끼손가락으로 이를 쑤시면서 두 눈으로 재규어를 유심히 지켜보았다.

핍피노는 천천히 왼쪽으로 차를 돌려 산 줄리아노 가를 지나 카사 델 무틸라토 가를 계속 따라가다가 테아트로 마씨모 극장으로 나갔다. 오페라 극장을 오른쪽에 두고 자동차가 팔라초 델레 피난체 계단 앞에 섰다. 무솔리니 시대의 건축과 바로크식 오페라 극장이 서로 마주 보고 있는 곳이었다.

핍피노가 재킷의 단추를 채우고 차에서 내렸다. 그는 재빨리 반대쪽으로 돌아가서 보스와 그의 손자에게 차 문을 열어주었다. 밤색 정장을 입은 핍피노, 검은 정장을 입은 돈 루와 루가 걷기 시작했다. 핍피노는 고개를 숙이고 앞장 섰다.

문은 열려 있었다. 핍피노는 망설임 없이 건물 안으로 들어갔다.

2층 층계참의 의자에 조직원들이 앉아 있었다. 그들도 검은 정장 차림이었다. 주일이었고, 미국인들을 영접해야 했기에 차려입은 것이다.

불과 몇 분 전만 해도 그들은 이 층계참에서 카드놀이를 하고 있었다. 사실 이 거리는 젊은 놈들로 활기가 넘쳐나는 곳이었다. 그놈들은 모터 달린 자전거를 타고 산 베릴로와 이곳을 오가며 창녀들에게서 상납금을 받아가느라 정신이 없었다.

그러던 어느 날, 손니노가 어느 창녀의 뺨을 때린 날부터 상황이 바뀌었다. 그 창녀는 비오 신부의 얼굴이 새겨진 펜던트를 가슴에 달고 다녔는데, 그날 손니노는 어머니의 방에서 풍기던 것과 똑같은 제비꽃 냄새를 맡았다. 비오 신부에 대한 믿음이 깊었던 어머니는 죽을병을 이겨내는 기적을 손니노에게 몸소 보여준 인물이었다. 그날 이후 손니노의 밑에 있던 창녀들은 몸 파는 짓을 그만두고 극장, 디스코텍, 레스토랑에 종업원으로 취직하게 됐다. 조직원들이

하는 일이라고는 그녀들의 하소연을 들어주는 것밖에 없
다. 지방에서 올라온 창녀 열두어 명이 이곳에 와서 하소연
을 늘어놓았다. 그들은 고향에 아파트를 사고, 은행계좌를
열고, 결혼을 할 꿈에 부풀어 있었다. 그런데 갑자기 평범
한 직장인으로 전락하고 말았다. 돈은 오직 대출로 해결해
야만 하는 처지가 된 것이다. "지랄 맞을, 대출이라는 게 뭐
야?" "미치겠네! '거주지'를 쓰라고 하면 뭐라고 써야 되느
냐고!"

벤츠에 정신을 잃은 여자들도 있었다. 특히 시골에서 온
창녀들은 저마다 벤츠에 대한 환상을 품고 있었다.

"돌아버리겠네. 벤츠를 탈 수만 있다면 무슨 짓이든 할
거야. 다시 몸이라도 팔겠어." "넌 더 이상 그 일을 할 수 없
어." 조직원들은 정성을 다해 설명해줬다. "넌 이제 정규직
노동자야." "그게 무슨 상관이야! 우리 고향에서는 내가
창녀인거 다 안다구. 그런데 나더러 주말에 판다(피아트에서
나오는 소형차—옮긴이)나 몰고 다니라구? 내 남편감은 누가
찾아줄 건데, 당신이?"

손니노는 그녀들의 비위를 최대한 맞춰주려고 이런저런
말로 구슬렸다. 창녀에서 정규직으로 태어난 젊은 여자라
면 남편을 찾는 게 그리 어렵지 않을 거라고도 생각했다. 하
지만 이 부패한 도시의 남자들은 창녀짓을 하든 말든 아내
의 재산이 빵빵하기만을 바라는 것 같았다.

  손니노는 전직 창녀이자 어엿한 직장인 여성들에게 도움을 주고자 벤츠 판매사업에 뛰어들었다. 약간이나마 현금을 세탁할 수는 있었다. 대신 전직 창녀이자 어엿한 직장인 여성들은 고상하게 행동해야 했다.

  조직원들에게는 막중한 임무가 하달됐다. 극장에서, 디스코텍에서, 레스토랑에서 그녀들의 옛날 버릇을 발견할 즉시 온갖 방법을 동원해서라도 교화하라는 것이었다. 그들은 태도를 바꿔 이전보다 더 엄격하게 그녀들을 관리했다. "박살 내버려도 괜찮아." 손니노가 조직원들에게 말했다. "이제 너희들부터 바뀌어야 해. 도덕적인 개념을 갖추라고."

  조직원들은 핍피노와 미국인들이 함께 들어오는 것을 보고 자리에서 벌떡 일어났다. 세 사람의 몸을 수색하는 동안 그들은 눈이 마주칠 때마다 쉴 새 없이 죄송하다는 말을 하며 고개를 조아렸다. 마침내 문이 열렸다. "자, 들어가시지요. 손니노 형님께서 기다리고 계십니다. 자자, 이쪽으로."

  손니노의 사무실은 고급 자동차 판매업자의 사무실 같았다. 가구는 죄다 고급스러워 보였다. 가죽 소파도 사무실 한가운데에 자리 잡고 있었다. 책상 위에는 컴퓨터가 놓여 있었고 계산서, 프린트된 서류들, 벤츠 모형의 문진(文鎭)이 놓여 있었다.

벽에는 사진들이 빼곡했다. 그중에는 손니노의 모습이 담긴 것도 여럿 있었다. 촬영 당시 술에 취한 듯 헤프너(Hugh Marston Hefner, 〈플레이보이〉 창간인—옮긴이)인지 뭔지 하는 남자처럼 비키니를 입은 여자들에 둘러싸여 헤벌쭉 웃는 사진이 보였다. 사진 속의 손니노는 화려한 양복을 입고 오렌지 넥타이를 맸다. 토플리스 차림을 한 여자의 어깨에 올려놓은 오른손 손가락 네 개에는 쇳조각이 끼어 있었다. 파란색과 빨간색 보석이 박힌 그 쇳조각들이 플래시를 받아 반짝였다. 수집가용 브래스너클(손가락 관절에 끼는 쇠—옮긴이)이었다.

수영장에서 찍은 사진도 있었다. 손니노는 속이 훤히 들여다보이는 수영복을 입고 수영장 가장자리에 서 있었다. 그는 오른손으로 물속에 있는 누군가를 잡고, 왼손으로 담배를 들고 있었다. 그에게 음료수를 내미는 남자의 손도 보였다.

그러나 실제 손니노는 사진과 너무나 달랐다. 얼굴은 사진보다 홀쭉했고, 회색 콧수염 위로 얼굴 윤곽이 더 두드러져 보였다. 붉은색의 둥근 선글라스는 원래부터 눈구멍에 박혀 있는 것 같았다. 그는 수화기를 귀에 댄 채 책상에 앉아 꼼짝도 하지 않았다. 검은 스웨터 위에 걸쳐 입은 검은색 더스트코트. 감각 없는 디자이너의 작품을 1,000유로씩이나 주고 산 것 같은 느낌이었다. 책상은 그의 체구에

비해 너무나 작았다. 책상 밑으로 낡은 청바지와 은색 장식
징이 박힌 부츠가 보였다. 외모만 놓고 보면 그는 괴상한 인
간이었다. 유치원에서 아이들을 인질로 잡아놓고, 유아용
의자에 앉아 몸값을 흥정하는 미치광이처럼.

조직원 하나가 호들갑스럽게 루 일행에게 자리를 권하며
손수건으로 가죽소파의 먼지를 털었다. 돈 루와 루의 눈이
서로 마주쳤다. 핍피노는 이 상황이 자연스러운 듯 표정에
변화가 없었다.

"안 돼!" 손니노가 수화기에 대고 소리쳤다. 그는 황당한
표정으로 수화기를 귀에서 떼어 넌지시 바라보았다. 그런
물건은 생전 처음 본다는 듯이. 그러고는 정나미가 떨어진
듯 수화기를 거칠게 내려놓았다. 책상 위에서 두 손을 포개
어 잡고, 그제야 손님들에게로 시선을 돌렸다.

그는 천천히 자리에서 일어나 인사를 했다. "돈 루, 만나
뵙게 돼서 영광입니다. 용서해주십시오. 전화 통화중이었
습니다. 하지만 여러분을 밖에서 기다리시게 할 수는 없었
습니다. 프란체스코, 커피 타 와."

"사람들이 당신 애기를 많이 하더군." 돈 루가 주위를 둘
러보며 말했다.

손니노가 고개를 끄덕였다. "이분이 그 유명한 협죽도 핍
피노시죠, 그렇죠?"

핍피노는 사형선고 판결문을 주머니에 넣어 둔 판사 같

은 표정으로 그를 보았다. "세상에, 정말 듣던 대로십니다. 아십니까, 돈 루? 제가 이 사진에서 보이는 것처럼 젊었을 때 우치아르도네 감옥에서 선물이 왔습니다. 맹견 핏불테리어였습니다. 태어난 지 넉 달밖에 안 된 그 강아지가 무슨 짓을 저지른지 아십니까? 마리아 아눈치아타 콘셉션 마를레타의 종아리와 엉덩이를 서른여덟 군데나 물어버린 겁니다. 마리아는 칼라쉬베타에서 온 섹시하고 도발적인 여자였습니다. 산 베릴로를 떠나 바닷가의 업소에서 일하고 싶어했지요. 자기 엉덩이가 완전히 엉망이 된 것도 모르고 말입니다. 제가 그 강아지를 뭐라고 불렀는지 아십니까? 핍피노라고 불렀습니다. 네, 정말입니다. 믿어주십시오. 돈 루를 위해 미국에서 활약하던 협죽도의 명성이 바다 건너 이곳 카타니아에서도 자자했기 때문입니다."

핍피노는 얼굴색 하나 변하지 않았다.

"그리고 저 청년." 손니노가 루를 가리켰다. "저 청년은 자랑스러운 손자분이시지요. 이야기 많이 들었습니다. 할리우드의 영화제작자께서 제 사무실에 이렇게 와주실 정도로 저를 믿어주시니 너무나 영광입니다. 여러 이야기를 들었습니다. 루 쉬오르티노 주니어 같은 분이 살 스칼리의 심부름을 했단 말을 듣고 얼마나 놀랐는지 모릅니다."

"여기 온 건 바로 그 때문이오." 돈 루가 말했다.

"압니다. 압니다, 돈 루. 제가 도와드리겠습니다. 아직 깨

곳이 정리해야 할 문제가 있기는 하지만 말입니다. 지금, 파벌이 갈리고 있습니다. 모두들 상황이 어떻게 돌아가는 건지 파악하느라 정신이 없습니다. 여기서 비르투데를 추종하는 자가 누군지, 그의 할머니의 마음을 돌려놓은 가짜 보스가 누군지 알아야 합니다. 하지만 파가 다 갈릴 때까지, 이 멍청한 짓거리가 잠잠해질 때까지 잠자코 있는 것이 상책입니다. 아시다시피 조직은 거대합니다. 여론도 무사할 수 없고요. 조직 안에는 테이블에서 카드를 바꿔치는 데 능숙한 놈들도 있습니다. 더 이상 옛날처럼 편을 나누는 것도 이제 아무 소용이 없습니다. 비록 제가 지금 비르투데 밑에 있습니다만, 조직의 수준을 떨어트려서 그자에게 맞춰줄 수만도 없는 노릇입니다. 대체 어떤 빌어먹을 일이 벌어진 건지 모르겠습니다만, 각 조직이 하나같이 미치기 시작한 건 인터넷 때문인 것 같습니다. 네, 인터넷 때문에 세상이 변했습니다. 예전엔 볼 수 없었던 멍텅구리들이 하나둘 생겨나기 시작하더군요. 처음엔 전 그 사실을 몰랐습니다. 오히려 저는 결정론, 상대성, 사회이론, 숫자, 기수, 소수(素數)…… 뭐 이런 것들을 알아야 하지 않을까 생각했습니다. 심지어 수학도 알아두면 나중에 비르투데에게 도움을 주지 않을까 싶었다니까요. 돈 루, 혹시 홉스라고 들어보셨습니까? 이 양반이 철학하는 양반인데, 'hommo homini lupus'라는 말을 했습니다. 간단히 말하자면 서로 뜻이 맞지 않으면 으르렁거리게 된다는 겁니다! 보십시오, 돈 루. 저는 행동하기 전에 생각을 합니다. 그래서 살 스칼리와 그 거지 같은 조르지노 파바로타 생각을 많이 하게됐습니다. 하지만 그자들 역시 저에 대해 생각을 많이 할겁니다. 전 그자들을 손볼 수 있고, 그자들 또한 저를 손볼수 있습니다. 하지만 암묵적인 사회적 계약이라는 게 있지요. 내가 네 녀석 털끝 하나 안 건드릴 테니 너도 날 건드리지 마라. 하지만 지금 그자들의 행동은 도를 넘어서고 있습니다. 그래서 이런 계약이 얼마나 지속될지 모르겠습니다. 지금 저는 여기, 제 개인 사무실에 있습니다, 돈 루. 그리고살 스칼리가 손자 분께 결례를 저질렀다는 걸 알고 있습니다. 그리고 파를 나누려 한다는 것도 압니다. 이제 전 마음의 평화를 찾을 수가 없습니다. 평화, 제 말 아시겠습니까. 돈 루?”

손니노가 천장을 보며 한숨을 쉬었다.

“넌 옆에 딱 붙어만 있어. 내가 알아서 할 테니까.” 투치오가 곁눈질로 눈치오 알리오트로를 봤다. 하지만 눈치오는 곁에 없었다. “제기랄! 그새 어디로 내뺀 거야?”

눈치오 알리오트로는 테아트로 마씨모 광장의 팔라초 델레 피난체 계단 앞에 넋을 잃고 서 있었다. 시선이 계단 앞에 주차된 재규어에 고정되어 있었다.

"이런 우라질!" 투치오가 뒤돌아 다가갔다. "이 병신아, 뭐하고 있는 거야?"

"응?"

"빨리 안 움직이고 뭐해?"

"응?"

투치오는 재규어 창에 비친 눈치오의 얼굴을 바라보았다. 그 어느 때보다 멍청한 눈치오 알리오트로의 표정이 차창에 박혀 있었다.

프란체스코가 커피가 담긴 쟁반을 들고 사무실 안으로 들어왔다. 미국인들을 향해 호기심 어린 눈동자를 굴리며 책상 위에 쟁반을 내려놓았다. "설탕은 어떻게 할까요?" 그가 물었다.

"놔둬. 접대는 내가 할 테니까."

프란체스코는 손니노와 미국인들에게 고개를 숙여 인사하고, 뒷걸음으로 사무실을 나갔다.

"무슨 일인가 일어날 겁니다, 돈 루." 손니노가 말했다. "무엇보다 신뢰가 중요할 때입니다. 아, 커피 드시지요."

투치오는 계단을 오르다 말고 뒤를 돌아보았다. 아니나 다를까, 눈치오는 걸음을 멈추고 멍하니 계단을 바라보고 있었다.

"젠장, 뭐하는 거야?"

"응? 계단 올라가는데."

"아니잖아." 투치오가 계단을 내려가면서 짜증스럽게 말했다. "넌 계단을 올라오는 게 아니라 멍청하게 서서 바라보고 있는 거잖아." 투치오는 오른손 검지와 가운뎃손가락으로 계단을 올라가는 시늉을 했다.

"조금만 기다려주면……."

"뭐 기다리라고? 제정신이야!"

투치오가 눈치오를 잡아당겨 자기 앞에서 올라가게 했다.

조직원들은 계단에서 들려오는 소란스러운 인기척을 들었다. 그들의 시선이 서로 마주쳤다. 아무도 올 사람이 없었다. 일요일에 입는 정장에서 권총이 튀어나왔다. 에트네아 가의 카프리체 제과점 오븐에서 카놀리(시칠리아 지방의 디저트로 튀겨낸 파이 반죽에 리코타 치즈, 크림 등으로 속을 넣은 것—옮긴이)들이 담긴 쟁반이 튀어나오는 것 같았다.

베레타 96 스틸, 풀 사이즈의 은색 총부리가 눈치오의 코앞에 나타났다. 각도 때문에 권총은 실제보다 훨씬 더 커 보였다.

"멈춰!" 눈치오의 등 뒤에서 투치오가 소리를 질렀다. "우린 심부름을 온 거야. 무기는 없어! 잘 있었나, 프란체스코. 아주머니는 잘 계시지?"

"미국에서는 비르투데를 잊어버렸습니다, 돈 루." 손니노가 요란한 소리를 내며 커피를 들이켰다. "세상에, 프란체스코는 커피 하난 잘 끓인다니까요! 미국은 난장판이 되어가고 있지요. 거긴 돌아다니는 돈이 너무 많습니다. 돈 루도 아실 겁니다. 그 돈을 시칠리아로 가져올 필요가 있습니다. 비르투데는 감옥에 있지만, 미국 의회를 뒤흔들 수 있는 서류를 가지고 있습니다. 비열한 라 브루나 쪽 놈들이 그 사실을 알고 있지요. 그래서 조르지노 파바로타가 시칠리아 보스들의 우두머리가 되고 싶어하는 겁니다. 그리고 또 다른 짐승, 살 스칼리는…… 그놈은 떠올리기도 싫습니다. 그랬다가는 프로작을 다시 한 알 더 먹어야 할 테니까요. 그럼 오늘 벌써 세 알이나 삼키게 됩니다! 돈 루, 콜레스테롤 저하제를 같이 먹으면 어떨까요? 제 주치의는 안 된다고 하지만, 저는 먹습니다. 그런데 돈 루, 지금 제가 뭘 어떻게 해야 할까요? 그자들이 먼저 비열한 짓을 했습니다. 존경을 받아야 마땅한 손자 분은 이곳 시골뜨내기들 꽁무니나 쫓아다녔습니다. 이제 돈 루께서 오셨고, 저쪽에서도 이미 이 사실을 알고 있을 겁니다. 자초지종을 알아보시려고 직접 움직이신다면 사람들은 혹시 이 상황을 돈 루가 만든 건 아닐까 하고 의심할 겁니다. 그건 그렇고 커피 맛 괜찮으십니까?"

"말씀 중에 죄송합니다."

“무슨 일이야, 프란체스코?”

“투치오 카라멜라와 눈치오 알리오트로가 왔습니다. 살스칼리가 보내서 왔다고 합니다.”

“핍피노.” 돈 루가 팝피노를 바라보았다.

핍피노가 자리에서 일어났다.

“그자들을 들여보내. 핍피노께선 그대로 계셔도 됩니다. 돈 루와 손자 분께서도 그대로 계십시오. 등만 보곤 누군지 알아보지 못할 겁니다.”

핍피노가 돈 루를 보았다. 돈 루는 별다른 반응이 없었다. 돈 루가 고개를 끄덕였다면 제일 먼저 목이 날아갈 사람은 바로 손니노였을 것이다.

“이제 무슨 일인지 알아보겠습니다.” 손니노가 말했다. “숨김없이 말입니다.”

“들어가시오.” 부하들이 몸수색을 다 마치자 프란체스코가 말했다.

투치오와 눈치오는 거만한 걸음걸이로 사무실 안으로 들어갔다. “아이구 여러분, 안녕들 하십니까.”

손니노는 꼼짝도 하지 않고, 두 손만 꽉 움켜쥐고 있었다. 선글라스는 오스트레일리아의 일몰처럼 붉고 둥글었다.

분위기를 감지한 투치오의 얼굴에서 미소가 사라졌다. 그는 핍피노와 등을 보인 채 꼼짝 않고 앉아 있는 두 남자를 번갈아 보았다.

"전해드릴 말씀이 있습니다." 투치오는 '이자들을 빨리 내보내지 뭐하는 거요?'라고 말하듯 등을 보이고 앉은 두 사람을 노려보았다.

모두 미동도 하지 않았다.

투치오가 표정으로 눈치오에게 물었다. '여기 있는 놈들, 정신이 어떻게 된 거 같지 않아?'

하지만 눈치오는 미동조차 없이 멍하니 서 있을 뿐이었다.

투치오는 초조해졌다. "그럼 빨리 전해드리지요."

전화벨이 울렸다. 손니노가 전화기를 응시했다. 전화기를 바라보는 표정이 예사롭지 않았다. 느릿느릿 수화기를 들고 귀로 가져갔다. "여보세요"라는 말도 없이 그저 수화기에서 흘러나오는 목소리를 경청했다.

투치오가 눈치오를 살펴보았다. 두 사이즈는 족히 커 보이는 가죽점퍼를 입은 눈치오는 여전히 마네킹처럼 꼼짝하지 않았다. 두 팔을 옆구리에 바짝 붙이고, 다리를 벌리고 서 있는 모습이 멍청하기 이를 데 없었다. 투치오는 고개를 살짝 들고 숨을 골랐다. '니미럴, 얼간이 같은 녀석!'

돈 루는 한 손으로 얼굴을 쓰다듬었다. 루는 다리를 꼬았다. 핍피노는 사진들을 보았다. 손니노는 수화기를 든 채 꼼짝하지 않았다. 그는 팔꿈치를 들고 수화기를 말아 쥐었다.

층계참에서 조직원들은 낮잠을 자고 있었다. 일요일 점

심식사 이후로는 낮잠 시간이었다.

이윽고 손니노가 귀에서 수화기를 떼고 넌지시 바라보았다. 그러고는 조금 전과 같이 천천히 수화기를 내려놓았다. 오른쪽 아래를 내려다보는가 싶더니 몸을 숙여 책상 밑을 뒤졌다. 투치오가 눈으로 손니노를 좇았지만, 그의 모습을 볼 수 없었다.

책상 아래에서 이상한 소리가 들렸다. 뭔가 묶인 것을 푸는 것 같았다. 갑자기 손니노가 모습을 드러냈다. 그의 손에는 특별히 제작된, 손잡이가 권총과 비슷하게 생긴, 펌프 연사식 PA8E 라이플 총이 쥐어져 있었다.

투치오는 알 수 없는 미소를 지었다. 곧이어 2미터 앞에서 발사된 총알이 그의 얼굴을 완전히 박살 내버렸다. 손니노는 만족스러운 듯 총을 내려다보고, 다시 조심스럽게 장전했다.

부하들이 방으로 들이닥쳤다. 그들은 눈치오가 2미터 뒤로 튕겨져 나가는 모습을 지켜보았다. 날아가면서도 그의 얼굴은 여전히 반쯤 넋이 나간 것 같은 멍청한 표정을 짓고 있었다.

"평화가 찾아왔습니다, 돈 루. 이놈들이 방금 크로치페리 가에서 프랭크 에라라는 미국인을 살해했습니다. 그러니까 우린 지금 이런 식으로 이놈들을 처치했다고 비난 받지 않을 겁니다. 우린 옛날 방식으로 이 사태를 해결한 겁니다. 핍피노, 기분 나빠하지 마십시오. 전 당신처럼 동작이 빠르지 못합니다. 기습적으로 한 방 먹이려면 이렇게 구조가 복잡한 권총을 써야 합니다. 빌어먹을! 권총 구조가 자꾸 복잡해지고 있습니다. 아마 22구경 권총을 꺼냈으면 당신에게 이런 설명조차 해드리지 못했을 겁니다. 당신이 벌써 제 머리를 나이프로 베어버렸을 테니까요. 그랬다면 그건 당신이 실수한 게 될 겁니다. 왜냐하면 전 당신만큼이나 돈 루를 존경하고 있으니까요.”

방으로 들이닥친 부하들은 어찌할 바를 모르고 있었다.

“깨끗해졌군요, 안 그렇습니까? 그놈들이 분리를 원했다고 했지요? 우리가 그렇게 해준 겁니다. 이제 일이 이렇게 됐으니 이 손니노를 가만두려 하지 않을 겁니다.” 손니노가 자리에서 일어섰다. “자, 돈 루. 어서 먼저.”

차는 움베르토 광장에 주차되어 있었다. 이 광장의 이름은 비토리오 에마누엘레 광장이지만, 움베르토 가에 있어서 모두들 움베르토 광장이라고 불렀다. 돈 조르지노의 운전사는 팔라초 카펠라니 앞의 인도로 나가 담배를 피우며 지나가는 여자들을 감상하고 있었다.

한창 떠들고 있던 돈 조르지노가 갑자기 조용해졌다. 살 삼촌이 그를 유심히 살펴보았다. 하지만 잠이 든 건지 깨어 있는 건지 알 수가 없었다. 돈 조르지노는 대화하는 도중에도 꾸벅꾸벅 졸 때가 많았는데 항상 선글라스를 쓰고 눈을 감추고 있었다. 살 삼촌은 난감했다.

잠시 후 상체가 앞으로 스르르 기울어지더니 돈 조르지노는 지팡이에 몸을 기대고 본격적으로 꾸벅꾸벅 졸기 시작했다. 살 삼촌은 창문으로 고개를 돌렸다. 돈 조르지노가 그의 어깨에 기대어 잠을 자는 건 별로 보기 좋은 광경이 아니었다. 더구나 누가 지나가다가 이 모습을 보면 어떻게 할 것인가!

돈 조르지노는 살 삼촌에게 당장 만나고 싶다고 연락을 했다. 살 삼촌은 그가 차 안에서 만나고 싶어한다는 것을 눈치 채고 움베르토 광장으로 달려왔다. 차 안으로 호출하는 것부터 사태가 심상치 않다는 것을 알 수 있었다. 돈 조르지노는 빨리 상황을 해결하고 주변의 개입을 막아야 하는 위급할 때에만 차 안으로 불렀다.

"그런데 자네 생각에는……." 갑자기 잠에서 깨어난 돈 조르지노가 중얼거렸다. "자네 생각엔 그 여자가 정액을 좋아할 것 같나?"

말을 마치자마자 돈 조르지노는 살 삼촌이 앉은 자리가 흔들릴 정도로 요란하게 웃어댔다. 그러더니 언제 그랬냐는 듯 갑자기 심각한 표정을 짓고 삼촌을 응시했다. 긴장한 살 삼촌은 온 정신을 집중하고 돈 조르지노를 주시했다. 다시 돈 조르지노가 웃음을 터트렸다. 살 삼촌은 밑도 끝도 없는 이 빌어먹을 말을 도무지 알아들을 수가 없어서 그저 어색하게 웃으면서 분위기를 맞춰주었다.

"정액." 돈 조르지노는 웃다가 기침을 했다. "정액!" 그러고는 가래를 뱉었다.

살 삼촌은 여전히 그 말뜻을 이해할 수가 없었다. '대체 정액이 어떻다는 거야?'

"아…… 아마 그럴 겁니다." 그는 신중을 기하며 대답했다.

돈 조르지노는 가래를 다 뱉고 나서 몹시 심각한 얼굴로 살 삼촌을 주시했다. 선글라스 때문에 눈이 보이지는 않지만, 입술이 얇아지고 턱 위로 거품이 흘러내리는 것을 보니 그가 정말 진지하다는 것을 살 삼촌은 알 수 있었다.

'내가 뭐 잘못 말했나?' 살 삼촌이 생각했다.

돈 조르지노가 다시 웃었다. 웃는 건지, 소리 지르는 건지, 욕하는 건지, 숨이 넘어가는 건지 파악할 수가 없었다. 기침을 하더니 가래를 뽑아내고, 몸을 흔들고, 다시 침을 뱉었다가 삼키기를 반복하고, 입으로 휘파람을 불었다. 입으로 할 수 있는 온갖 짓을 하더니 갑자기 동작을 멈추었다.

'미치겠군!' 살 삼촌이 생각했다.

돈 조르지노는 창문을 열고 길가에 침을 뱉었다.

"내가 자네한테 말하려는 건 이걸세." 마침내 한결 맑아진 목소리로 그가 말했다. "그 창녀가 아직 살아 있어."

"누구 말입니까?"

"지금 창녀라고 했나? 어떻게 그 여자를 그렇게 부를 수 있지?(돈 조르지노는 '누구(who)'의 발음을 '창녀(whore)'로 잘못 알아들었다―옮긴이) 독일 이름이 있단 말이야! 자네가 방금 정액을 좋아한다고 한 그 여자 말이야."

"그러니까…… 그레타! 프랑크 에라의 창녀 말입니까?"

"누치오, 그 멍텅구리가 아직 살아 있는 건 착한 에미 덕분이야. 그놈은 지 에미한테 감사해야 돼. 누치오 에미가 우리 전부를 침대에 눕혀서 입으로 흥분시켜줬다고 말했던가?"

"네, 물론 말씀하셨습니다. 돈 조르지노. 그런데 지금 무슨 말씀을 하시는 건지……? 그 창녀가 아직 살아 있다니요. 그럴 리가요!"

"정신 좀 차리게 뺨이라도 때려줄까? 그래, 분명히 말하지만 살아 있어, 살아 있다고!" 돈 조르지노는 손바닥이 천장을 바라보도록 팔을 쭉 뻗었다.

"제가 누치오, 그놈을 잡아서……." 살 삼촌이 얼굴이 빨개졌다. "잡자마자……."

"진정하게, 진정해. 잘못하다간 심장마비가 올 수 있어." 돈 조르지노가 말했다. "화낼 필요 없어. 원래 창녀들은 다

그래. 쉽게 죽지 않아. 바퀴벌레보다 더 지독하다니까! 그 여자는 총도 맞지 않았어. 그냥 스쳤을 뿐이야. 머리카락에 구멍이 날 정도로.”

“머리카락에 구멍이요?”

“그래, 일종의 구멍 같은 거라고 하더군.” 돈 조르지노는 엄지와 검지로 머리 위에 구멍 모양을 만들었다. “어쨌든 그 여자를 맞히지 못한 거야.”

“지금 어디 있습니까?”

“센트럴 팰리스로 데려가는 중이야.”

“센트럴 팰리스요?”

“가리발디 병원에 있는 부하한테서 보고를 받았네. 의사들 말이 총알이 머리카락을 스치고 지나갔대. 그래서 24시간 관찰을 해야 한다고 했다는군. 병원에서는 병실이 없다면서 복도의 간이침대에서 치료를 받아야 한다고 했대. 그러자 그 창녀가 아주 난리가 났대. 의사들이 신경안정제를 먹이고 나서야 그나마 좀 잠잠해졌다는군. 히스테리 발작이래. 병원 측은 귀찮은 일을 피하려고 창녀를 내보냈어. 기록부를 가져와서 창녀한테 내밀고는 서명을 하라고 했지. 경찰들이 기다리고 있다가 창녀를 경찰서로 데려갔대. 심문을 해야 한다고. 그러니까 전국의 빌어먹을 자식들이 경찰서에 다 몰려들었다는구먼. 치안판사에, 마피아 수사본부에, 신문사 기자놈들에, 카메라를 든 방송국 놈들까지…… 그래서 그 창녀는 다시 한 번 난리를 피웠지. 다시 신경 안정제를 주고, 경찰서에서도 창녀한테 나가라고 했대. 경찰들이 소리를 지르지 않으면 호텔로 데려다주겠다고 하니까 그제야 조용해졌다는군."

"맙소사, 돈 조르지노. 제가 당장 누치오를 보내겠습니다."

"입 다물게. 멍청한 소리 그만하고, 투리한테나 전화해."

살 삼촌의 얼굴에 두려움이 어렸다.

"투리요?"

"투리한테 전화하라고 했네."

살 삼촌은 성호를 긋고 싶었다. 죽어도 못하겠다는 건 아니었지만, 어쨌든 조카딸들을 떠올리면 투리 같은 변태와는 손을 잡고 싶지 않았다.

"뭘 기다리는 건가?"

"아, 예. 지금……."

돈 조르지노가 고개를 끄덕였다.

살 삼촌이 저주 어린 눈빛으로 휴대전화를 노려보며 투리의 전화번호를 눌렀다.

"하지만 누치오도 하지 못했는데……, 투리?" 살 삼촌의 목소리가 바람에 흔들리는 튤립처럼 떨렸다.

"그렇습니다만?" 투리가 쉿소리를 내듯 대답했다.

살 삼촌이 돈 조르지노에게 고개를 끄덕였다.

"살 스칼리네."

"아, 안녕하십니까."

살 삼촌이 용기를 냈다. "투리…… 잘 듣게, 부탁할 일이 있는데……."

"네?"

"당장 센트럴 펠리스로 가게. 프랭크 에라라는 사람하고 같이 로마에서 온 미국 여자가 있어."

"그 남자도 없애야 합니까?"

"아니. 그 남자는 벌써 해치웠어. 여자 이름은 그레타야, 성은 모르겠네."

"말씀하신 대로 하죠, 돈 살."

살 삼촌은 수화기에서 뭔가를 혀로 빠는 것 같은 소리를 들었다. 전화를 끊으려고 하는데, 돈 조르지노가 말했다. "나 좀 바꿔주게."

살 삼촌이 휴대전화를 돈 조르지노에게 건넸다. 돈 조르지노는 좌우를 살피고 전화기를 받았다. 그리고 속삭이듯 말했다. "날세. 그렇게 할 수 있지?"

잠시 후 돈 조르지노는 통화를 끝내고 살 삼촌에게 전화기를 돌려주었다. 다시 지팡이에 몸을 기대고 요란하게 웃어젖혔다. 자동차 밖에 있던 부하까지 고개를 돌리고 쳐다볼 정도로 웃음소리가 컸다. 부하는 자동차 주위로 다가오다가 때마침 앞을 지나가던 여자를 발견했다. 만일 자기와 뜨거운 밤을 보내지 않겠다고 하면 똘마니들을 보내서 붙잡아오고 싶을 만큼 끌리는 여자였다.

"폭발 직전이야. 그냥 안 받을래." 체티나가 말했다.

체니타는 신경이 날카로웠다. 하루를 여는 아침, 토니가 손에 맥주 팩 여섯 개를 들고 슬렁슬렁 나타나서는 "내 셔츠 다렸어?"라고 물어봤기 때문이다.

토니는 항상 와이셔츠는 아내가 다려야 한다고 강조했다. 가정부는 애정 없이 다림질을 하기 때문에 옷이 잘 다려지지 않는다고 했다.

"그럼요, 토니. 2층 바구니에 있어요."

"전부 다?"

토니는 바비큐 파티가 열리면 늘 인도산 실크 셔츠를 입었다. 그리고 15분마다 셔츠를 갈아입었다. 겨드랑이에 땀이 나서 얼룩이 생긴다며.

"그럼요, 토니. 전부 다요."

"셔츠에 풀을 먹이진 않았지?"

"풀 안 먹였어요, 토니."

"인도산 실크 셔츠 칼라는 부드러워야 하거든. 절대 풀을 먹이면 안 돼." 그는 바비큐 파티를 도와주러 온 사촌여동생들에게 말했다.

"당신을 위해서 부드럽게 만들어 놨어요, 토니."

'잘했어'라고 말할 듯한 표정이 토니의 얼굴에 떠오르는가 싶더니 이내 얼굴빛이 달라졌다. "근데 이 맥주들은 왜 냉장고에 안 넣어뒀어?"

체티나가 맥주를 보았다.

"넣을 데가 없어요, 토니. 냉장고에 맥주가 하나 가득이에요."

"항상 핑계거리가 준비되어 있군, 안 그래? 넣을 데가 없다는 말은 집어치워! 내가 수백만 번 얘기했잖아. 맥주를 눕혀서 넣으라고." 토니가 손으로 맥주를 눕혀서 넣는 시늉을 했다.

"눕혀서 넣었어요."

"눕혀서 넣었다고, 어떻게?"

"토니 오빠, 마요네즈 어디 있어? 여기 없는 것 같은데……." 부엌에서 발렌티나가 토니를 불렀다.

두통을 느낀 듯 토니는 한 손으로 머리를 만지더니 부엌으로 달려갔다.

체티나는 지긋지긋한 남편을 곁에서 떼어내준 발렌티나가 한없이 고마웠다. 바로 그때 전화벨이 울렸다.

"폭발 직전이야. 그냥 안 받을래." 체티나가 말했다.

“지난번에 본 그 미국인일지도 몰라요.” 친치아가 말했다.

체티나는 토니가 생각하고 있는 두 건의 중매를 떠올리고는 얼굴을 찌푸렸다.

“어느 미국인?” 민디가 물었다.

“네가 산 채로 잡아먹으려고 한 그 남자.” 알레씨아가 말했다.

“난 아무도 산 채로 잡아먹지 않아.” 민디가 얼굴을 붉혔다.

“민디가 그 남자 본 거 맞죠?” 친치아가 카르멜라 이모에게 물었다.

“쟤가 보지 않았다고 하면 보지 않은 거다.” 카르멜라 이모가 말했다.

“흥.” 로시가 말했다. “스티브는 그런 남자를 발견하는 즉시 내 뺨부터 때릴걸. 난 스티브를 도무지 이해하지 못하겠어. 질투가 그렇게 심하니, 원! 처음에는 내가 여성스럽게 옷 입는다고 좋아하더니만, 이젠 남자들이 나만 쳐다봐도 뺨을 때린다니까.”

“그래, 로시. 넌 너무 여성스럽게 입어서 탈이야!” 발렌티나가 말했다.

부엌에서 유리병이 깨지는 소리가 들려왔다.

“넣을 데가 없다고 했잖아요.” 체티나가 소리쳤다.

“빌어먹을! 손을 뱄어.” 토니가 부엌에서 나오면서 외쳤다. 그러다가 걸음을 멈추고 귀를 기울였다. 그리고 주위에 있는 여자들을 둘러보며 물었다. "근데 한 가지만 물어보자. 너희들은 이 전화벨 소리가 안 들려?"

"우린 오빠가 받을 거라고 생각했어요." 발렌티나가 말했다. "그리고 오빠는 우리가 전화를 제대로 못 받는다고 만날 화냈잖아요."

"그래, 화냈지. 체티나가 항상 교양 없이 전화를 받으니까."

토니가 수화기를 집어 들고 말했다. "여보세요?" 잠시 후 얼굴이 하얗게 질려버린 그는 아무 말도 하지 못하고 수화기를 내려놓았다. 시선은 사촌동생들을 둘러보고 있었지만, 그의 눈에는 아무것도 보이지 않는 것 같았다.

사촌들과 카르멜라 이모가 서로의 얼굴을 바라보았다.

"이럴 수가!" 토니가 겨우 입을 뗐다.

"뭐가 이럴 수가예요?" 체티나가 식탁 한가운데 놓인 장식물을 다른 곳으로 옮겼다가 제자리에 갖다 놓으면서 물었다.

"이럴 수가! 미국인이 온대."

"미국인이요?" 민디가 일어서면서 말했다.

"레오나르드 트렌트를 데리고 온다고 했어. 그 유명한 감독이 우리 집에 온다니…… 상상도 못한 일이야!"

상관은 두 사람이 나이도 많고 여러 가지 공적(벨몬테 메차뇨 지역이 쑥대밭이 되었을 때 두 사람이 없었더라면 어떻게 됐겠는가!)을 세웠는데도 감시, 호위 따위의 거지 같은 업무만 맡겼다.

쉬아카와 롱고는 카프리체에서 아마로(칵테일에 섞는 쓴 맛의 술—옮긴이)를 마시고 있었다. 여동생이 준비한 가지 파스타를 먹을 쉬아카에게도, 아내가 만든 정어리 파스타를 먹을 롱고에게도 꼭 필요한 술이었다. 그런데 갑자기 히스테리 발작을 일으킨 미국 여자를 호텔로 호위하라는 명령이 떨어졌다.

쉬아카와 롱고는 쾌재를 부르고 공황 상태에 빠진 그레타에게 달려갔다. 아마로 한 잔을 깨끗이 버려둔 채.

따뜻한 엘리베이터 안에서 그들은 꾸벅꾸벅 졸고 있었다. 그런데 별안간 낯선 여자가 나타나서는 욕설을 내질렀다. 그녀는 롱고에게 "나쁜 새끼"라 했고, 쉬아카에게는 "개새끼"라고 소리를 질렀다.

'이럴 만도 하지.' 롱고가 생각했다. '몇 시간 전에 눈앞에서 자기 포주가 총 맞아 죽는 걸 봤잖아. 얼마나 무섭고 긴장되겠어.'

쉬아카가 그레타를 부축하고 엘레베이터에서 내렸다. 창녀는 광고 속의 모델이라도 된 양 까다롭게 굴었다. "내 몸에 손대지 마!"

어쨌든 쉬아카와 롱고는 그녀를 방까지 데려다주었다. 그레타가 두 사람을 번갈아 째려보더니 면전에서 문을 쾅 닫았다.

층계참에서 롱고는 카프리체 계산대에서 슬쩍 훔쳐온 작은 삼부카(엘더베리를 주원료로 만드는 무색 투명한 이탈리아의 술—옮긴이) 한 병을 꺼냈다. 둘이 행복에 겨워 그 술을 홀짝이고 있는데, 파란 재킷에 회색 바지를 입은 남자가 나타났다. 재킷 칼라에 비듬이 수북했다.

"안녕하십니까." 그가 말했다.

롱고와 쉬아카는 서로를 마주 보고, 고개를 끄덕여 답례해 주었다.

남자는 묘하게 생겼다. 빨간 머리에 성형수술을 한 것처럼 얼굴이 팽팽했다. 그것도 한두 번이 아니라 여러 번 고친 것 같았다. 얼굴을 너무 팽팽하게 잡아당겨서 두 눈은 좁쌀처럼 작아졌다.

"무슨 일입니까? 조금 전에 여자 비명 소리가 들렸는데……. 복도에는 경찰이 두 분이나 계시고……. 큰일이 벌어진 건 아니겠지요?"

"아무 일도 아닙니다. 살인사건이 있었어요. 저 부인이 현장에서 사건을 목격하고 쇼크 상태입니다." 롱고가 말했다.

"살인사건이라고요? 여기서요? 이 호텔에서?"

“아니요, 밖에서요.”

“큰일이 아니었으면 좋겠군요.” 그 남자가 살인사건과 관련해서 물었다. “그런데 부인은 그 사건과 관계가 있는 건가요, 아니면 우연히 그곳을 지나가다가 봉변을 당한 건가요?”

롱고와 쉬아카는 다시 서로를 마주 보았다.

“거 뭘 알려고 하시는 거요. 그냥 모른 체하고 가세요, 그냥…….” 쉬아카가 삼부카를 든 손을 흔들며 말했다.

“그럼요, 그럼요. 저는 두 분 때문에 말씀드리는 겁니다. 그 부인이 우연히 지나가는 거였다면 별일 아니겠지만, 만일 부인이 그 사건과 관련이 있는데 살아남았다면…… 제 말은 어쩌면 누군가가 또다시 부인을 살해하려 할지도 모른다는 겁니다. 안 그렇습니까? 그럼, 안녕히 계십시오!”

파란 재킷에 회색 바지를 입은 남자는 주머니에 손을 찌른 채 종종걸음으로 사려졌다.

“진짜 후레자식이군.”

“완전 성형 괴물이야.”

쉬아카와 롱고가 웃음을 터뜨렸다. 쉬아카는 롱고에게 다시 삼부카 병을 건넸고, 롱고는 단숨에 벌컥벌컥 들이켰다.

“대장이 뭐라고 하디?” 쉬아카가 물었다.

“제길, 리치아르델로는 바이올린 줄처럼 긴장했더구먼! FBI가 크로치페리 가에서 죽은 두 사람 중에 한 명이 거물이라고 했다나봐!"

"그럼 우리가 여기서 보초를 서야 하는 건가?" 쉬아카가 주머니에 두 손을 찔러 넣고 어깨를 으쓱했다.

"추워지기 시작하는데, 자넨 안 추워? 이게 다 빌어먹을 에어컨 때문이야!" 롱고가 말했다.

"젠장, 찬바람이 들어오는 것 같아! 롱고, 리치아르델로가 정확하게 뭐라고 한 거야? '호텔로 데려다주고 그 여자를 감시해'라고 했어? 아니면 '여자를 데려다주고 호텔을 감시해'라고 했어?"

"두 번째였던 것 같아." 롱고가 웃으면서 말했다.

"그러면 우린 호텔 바에 가서 페르넷이나 한잔할까?"

"실은 나도 그러자고 하려던 참이었어."

쉬아카와 롱고는 계단을 내려가다가 중국인 같은 얼굴을 한 남자와 마주쳤다. 조금 전 그 남자였다. 그는 위층을 향해 올라가고 있었다.

투리의 주머니에는 항상 녹음기가 들어 있었다. 그는 희생자의 입에서 새어나오는 흐느끼는 소리라면 사족을 못 썼다. 심지어는 현장에서 녹음해 두었다가 나중에 몇 번이고 다시 들을 정도였다. 그레타가 욕실에서 나왔다. 투리는 다짜고짜 그녀의 어깨를 잡고, 입을 틀어막고, 침대에 쓰러뜨렸다. 투리는 창녀가 공포에 질린 것을 알아챘다. 그녀의 가슴이 쿵쿵 뛰었고, 숨이 불규칙적으로 헐떡거렸다. 그녀는 상황을 파악하고 몸부림 치기 시작했다. 칼로 목을 누르자 창녀는 미친 듯이 울부짖었다. 칼을 쥔 손에 힘을 풀면 창녀의 몸이 풀어졌고, 다시 힘을 주면 몸이 굳었다. 갑자기 창녀가 그를 도와주기라도 하듯 반항을 멈췄다.

투리는 살면서 별의별 꼴을 다 봤지만, 목에 댄 칼의 움직임에 따라 성기가 벌어졌다가 오므려지는 창녀는 생전 처음이었다. 사실 이 여자 때문에 투리는 정신이 혼미했다. 피학대적 성적 취향이 다분한 창녀가 더욱 빠르게 몸을 비틀면 비틀수록 투리는 점점 더 흥분했고, 급기야 부풀어오른 그의 물건은 바지 지퍼에서 마찰을 일으켰다.

투리에게 눌린 그레타는 침대 밑으로 축 늘어뜨린 팔 하나를 겨우 움직일 수 있었다. 그녀는 손가락 끝으로 마룻바닥을 더듬었다. 혹시 머리핀이라도 손에 쥘 수 있는 일말의 희망을 기대하며. 때마침 그녀의 손에 걸린 것은 프라다 스틸레토 힐('스틸레토stiletto'는 '단검'이라는 뜻. 스틸레토 힐은 굽이 단검같이 높고 가늘고 뾰족한 힐을 말한다—옮긴이) 한 켤레였다. 프랭크가 샤스를 시켜 5번 가에서 사다 준 구두였다.

구두 굽에 코를 맞았을 때 투리는 기분이 그리 좋지 않았다. 코가 부어오르는 것 같더니 모든 것이 하얘졌다. 그리고 머릿속으로 사춘기 시절의 한순간이 떠올랐다. 어느 날 오후 거기가 갑자기 참을 수 없을 만큼 가려워지더니 점점 커지기 시작했다. 그는 화장실로 달려가서 여드름을 짤 때처럼 그것에 손을 대고 세게 눌러 보았다. 그러자 그 단단한 물건에서 하얀 고름 같은 게 새어 나왔다. 투리는 희열에 들뜨다가 급기야 무아지경에 빠졌다.

그레타는 스틸레토 힐을 손에 쥐고 온힘을 다해 내리찍었다. 힐은 투리의 두 눈동자에 찍혔다. 그녀는 메인 주에서 사는 할머니의 빵 반죽을 따라 하듯 힘껏 눈을 주물렀다. 귓속으로 어떤 소리가 희미하게 들려오는 것 같았다. 자세히 들어보니 투리의 입에서 신음 소리가 새어나오고 있었다. 오르가즘에 다다랐을 때 흘러나오는 듯한 소리였다. 그러나 이내 아무 소리도 들리지 않았다. 그제야 그레타는 자신을 공격한 남자의 얼굴을 똑똑히 바라보았다. 천 달러짜리 구두가 남자의 눈 속에 처박혀 있었다. 남자는 사지를 길게 뻗은 채 더 이상 움직이지 않았다. 셰어(Cher, 미국의 팝스타—옮긴이)보다 더 심하게 성형수술을 한 듯한 얼굴 위로 진한 핏빛 얼룩이 넓게 퍼져나갔다.

핍피노는 돈 루가 원하는 대로

("눈에 뜨인 걸 금방 사면 안 돼", "오크통에서 숙성한 건 안 돼", "부탁하네, 핍피오.") 네로 다볼라(시칠리아 대표 포

도 품종인 네로 디볼라로 만든 레드와인—옮긴이)를 찾느라 카타니아의 반을 뒤졌다. 센트럴 팰리스 호텔과 그 주변에서도 네로 다볼라를 팔고 있었지만, 죄다 베니치아식으로 병에 들어 있었다. 그런 와인을 사는 건 돈 루가 말한 대로 카라피피(시칠리아 엔나 주의 한 지역—옮긴이)에서 만든 무라노(베네치아 주의 섬. 유리 공예로 유명하다—옮긴이) 유리를 찾는 것과 다를 바가 없었다. 그 덕에 돈 루는 지금 팰리스 호텔 스위트룸의 소파에 앉아 네로 다볼라 와인을 한 모금씩 마시고 있다. "젠장, 바로 이 맛이야!"

돈 루 뒤쪽의 소파에 앉아 있던 핍피노가 만족스러운 듯 고개를 끄덕였다. 그는 미국에서 사람들의 입을 오르내리던 책을 방금 읽기 시작했다. 첫 문장부터 마음에 들었다. '내가 지금보다 더 어리고 상처받기 쉬웠던 시절에 아버지가 충고를 해주신 적이 있다……'(피츠 제럴드, 『위대한 개츠비』—옮긴이) 세상에, 핍피노의 아버지도 그가 어릴 때 똑같았다!

"정말 끄은내주는 화이트와인을 마셨는데요오, 알고 보니까 오크통에서 숙성시킨 거던데요오." 진과 담배로 꼬부라진 혀로 루가 말했다.

쉬오르티노 주니어는 돈 루의 소파 앞쪽 의자에 앉아 그날 들어 세 번째 진 토닉을 마시고 있었다.

"누가 언제 오크통에서 숙성한 게 다 나쁜 거라고 하더냐! 내 말은 그게 다 프랑스식이라는 거지! 통이 와인 맛에 영향을 끼치는 프랑스식이라고!” 짜증이 잔뜩 배어난 말투였는데, 어쩌면 돈 루는 치질 때문에 짜증이 난 것인지도 몰랐다. “넌 아직도 여기서 뭘 꾸물거리고 있는 거냐? 돌아다니면서 네 모습을 사람들한테 보여주라고 했잖아!”

“걱정 마세요, 할아버지!” 루가 말했다. “토니라고, 살 스칼리 조카의 바비큐 파티에 초대받았어요. 루쏘토의 손자들처럼 빨간 재킷을 입고, 멍텅구리 레오나르드 트렌트하고 같이 갈 거라구요! 사람들한테 제 모습을 질리도록 보여줄게요. 그럼 됐어요?”

“바비큐라고?” 돈 루가 말했다. “카타니아에서 바비큐라고? 잘못 들은 거 아니냐? 뷔페를 잘못 들은 거겠지!”

“바비큐, 바비큐라고 했어요.”

“그럼 그 토니라는 녀석은 멍청한 놈이구나.” 돈 루가 말했다. “그렇게 생각하는 게 차라리 낫지!” 그러더니 에트네아 가 쪽으로 난 창문 밖을 내다보았다. “이 짜증 나는 소리는 대체 뭐야? 소방차 사이렌이야, 경찰차 사이렌이야?”

“괜찮으시다면 제가 확인해보겠습니다.” 핍피노가 바닥에 책을 내려놓으며 말했다. 돈 루가 고개를 끄덕였다. 핍피노는 주위를 둘러보고, 진 병을 들고 방에서 나가기 전에 미니바에 다시 갖다 놓았다. 루가 불만스러운 눈으로 일거

수일투족을 지켜봤지만, 그는 아랑곳하지 않았다.

"젠장헐." 돈 루가 말했다. "시칠리아가 싸그리 변했어! 경찰 사이렌마저도!"

루는 경찰 사이렌 소리가 어떻게 바뀐 건지도 몰랐지만 고개를 끄덕였다. 돈 루는 오른손에 네로 다볼라 잔을 쥐고, 왼손을 소파 손잡이 위에 올려놓았다. 오른발로는 의자 왼쪽 다리를 톡톡 건드렸다.

"대체 손니노는 뭘 말하고 싶었던 거야? 도무지 그놈의 말뜻을 모르겠다!" 돈 루가 말했다. "결론을 한번 내보자. 경찰이 총에 맞아 죽었어. 그리고 머리 잘 돌아가는 미국인들도 크로치페리 가에서 살해됐다. 그것도 파파라치들이 시퍼렇게 지켜보고 있는 앞에서. 이제 알겠니, 루? 시칠리아에서는 오직 비르투데밖에 없어. 그자를 위해서라면 우린 어떻게 돼도 상관없다는 거야. 그 반대로 미국에서는 시칠리아를 위한답시고 우릴 이용하려고만 하지!" 돈 루가 소파 왼쪽 손잡이를 주먹으로 거칠게 내리쳤다.

"그럼 살 스칼리는 어떨 거 같니?" 그가 계속 말했다. "제기랄, 그놈은 제일 쪼다 같은 놈이야. 거기다 지금은 복수심에 불타 있겠지. 그 멍텅구리 부하 녀석들이 경찰을 살해했는데, 염병할 놈은 널 끌어들였다. 그래서 카타니아 사람들이 전부 다 이렇게 생각하고 했어. '대체 루 쉬오르티노란 놈이 누구야? 우리한테 원하는 게 도대체 뭐야? 그래봤자 상관없어. 이제 우리가 그 자식한테 물 먹일 수 있다는 걸 보여주면 되니까!'"

돈 루가 소파의 팔걸이를 주먹으로 내리쳤다. 그 바람에 와인이 그의 흰 셔츠 가슴 부위로 쏟아졌다.

방 안으로 들어오던 핍피노가 가슴의 붉은 얼룩을 보고 어찌나 놀라던지 돈 루는 재빨리 해명을 해야 했다. "네로 다볼라야."

핍피노가 기침을 하고 말했다. "트렌트 씨가 만나 뵙고 싶어합니다. 호텔 로비에서 만났는데 제가 보기엔 지금 일이 어떻게 돌아가는지 알고 있는 듯했습니다."

"지금 어디 있나?" 돈 루가 물었다.

"밖에서 기다리고 있습니다."

"그럼 들어오라고 해!"

레오나르드가 들어오는 틈을 타 루가 젖은 수건으로 돈 루의 셔츠에 묻은 얼룩을 열심히 문질렀다. 레오나르드가 빠른 걸음으로 방 안으로 들어왔다.

"오, 돈 루." 그가 놀라서 걸음을 멈추었다. "킬러가 여기도 지나갔군요!"

"아니야, 네로 다볼라야." 돈 루가 짜증스러운 듯 대꾸했다. "근데 킬러라니? 지금 무슨 말을 하는 건가?"

"세상에, 아직 못 들으셨습니까? 호텔이 발칵 뒤집혀졌습니다. 앰뷸런스에, 경찰에, 판사에……." 레오나르도는 소파에 앉아 한숨을 내쉬고 다리를 꼬았다. "이 와인 조금만 마셔도 되겠습니까?" 그가 말했다. "빌어먹을! 전 제작자를 잃었는데, 그것도 모자라서 방금 전에는 제작자의 애인까지 잃을 뻔했습니다."

"누구라고?" 돈 루가 물었다. "프랭크 에라의 창녀? 크로치페리 가에서 살해당하지 않았나?"

"참새다리에선 헤어 스타일만 망가졌다는데요! 돈 루, 반나절이나 심문을 받고, 경찰의 호위를 받으며 이 호텔로 왔답니다. 제 아버지 말처럼 정말 믿을 수 없는 호위였지요! 그런데도 킬러는 객실을 찾아냈습니다. 문을 따고 들어가 샤워하고 있던 그 여자를 공격했답니다."

"젠장, 그놈들이 여기서, 이 방 바로 옆에서 그 여자를 살해했단 말인가!" 돈 루가 다시 한 번 소파 팔걸이를 거세게 내리치며 말했다.

"고마워요, 핍피노." 레오나르드가 네로 다볼라 잔을 잡으며 말했다. "아닙니다. 그레타가 죽은 게 아니에요, 돈 루. 킬러가 죽었답니다."

"뭐라고? 킬러가 죽었다고?"

"프라다 스틸레토 힐이 눈에 박혀서 완전히 뻗었답니다. 그레타는 자기 구두를 돌려달라고 경찰과 판사한테 울부짖고 있습니다. 구두 값이 천 달러도 더 나간다고 하네요!"

"정말 끝내주는데!" 루가 축배를 제의하듯 진 토닉 잔을 높이 들었다. "레오나르드, 다음 영화에 이 장면을 써봐. 완벽하잖아."

"제발, 정신 좀 차려라!" 돈 루가 얼굴이 벌개져서 소리를 질렀다. "가벨라, 갈리아노, 쿨트레라 손자들은 모두 다 제정신이다! 염병할, 이런 상황에서 대체 뭐하는 거냐?

"할아버지가 원하시면 저도 잭 갈리아노처럼 할게요!" 울컥한 루가 대들 듯이 말했다. 돈 루가 알아들을 수 없는 말로 투덜거렸다.

"잭 갈리아노가 어떻게 했는데?" 레오나르드가 말했다.

"앤서니 푸메리를 잡으려고." 루가 말했다. "앤서니 동생을 잡아 손을 잘라버렸지. 그리고 나머지 몸뚱아리는 포름 알데히드에 담갔어. 손은 악취가 나지 않게 하려고 얼음을 넣어 잘 포장해서 앤서니한테 보냈고. 그 안에 이런 메모를 남겼어. '손 하나를 보내오. 우리를 만나러 오길 기다리고 있겠소. 초대를 무례하게 거절해도, 신심 깊은 우리는 기분 나쁘게 생각하지 않을 거요. 한쪽 뺨을 맞았으니 다른 뺨을 내밀 거요. 다른 손도 마저 보내드리겠소.' 저도 살 스칼리한테 그렇게 할 수 있어요. 맘만 먹으면 토니를 유괴할 수도 있다고요."

"토니가 누구지? 파티를 연다는 그 남자?" 레오나르드가 말했다.

"맞아, 바비큐 파티 여는 남자. 살 스칼리의 조카." 루가 말했다.

“쓸데없는 생각 하지 마!” 돈 루가 심각하게 말했다. “난 네가 좋은 녀석이 되길 바란다. 레오나르드한테 카타니아 구경이나 시켜줘라. 촌뜨기들이 여는 바비큐 파티에도 가 보고. 빌어먹을, 그런 같잖은 파티를 열다니! 에트네아 가도 둘러봐. 카타니아 시내에도 데려가고. 시칠리아 전부를 보여줘. 젠장헐! 그리고 나다니는 동안 모두가 널 볼 수 있게 해라. 내 말 알겠냐?” 루와 레오나르드가 당황스러운 눈빛을 주고받았다.

“그렇게 멍청하게 서 있지 말고 지금부터 나가보지 그러냐!” 돈 루가 조금 전보다 더 심각한 얼굴로 말했다.

루는 할아버지에게 고개를 끄덕이고, 레오나르드에게 눈짓을 보냈다. ‘이제 분위기를 바꿀 때가 됐어.’ 레오나르드는 마지못해 테이블에 네로 다볼라 잔을 내려놓고, 다리를 흔들어 바짓단을 폈다.

“안녕히 계십시오, 돈 루.” 그가 말했다.

돈 루가 왼손을 가볍게 들었다.

돈 루와 단둘이 남은 핍피노는 노골적으로 보이지 않도록 조심스럽게 행동했다. 그는 담요를 집어 돈 루의 무릎을 살며시 덮어주었다. 돈 루는 투덜거리며 담요를 한쪽으로 치웠다. 평소처럼 마음에 안 드는 척했다. “젠장, 카타니아에서 바비큐 파티라니! 아마 그 멍텅구리들이 야구를 하는 거랑 똑같을 거야!" 그는 불만 섞인 목소리로 핍피노에게 말했다. "핸드폰 좀 가져와봐. 존 라 브루나한테 걸어줘!"

핍피노는 웃으면서 한쪽으로 말려 있는 담요를 다시 잘 덮어준 뒤 옷장으로 갔다. 가방을 꺼내 휴대전화를 찾고 존 라 브루나의 번호를 눌렀다. "잠깐만 기다려주십시오." 그가 전화기를 돈 루에게 건넸다.

"잘 있었나, 존." 돈 루가 말했다. "나 루 쉬오르티노일세."

"지금 어디서 전화하는 건가, 루?" 전화기 저쪽에서 존 라 브루나의 어두운 목소리가 들렸다.

"걱정하지 말게, 존. 괜찮아."

"어디 있는 건가?"

"시칠리아에 있어, 존. 자네한테 할 말이 있네. 자네가 우리 스타쉽을 위해서 사람까지 추천해줬네만, 안타깝게도 손해는 여전해."

핍피노는 언제든지 금방 일어설 수 있도록 소파 끝에 걸 터앉았다.

"걱정 말게, 루. 대신할 사람은 언제든 보내줄 수 있네. 알잖나, 라 브루나 패밀리는 항상 상품을 보장한다는 거."

"이보게, 존. 사실 난 피곤하다네. 이제 많이 늙었어. 동맥경화도 있고. 내 손자는 믿을 만한 아이일세. 내가 무슨 말 하는지 알지? 영화 사업은 나한테 아무것도 아니야."

존 라 브루나는 5, 6초간 아무 말도 하지 않더니 입을 열었다. "이해하네, 루! 사실 우리가 일할 나이는 아니지."

"맞아. 이보게, 존. 나랑 거래 좀 하세. 난 뉴욕으로 돌아갈 거야. 손자를 데리고 갈 걸세. 솔직하게 다 털어놓고 계약을 하세. 말하자면 내가 자네한테 스타쉽을 파는 거야."

"내가 그걸 살 거라고 생각하나, 루? 맙소사, 당장 내야 할 세금이 얼만데!"

"존…… 값은 자네가 정하게, 그럼 괜찮겠나? 그리고 지금 현금이 없어도 괜찮네. 그렇다고 내가 변호사를 써서 소송이라도 할 것 같나."

존이 요란하게 웃었다. "좋아, 루. 좋아. 그런데 왜 이러는 건가, 은퇴라도 하려는 거야?"

"대충 뭐 그런 셈이지."

"알았네. 자넨 오페라에 몰두하고 싶은 거지……. 뭘 할 거지, 성악을 배울 건가? 살바토레 미네오처럼 몬트리올 대성당 돔에서 공연을 하고 싶은 건 아니겠지? 대체 우리 이탈리아 사람들은 왜 이렇게 오페라에 목을 매는 거지! 이제 그만 오페라를 버릴 때도 되지 않았나. 파바로티 하나면 충분하잖아. 다른 놈들은 이제 음정도 안 맞더군!"

"아, 아니. 존, 난 노래 부르고 싶을 땐 노래한다네!" 돈 루가 말했다. "난 오페라가 정말 좋아. 노래를 못하게 하는 건 날 죽이는 거나 마찬가지야. 그렇다고 노랠 부르라고 누구한테 권할 생각은 없어."

"자네 말이 맞아, 루. 맞다고. 자네, 오페라 말고 또 하고 싶은 건 없나?"

"농사를 짓고 싶네."

"그럼 왜 농사를 짓지 않는 건가?"

"최근에 내가 콩 농사를 시작했는데, 수확이 너무나 보 잘것없어. 씁쓸하고, 슬프기까지 하더군. 그래서 아몬드를 키워봤지……. 어떻게 됐는지 아나? 말라비틀어졌어! 다 말라버렸다고! 남아 있는 썩은 콩 네 쪼가리하고 아몬드도 없애버려야 한다네. 어떻게 생각하나, 존?"

"아주 좋은 생각이야, 루. 없애야지, 당연히 없애야지. 땅 이 새로 태어날 테니 두고 보게!"

"확실하지, 존?"

"빌어먹을, 루! 난 콩도, 아몬드도 싫어. 자네 시칠리아 사람들은 고정관념이 있다니까. 내가 분명히 말하는데, 루, 시칠리아 사람들은 이 세상의 콩과 아몬드를 모두 없애버 릴 걸세! 누가 그런 일에 신경 쓰겠나!"

"존, 카르미네 야코노는 어떻게 지내나? 살바토레 푸메리 는? 그자들한테 천하의 멍텅구리라고 전해줘. 돈 루 쉬오 르티노와 같이 일하지 않다니!"

"다 잘 지내고 있어, 루. 모두들 자네를 좋은 사람으로 기 억하고 있네."

"오케이, 존. 통화해서 반가웠네."

"나도 그래, 루. 그럼 뉴욕에서 보세. 그동안 난 찰리 카카체와 계약을 하겠네, 훌륭한 청년이지."

"자네 좋을 대로 하게, 존."

"오케이, 루. 잘 있게."

"잘 있게, 존."

돈 루가 테이블에 전화기를 던졌다. 그리고 네로 다볼라 잔을 들었다. 와인을 마시지는 않았다. 무릎에 담요를 덮은 채 상체를 약간 숙이고 술잔을 바라보았다. 그리고 고개를 살짝 들어 핍피노를 보았다. 핍피노가 그를 주시하고 있었다. 돈 루가 다시 고개를 숙이고, 고개를 끄덕였다. 핍피노가 재빨리 자리에서 일어나 바지 주름을 반듯하게 세웠다.

캠핑용 가스등을 켜놓은 방 안은 어두침침했다.

망가진 의자에 걸린 가죽재킷의 주머니에서 휴대전화의 벨소리가 울렸다. 심하게 삐걱거리던 침대 스프링이 일순간 움직임을 멈추었다.

"씨팔!" 누치오는 욕설을 내뱉고 알몸으로 일어나 의자 쪽으로 다가갔다. "씨파…… 돈 스칼리!"

"지금 대체 어디 처박혀 있는 거야?"

"밴 바퀴에 펑크가 나서요. 파리넬로가 바퀴를 갈고 있습니다.”

“그래서 네놈은 시간이나 때우려고 창녀한테 간 거냐?”

“아닙니다, 돈 스칼리. 그런 말씀 마십시오.”

“이런 썩을, 넌 어떻게 된 놈이 누군가를 제거할 때마다 창녀촌을 들락날락거리는 거야!”

“아닙니다, 돈 스칼리. 대체 누가 그런 말도 안 되는 말을…… 지금 바에 있습니다.”

“그래, 왜 아니겠냐. 하란 대로 다 했으니까 샌드위치 처먹고, 콧구멍 속에도 엑스터시를 한번 처넣어줘야지. 그것뿐이겠냐. 창녀 밑구녁도 한번 찾아줘야지. 그러니까 네놈한텐 항상 흑인 창녀 냄새가 나는 거야. 내가 모를 것 같아! 당장 내 앞에 상판대기를 내밀지 않으면 네놈 거시기를 잘라서 귀에 걸고 다니겠다. 알아들어! 귀걸이로 쓸 거란 말이다!”

“당장 가겠습니다. 돈 스칼리. 젠장, 바퀴가 펑크가 나긴 했지만, 상관없습니다. 브루노한테 그냥 놔두라고 하겠습니다. 페르넷마저 마시고…… 아니, 아니. 안 마셔도 됩니다. 당장……. 여보세요! 여보세요!”

오늘, 시메토 강어귀에서 저물어가는 햇빛은 갈대들과 새, 쓰레기봉투들, 불법 판자집들, 낡은 구두, 하수구에서 쏟아지는 오물뿐 아니라 투치오와 눈치오 알리오트로의

시신까지 비춰주었다. 투치오는 얼굴을 밑으로 향한 채 엎
드려 있었고, 눈치오 알리오트로는 몸뚱이가 비틀어진 채
경직된 오른팔을 길게 뻗고 누워 있었다. 투치오의 휴대전
화가 울렸다. 라 비다 로카(리키 마틴이 부른 노래, 「Livin La
vida loca」—옮긴이)였다.

누치오는 포장 꾸러미를 겨드랑이에 끼고, 먼저 코르소
이탈리아 거리의 좌우를 살핀 뒤 스칼리 아마레티 제과점
의 벨을 눌렀다. 그는 산 베릴로에서 흑인 창녀와 한바탕
즐기고 난 뒤 아무도 모르는 음모를 꾸미는 걸 굉장히 좋
아했다.

살 삼촌은 유리와 놋쇠로 된 문을 열고, 눈앞에 선 누치
오를 노려보았다. 잠시 후 뺨을 휘갈기는 소리가 이탈리아
거리에 울렸다.

"지금이 창녀한테나 갈 때야?"

"돈 스칼리, 맹세하지만 거기 가서 페르넷을 한 잔……."

"라이플은 가져왔겠지?"

"물론입니다. 여기 있습니다." 누치오가 포장지에 싼 꾸
러미를 내밀었다. "눈에 띄지 않게끔 포장했습니다."

"투치오는 어디 있어?"

"예? 그걸 저한테 물어보시는 겁니까, 돈 스칼리? 손니노
한테 심부름 보내지 않으셨습니까?"

“전화 안 왔어?”

“네.”

“투치오하고 네놈은 차를 같이 탈 때도 전화를 하는 녀석들인데, 오늘은 하루 종일 전화 통화를 안 했단 말이지?”

“그렇습니다. 저희가 가끔 그런 장난을 치기는 합니다만, 일을 할 때는 절대 그러지 않습니다.”

“잘났다, 이 병신새끼! 개새끼! 머저리 새끼야!”

엑스터시에 취한 것일까, 아니면 평소 습관이었을까? 누치오는 화가 나서 욕설을 퍼붓는 살 삼촌 앞에서 빙그레 미소를 지었다. 해맑은 웃음은 살 삼촌을 더욱 자극했다.

“넌 정말 갈보새끼야. 알아, 응! 우리가 모두 침대에 누워 있을 때 네 에미가 입으로 다 해준 거 말이야! 진즉에 투리한테 전화해서 그 미국 갈보년을 제거하라고 했어야 했는데! 알아, 이 호모 같은 놈아!”

“그 여자는 죽었습니다, 돈 스칼리. 흰 양복을 입은 남자하고 쓰러지는 걸 똑똑히 봤는데요!”

“그년이 쓰러졌다고 했니, 이 호모새끼야! 웃어? 아하, 지금 꼭두각시 인형처럼 웃는다 이거지?”

“아닙니다, 돈 스칼리. 웃지 않았습니다.” 누치오가 웃으면서 대꾸했다.

“정신 차려, 이 새끼야! 이 총이나 여기 밑에 숨겨 놔!” 살 삼촌이 루의 옷장을 가리켰다.

누치오가 바지를 끌어올리고 총을 집었다. 무릎을 꿇고 옷장 안으로 머리를 들이밀고 뒤져 보았다.

"장갑은 꼈니, 이 돌대가리야?"

"물론입니다!" 누치오는 콘돔을 끼워주던 흑인 창녀를 떠올리며 말했다.

"조심해, 방아쇠를 잘못 놀렸다간 네놈 상판대기가 날아갈 테니까."

"네?" 옷장 안에서 누치오가 물었다.

"조심하라고 했다, 네 상판대기가 날아갈지도 모르니까."

"뭐라고 하셨습니까, 돈 스칼리?"

"뒈지라고, 뒈지라고 했다! 이 씨팔새끼야!"

누치오는 눈을 반쯤 감은 채 장롱에서 기어 나와 무릎에 묻은 먼지를 털었다. "그럼 이제 뭘……?"

살 삼촌의 시선이 허공에 떠 있었다. 누치오는 몽롱한 얼굴로 주위를 둘러보았다. 진 병과 살 삼촌을 보았다. 살 삼촌은 멍청하게 서서 뭔가를 골똘히 생각하고 있었다. 누치오는 진 병으로 다가가 살 삼촌을 곁눈질로 살펴보면서 병마개를 땄다. 잔을 들어 진을 따랐다. 살 삼촌 모르게 진을 입 안에 털어넣고 잔을 내려놓았다. 그는 아무 일도 없었다는 듯 주머니에 두 손을 찔러 넣고 휘파람을 불었다.

"투치오한테 전화해봐." 시선이 여전히 허공 속에 떠 있는 살 삼촌이 말했다. 그는 발뒤꿈치를 들고 발가락으로만

균형을 잡고 섰다가 다시 발바닥을 땅에 내려놓고 똑바로
섰다.

누치오가 전화기를 들고 투치오의 번호를 눌렀다.

시메토 강어귀에는 주차된 자동차들이 좌우로 격렬하게
흔들리고 있었다. 모래사장에는 비닐봉지과 플라스틱 병들
이 반쯤 파묻혀 있었다. 그리고 투치오와 눈치오의 시신도
자리를 잡고 있었다. 강변으로 라비다 로카가 다시 울려 퍼
졌다.

"거 좀 받아보쇼. 마누라 애 좀 그만 태우고." 어느 차 안
에서 누군가 외쳤다.

차 안에 있던 모든 커플이 한바탕 웃음을 쏟아내더니 다
시 하던 일에 열중했다.

"안 받습니다." 누치오는 전화기를 내려놓고, 뭘 해야 할
지 몰라 책상 위를 뒤졌다. 서류, 신문, 뒤집어진 맥주병들,
그 사이로 석궁이 눈에 띄었다.

"전화기 이리 줘봐!"

누치오는 살 삼촌에게 전화기를 건네주고 방 안을 어슬
렁거렸다. 칵테일을 넣어 둔 장식장으로 다가가 진 병을 집
어 마개를 따고 잔에 가득 따랐다. 단숨에 잔을 털어넣고
살 삼촌의 눈치를 살폈다가 한 잔을 더 따랐다. 한층 대담

해진 그는 술이 가득 든 잔을 들고 갈지자로 방 안을 돌아
다녔다. 그러다가 책상 옆 의자에 널브러져 앉았다. 고개를
드는데, 갑자기 웃음이 터져 나왔다.

"지금 뭐하는 거야?"

"뭐라고요?"

"왜 웃는 거냐고?!"

"제가요? 안 웃었는데요, 돈 스칼리." 누치오가 진이 가
득한 잔을 입에 털어넣고 대꾸했다.

살 삼촌은 누치오에게 신경을 쓰지 않고 전화번호를 눌
렀다. 누치오는 책상 위에 팔꿈치를 올려놓았지만 금방 미
끄러지고 말았다. 그는 무심코 책상 오른쪽 맨 위 서랍을
열었다. 서랍 안에는 석궁 화살이 든 상자가 들어 있었다.
누치오는 그 상자를 흘깃 보았다. 낡은 과자상자처럼 보였
는데, 겉면에는 '화살'이란 글자가 적혀 있었다. 그는 상자
를 책상 위에 올려놓고 열어보았다.

"눈치오 알리오트로가 음악을 깔았군." 살 삼촌이 중얼
거렸다.

"뭐라고요?" 누치오가 화살을 하나 꺼내 화살 끝에 달
린 거위 깃털을 쓰다듬으며 물었다.

"벨 소리 대신 음악을 깔았다고." 살 삼촌이 말했다.

누치오는 겨냥하듯 화살촉을 오른쪽 눈에 가까이 대보
았다. 초점을 맞추려는 듯 여러 번 눈을 껌벅이다가 화살을

석궁 옆에 내려놓았다. 그제야 비로소 머릿속을 떠돌던 모호한 생각들이 한곳으로 모여들었다. 그는 씩 웃으면서 석궁에 화살을 걸고, 활시위와 화살을 고정하는 철제 고리의 안정장치를 풀었다.

"대체 어디 있는 거냐! 나 살 스칼리다!" 살 삼촌이 음성 메시지를 남기고, 무심결에 발가락으로 일어섰다가 뒤꿈치를 내리는 순간! 그는 자신이 왜 땅바닥에 쓰러져 있는 것인지 도무지 이해할 수가 없었다. 살은 자신의 흰 셔츠를 살펴보았다. 오른쪽에서 왼쪽으로 빠르게 핏방울이 번지면서 셔츠 왼쪽에 정교하게 수놓은 'SS' 글자가 핏빛 얼룩에 물들어가는 것을 보았다. 그는 이내 의식을 잃었다.

토니가 파치니 가의 차이니스 레스토랑에 전화를 했다.

전화를 받은 얼간이 녀석은 그의 말을 한 마디도 알아듣지 못했다. 잠시 뒤 그나마 덜 멍청한 녀석이 전화를 받았다. 이렇게 해서 지금 펄럭이는 장식 리본들과 색색의 풍선들, 깜빡이는 전구들 사이로 몸뚱이가 10여 미터 정도 되는 용이 바비큐 파티장 정원 위에서 꿈틀거릴 수 있었다.

가을을 마감하는 성대한 바비큐 파티. 토니가 국회의원 잡풀라를 위해 토니가 마련한 자리였다. 잡풀라는 토니가 헤어디자이너 자격증을 딸 때 든든한 백이 되어준 사이이

기도 했다. 토니는 '다양한 환경'(그가 체티나에게 사용한 단어였다)의 사람들을 동원했다. 잡풀라는 파티에 모인 그들에게 미소와 약속을 선물했다. 그는 건물을 짓는 데 벽돌 하나하나가 소중하다는 것을 잘 알고 있었다.

이번 파티에도 미국인들을 초대했던 탓에 토니는 뭔가 특별한 것, 즉 '시누아즈리(중국취향—옮긴이)와 오리엔탈리즘'이—체티나에게 정말 이렇게 말했다—가미된 저녁을 떠올렸다. 벨리니, 로씨니, 토니니(이탈리아의 칵테일들—옮긴이)—프로세코 와인, 감초, 그리고 토니가 아무런 이유도 없이 분명 시칠리아계 미국인일 거라 확신한 추기경처럼 흰색과 검은색이 섞인 코코아—로 아페리티프를 준비하고, 시칠리아 초밥, 안초비와 문어회를 만들었다. 눈치오와 아가티노는 야쿠자 복장을 하고 문어회 뷔페에 모인 손님들의 시중을 들었다. 둘은 검은 선글라스를 쓰고, 몸에 착 달라붙는 셔츠에 가죽재킷을 입었다. 아랫도리도 윗도리와 별반 다를 것이 없었다. 옥죄듯 달라붙은 가죽바지에 은색 버클을 달았고, 굽 없는 뭉툭한 구두를 신었다.

토니는 만족스러운 눈빛으로 용을 바라보다가 곁을 지나가는 눈치오를 세웠다. "아마레티 충분하지?" 눈짓으로 그가 물었다.

키가 작은 눈치오는 아래위로 그를 훑어보며 신경질적인 말투로 대꾸했다. "부족하면 코르소 이탈리아에서 가져오면 되잖아요."

"그럼 빨리 가져와야지 뭐하는 거야! 아, 이런 제길!" 토니가 눈치오의 선글라스에 비친 자기 모습을 보고 소리를 질렀다. 선글라스의 귀퉁이에는 자기 얼굴보다 두 배는 더 커 보이는 또 다른 자기 자신이 들어 있었다. 그는 손으로 살갗을 잡아당겨 보고, 일시적이나마 피부에 탄력을 주기 위해 목 주변을 손으로 주물렀다. 그리고 노화가 진행 중이라는 사실을 쫓아내기라도 하려는 듯 머리를 좌우로 흔들어댔다.

자동차 정비공인 펠리체 로마노와 재단사인 안젤로 콜롬보는 정원 한쪽 모퉁이에 있었다. 펠리체는 인도풍의 바지에 카프탄을 입었고, 안젤로는 트루먼 커포티가 타오르미나를 방문했을 때 입었던 하얀 린넨 양복 차림이었다. 둘은 대화를 나누는 것처럼 보였지만, 사실 건성으로 말을 주고받고 있었다. 관심은 다른 곳에 있었다. 두 사람은 주변의 남자에게 추파를 던지며, 자신들의 끈적끈적한 눈빛을 되돌려주는 남자들은 없는지 살펴보았다.

결혼하기 전 안젤로의 모델 노릇을 해주었던 그의 아내는 펠리체의 아내에게 몸을 기대고 있었다. 펠리체의 아내는 파란 미디스커트에 흰 스타킹을 신고 칼라에 수를 놓은 블라우스를 입었다. 안젤로의 아내가 소곤거렸다. "남편은 이제 내 몸을 털끝 하나 안 건드려요. 오직 말로 때울 뿐이라니까요. 그쪽은 어때요?"

"말도 마세요. 전 저이 몸에 이상이 있는 건 아닌지 걱정스럽다니까요."

"내 말은……." 그녀들이 대화를 나누고 있는 가까운 곳에서 밈모 삼촌이 입을 열었다. 그는 단추를 채운 양모 재킷 안에 체크 남방을 입었다. "자네들이 민주주의에 대해 설명 좀 해달라는 거야."

코지모와 피에트로, 투리, 타노가 고개를 끄덕였다. 그들은 정치인을 위한 바비큐 파티에 초대받았으니 마땅히 정치 얘기를 해야 한다고 생각했다. 연극을 보러 가서 피란델로(Luigi Pirandello, 1867~1936. 이탈리아 시칠리아 출신의 소설가이자 극작가―옮긴이) 이야기를 하는 게 당연하듯.

"젠장, 그래도 왕이 있었을 때는 총을 겨눌 대상이 확실했어. 근데 지금은 도무지 알 수가 없단 말이야. 어디 자네가 한번 얘기해봐." 그가 코지모에게 눈짓을 주었다. 하지만 코지모는 한 마디도 하지 않았다. "민주주의 사회에선 정치인이 처신을 제대로 못하면 선거 때 안 찍어주면 돼. 그것밖에 할 게 없어." 밈모 삼촌이 씁쓸하게 웃었다. "그래봤자 그놈은 콧방귀도 안 뀌어. 당을 바꿔버리면 그만이거든. 그렇더라도 총 맞을 일은 없으니까. 젠장, 그게 민주주의라는 거야.”

코지모가 고개를 끄덕였다.

“젠장. 요즘 정치인들은 토끼보다 더 잽싸다니까.”

미스 니쉐미가 절친한 친구 라파엘라를 데려왔다. 라파엘라는 주 의회 청소부였다.

“정말 괜찮은 거야? 내가 여기 있어도 돼?” 라파엘라는 파티장에 들어온 것이 여전히 불편했다.

“무슨 소리야! 정치인 바비큐 파티에는 누구든지 데려올 수 있어. 아니 사람들을 많이 데려오면 데려올수록 좋은 거야.”

미스 니쉐미는 브래지어를 착용하지 않아서 블라우스 위에 그려진 데이지 꽃들은, 야자수 나무들이 자라는 미국의 어느 도시에 토네이도가 불어닥칠 때처럼 이리저리 흔들렸다.

그녀와는 반대로 라파엘라는 꽉 끼는 브래지어를 착용하고 있었다. 하지만 몸이 흔들리면 미스 니쉐미만큼 근사해 보이는 건 마찬가지였다.

“오케이, 그래도 난 좀 당황스러워. 여기 모인 사람들 중에 아는 사람이 하나도 없거든.”

“나도 마찬가지야. 괜찮아. 할 말이 없거나 애기할 사람이 없으면 그냥 이렇게 거만한 표정을 지으면 돼.” 미스 니쉐미가 코를 높이 쳐들고 입을 뾰루퉁하게 내밀었다. "이렇게 하면 아무하고도 얘기하고 싶어하지 않는 것처럼 보일 거야. '내 취향이 아니어서 마음을 터놓고 싶지 않군요'라고 말이야."

라파엘라도 코를 쳐들고 웃었다.

"여기 오면 틀림없이 재미있을 거라고 했지." 미스 니쉐미가 말했다.

"미스 니쉐미, 저 여자는 도대체 생각이 있는 여자야, 없는 여자야!" 정원 반대쪽의 고리버들 의자에 앉아 있던 로시가 친치아와 알레씨아에게 말했다. "'누구든 빨리 내 가슴을 먹어주세요'라고 애원하는 걸 1킬로미터 밖에서도 알 수 있겠다. 왜 저런 표정을 짓는지 모르겠다니까!"

토니의 머릿속에서는 누치오의 건방진 말대답과 아마레티가 부족하다는 사실이 떠나지를 않았다. 누치오와 아마레티가 여전히 머릿속을 떠도는 와중에 루 쉬오르티노와 레오나르드 트렌트가 바비큐 파티장에 들어오는 것이 보였다. 부리나케 그들에게 다가갔지만, 토니는 무슨 말부터 꺼내야 할지 막막하기만 했다. 그는 당황스러운 상황에 닥칠 때면 비명부터 내질렀다. 그 비명은 한시도 다른 적이 없었다. "체티나!"

왼손에 빨간 드레스 옷자락을 들고, 오른손에는 프로세코 와인을 든 체티나가 나타났다. 손을 내미는 대신 억지스러운 미소를 짓고 고개를 숙여 인사했다. 루는 미소를 건넸고, 레오나르드는 목례를 했다.

"토니입니다!" 토니는 자신을 가리키고, 부자연스러운 미소를 지으며 레오나르드와 눈을 마주쳤다.

"안녕하십니까, 토니." 레오나르드가 손을 내밀었다. "멋진 밤입니다!"

"감사합니다." 토니도 막 잡아 올린 오징어처럼 물렁물렁한 손을 내밀었다.

그러고 나서 그는 꿀 먹은 벙어리마냥 입을 다물었다. 체티나도 달리 할 말이 없었다. 루가 자신의 빨간 재킷과 체티나의 빨간 드레스에 대해 가벼운 농담을 하려는 순간, 레오나르드가 아가티노를 보며 감탄사를 내질렀다.

"놀랍군요!"

"누구 말입니까?" 토니가 놀라서 물었다.

"문어요."

"문어요?" 토니가 조금 전보다 더 놀란 말투로 물었다.

"예, 큰 오징어. 문어 말입니다. 뭐라고 하지요?" 레오나르드가 아가티노 쪽으로 걸어갔다. 그는 아페리티프가 놓인 테이블에서 2미터가량 떨어진 곳에서 아마레티로 만든 1미터짜리 문어를 가리켰다. 문어 대가리에는 색색깔의 작은 양산들이 꽂혀 있었다. 다리는 컵받침 같았다.

"아……." 토니가 안도의 한숨을 내쉬었다. "멋지죠? 아마레티 과자로 저렇게 만들 수 있다는 게 놀랍지 않습니까!" 말을 마치자마자 그는 아가티노에게 눈짓을 보냈다. "아페리티프 드시겠습니까?"

아가티노는 가슴을 똑바로 펴고 리듬을 타듯 어깨를 흔들었다. 선글라스 밑으로 그의 눈이 깜빡였다. "벨리니 드릴까요, 로시니도 있고, 토니니도 있는데?"

"토니니 주세요, 고맙습니다." 레오나르드가 말했다.

토니가 안초비와 문어회를 가리켰다. "시칠리아 회, 좋아하십니까? 루, 당신도 드셔보시겠어요?"

"고마워요, 토니." 루가 주위를 둘러보며 말했다. "조금 있다가 맛보겠습니다."

"민디가…… 오고 있어요." 체티나가 수줍은 듯 말했다.

"이 과자…… 아마레티를 좀 먹어볼 수 없을까요?" 레오나르드가 물었다.

토니의 얼굴이 하얘졌다. 체티나를 힐끗 쳐다보고 목청을 가다듬었다. "아마레티가 곧 도착할 겁니다. 물론 안타까운 일이기는 하지만, 문어를 먹을 순 없으니까요. 안 그렇습니까?"

"걱정마십시오, 시칠리아 회도 조금 먹어보겠습니다." 레오나르드가 웃으면서 화답했다.

토니가 다시 활기를 되찾았다. 행복한 어린아이 같은 눈으로 체티나를 또 한 번 보고, 레오나르드의 어깨에 손을 얹었다. "바레타……." 토니가 날카로운 목소리로 말했다. "아내를 죽인 게 베레타가 맞지요?"

"아, 고맙습니다만, 이 문어는 됐습니다. 다른 걸 먹어보죠." 레오나르드는 접시에서 눈을 떼지 않았다. "변호사는 물론 브란도의 아들 크리스티안이 자기 아내와 관계를 맺었다고 말합니다."

"변호사의 아내와요?" 토니가 걱정스러운 듯 물었다.

"아니요, 바레타의 아내하고요."

토니가 흠칫 놀랐다. "세상에!"

레오나르드는 고개를 끄덕이고, 좌우를 살폈다. "그런데 변론서가 전부 잘못됐어요."

토니도 고개를 끄덕였다.

"모두들 레스토랑에 있었습니다." 레오나르드가 이어서 말했다. "바레타는 아내와 레스토랑을 나와서 주차장으로 걸어가고 있었는데, 권총을 깜빡했다고 합니다. 레스토랑에 갔다 오겠다 하고 잠시 후 돌아오는데, 아내는 이미 총을 맞고 숨진 뒤였어요. 근데 레스토랑에서 권총 잊어버리는 게 말이 됩니까? 그런 사람 본 적 있어요?"

토니가 고개를 저었다. "젠장, 그 사람들이 바레타를 함정에 빠뜨렸군요! 말론 브란도의 아들 짓이 아니었을까요?

10년 전에도 의붓여동생의 애인을 죽인 적이 있잖아요. 그 애인이 여동생을 때렸다는 이유 하나만으로. 아무리 생각해도 그 남자는 정상이 아니에요. 물론 친동생이었다면야 그 애인을 죽일 순 있겠죠. 하지만 의붓동생은 아니잖아요. 의붓동생의 애인을 죽였다는 건 그 여동생을……."

"더피 햄블톤을 잊지 말아요, 토니. 바레타가 자기 부인을 죽여달라고 부탁한 사실을 고발했던 스턴트맨 말입니다."

"바레타한테 더피의 부인이 뭐 대수였을까요?"

"아니, 전 바레타의 부인을 말한 건데……."

"아, 네."

"아까 얘길 마저 하자면, 바레타는 자기 이야기를 슬쩍 바꿔서 브란도의 아들을 고발합니다. 주차장만 터는 강도 케빈 런던도 용의선상에 있지요. 바레타의 변호사는 그가 범인일 수 있다고 하는데……."

토니와 레오나르드 트렌트는 루와 체티나만 남겨 두고 자리를 떠났다.

잡풀라 부인은 남편이 코르도바에서 사다 준 클러치 백을 손바닥으로 내리쳤다. 세상에, 토니는 아직도 그녀에게 저녁인사조차 건네지 않았다! '이제 내가 안중에도 없다는 거지. 흥, 나쁜 새끼!'

몇 미터 떨어진 곳에서 팔사페를라 부인은 토니에게 제

대로 접대를 받지 못해서 안절부절못하고 있는 잡폴라 부인을 즐거운 눈빛으로 바라보고 있었다. 팔사페를라 부인은 진주층 단추가 달린 빨간 셔츠를 입고 있었는데, 빵빵한 배가 금방이라도 옷 밖으로 터져 나올 것만 같았다. 그녀는 애프터쉐이브 로션 때문에 얼굴이 빨갛게 달아오른 남편의 팔짱을 끼고 있었지만, 신경은 온통 잡폴라 부인에게 쏠려 있었다. 믿을 수가 없었다. 잡폴라 부인은 분노로 일그러진 암말 같은 얼굴에 파라 포셋처럼 머리를 꾸몄다! 폭탄을 맞은 몰골이었다. 팔사페를라 부인은 솔직히 말해주기로 마음먹었다. "부인." 팔사페를라 부인은 남편을 끌고 잡폴라 부인에게 다가갔다. "정말 근사한 바비큐 파티 같아요. 그치요? 미국 손님들도 있고."

"흥, 저 인간들을 빨리 할리우드로 쫓아버려야 돼요. 거기선 찬밥 신세인 주제에 여기 와서 유명인사라도 되는 척하는 꼴이라니. 그건 그렇고." 잡폴라 부인이 정육점 주인인 팔사페를라 씨에게 눈길을 주었다. "토니스에서 부인께서 그러시던데 정치를 하고 싶어하신다면서요?"

팔사페를라 씨의 얼굴이 더욱 빨개졌다. 정치에 대한 야심은 가게에서 손님들에게 소시지를 포장해줄 때 수다를 떨며 내뱉던 것에 불과했다. 하지만 국회의원 잡폴라 앞에서 그 발언은 전혀 차원이 다른 화제였다. 다행스럽게도 국회의원은 이렇게 호응해주었다. "아주 좋은 생각입니다. 좋은 생각이에요. 이 지역에서는 선생 같은 사업가가 필요합니다."

여태껏 사업가라는 소리를 한 번도 들어보지 못한 팔사페를라 씨의 얼굴에 행복이 넘쳐났다. 그의 귀까지 빨갛게 물들었다.

"이게 민주주의야, 보라고!" 밈모 삼촌이 팔꿈치로 타노를 쿡쿡 찌르며 눈으로 루를 가리켰다.

"저런, 우리한테 상납금을 걷으러 왔던 놈이잖아!" 타노가 말했다.

"누구라고?" 코지모가 소리쳤다.

"조금만 더 크게 말해줄 수 없겠나, 응?" 밈모 삼촌이 말했다. "코지모가 자네 얘길 똑바로 못 들었잖아."

오늘 오후, 민디는 발렌티나를 불렀다. 그녀는 토니와 체티나의 침실로 발렌티나를 데리고 가서 장롱을 열고 옷들을 보여주었다. 체티나가 자기 옷을 입으라고 해서 아무 옷이나 골라도 문제없었다. '발렌티나보다 옷을 잘 골라 줄 사람이 어디 있겠어?' 하지만 발렌티나는 조금의 망설임도 없이 60년대에나 입었을 법한 옷을 골라냈다. 파란색 물방울무늬가 그려진 소박한 흰색 티셔츠였는데, 민디의 눈에는 자기를 위해 맞춰놓은 옷처럼 보였다. 다만 티셔츠의 길이가 문제였다. 체티나는 키가 작았지만 가슴이 커서 티셔츠가 잘 맞았는데, 민디에게는 옷이 허벅지까지 내려왔다.

발렌티나는 자기 집으로 달려가 에트네아 가에서 산 스틸레토 힐 샌들을 가져왔다. "언니처럼 발이 예쁜 사람이 발을 감춰서야 되겠어. 파티에 모인 사람들한테 예쁜 발을 보여주자구, 민디 언니." 민디는 거울에 제 모습을 비춰보며 발렌티나의 사탕발림을 들었다.

그랬던 민디가 시무룩한 표정으로 정원의 잔디 위를 힘겹게 걸어가고 있다. 발걸음은 우스꽝스러웠고, 목이 푹 파인 드레스 사이로 가슴이 덜렁거렸다.

"민디!" 체티나가 손을 흔들었다.

민디가 몸을 돌렸다. 그녀는 체티나를 보았고, 그 옆에 서 있는 미국인을 금방 알아보았다. 그 남자는 빨간 재킷을 입고 있었는데, 단추를 채우지 않았다.

루는 다가오는 민디를 조용히 지켜보았다.

"안녕하세요." 민디는 루의 얼굴을 뚫어지게 쳐다보고 있었다. 눈빛 못지않게 목소리도 날카로웠다. 그녀는 똑바로 서 있기 위해 두 무릎을 붙여 땅을 디뎠다.

얼굴이 빨개진 루가 고개를 숙였다.

"뭐하시는 거예요? 제 발을 훔쳐보시는 건가요?" 민디가 따지듯 물었다.

"뭐라고요?" 루가 퉁명스레 말했다.

체티나가 웃으며 민디를 보았다. 그녀는 사랑스러운 눈빛으로 민디에게 말하고 있었다. ‘민디, 너 정말 끝내주는구나.’ 체티나는 고개를 돌려 아가티노에게 눈짓을 보냈다. 아페리티프 석 잔이 담긴 쟁반을 들고 손님들 사이를 오가던 아가티노가 다가왔다. 그러곤 체티나에게 속삭였다. “부인, 남편께서 애타게 찾고 계세요.”

“뭐 좀 들겠어요, 두 사람?” 체티나가 말했다. “난 가봐야겠어요. 남편이 날 찾고 있나 봐요.”

민디는 잔디밭에 박힌 힐을 빼내려고 오른쪽으로 몸을 살짝 기울였다. 그녀는 기분이 상한 목소리로 말했다. “브란카멘타 줘요.”

‘세상에.’ 루가 생각했다. ‘할아버지하고 똑같은 걸 마시다니!’

‘민디, 이 여자는 성녀 흉내로 세월아 네월아 하더니만 저 옷 입은 꼴 좀 봐. 창녀가 따로없잖아!’ 아가티노가 속으로 생각했다.

“두 잔 부탁해요.” 루가 로자문다, 아니 민디였나, 뭐 그 비슷한 이름의 여자를 똑바로 보면서 말했다.

예, 공주님. 들어주세요! 얼음장 같은 당신의 냉정함은 겉모습뿐입니다. 정열에 불타는 사람에게 패배한 당신이야말로 그분을 사랑하게 될 겁니다!(푸치니의 오페라 「투란도트」

3막에 나오는 아리아―옮긴이)

테아트로 마씨모 극장의 소프라노 비올레타 레오나르디의 크고 맑은 목소리가 정원 구석구석에 울렸다. 소프라노 레오나르디, 테너 핍포 델 가우디오, 마씨모 극장의 제1바이올린 연주자 두 명, 첼로 연주자, 피아노 연주자들. 토니의 바비큐 파티를 위해 이들을 동원한 건 국회의원 잡풀라였다. 이런 일 정도는 그에게 식은 죽 먹기였다. 연주자들은 토니의 지시에 따라 '시누아즈리와 오리엔탈리즘' 프로그램대로 연주했다. 그들은 「투란도트」와 「나비부인」도 연주했다. '얼음장 같은 공주의 마음도'(「투란도트」의 아리아―옮긴이), '매혹적인 그 눈', '어떤 갠 날', '항구의 대포 소리', '너, 너, 귀여운 아가야'(「나비부인」에 나오는 아리아들―옮긴이) 같은 아리아들이었다.

바이올린이 들어올 타이밍만 제대로 맞췄다면 아주 훌륭한 연주가 되었을 것이다. 하지만 제1바이올린 연주자인 살바토레 아틸리아노가는 아마레티 과자를 모두 다 긁어 모으느라 정신이 없었다.

닉은 주위를 살피다가 정원 철책 문 뒤로 숨었다. '젠장, 오페라도 모자라서 미국인에, 중국 용까지 갖다놨어!' 카타니아의 성녀 아가타의 성물함을 든 종교 행렬만 없을 뿐이었다.

닉은 겁에 질려 있었다. 분명 파티장에 들어서면 모든 사람들은 동작을 멈추고 그에게 시선을 꽂을 것이다. 그리고 약혼자에게 축하의 박수를 칠 것이 뻔했다, 젠장!

그가 할 일은 민디를 재빨리 한구석으로 끌고 가는 것이었다. 민디를 소개 받았을 때 그는 그 자리에서 당장 기절할 것 같은 쇼크 상태였던 터라 아직 그녀가 어떻게 생겼는지도 몰랐다. 어쨌든 민디를 따로 불러내서 설득해야 한다. "미안해요, 민디. 하지만 이런 결혼은 서로에게 좋을 것 같지 않습니다." 아니면 이렇게. "아니오, 감사하지만 결혼하지 않는 게 좋겠습니다." 그녀의 친척들이 환호하고, 초대장이 인쇄되고, 결혼식을 거행할 교회가 정해지고, 집이 꾸며지고, 살 삼촌이 만족스러워하는 이때에 말이다.

또한 그를 옥죄는 알레르기 같은 존재도 무시할 수 없었다! 살 삼촌은 말할 것도 없고, 토니도 가만있지 않을 것이다!

닉은 헛기침을 했다. 소리를 지르고, 온갖 욕을 내뱉다가 뒤에서 누군가 다가오는 것을 느꼈다. 재빨리 뒤를 돌아보았다. 발렌티나였다.

"코 닦아요! 뭐예요. 애처럼 콧물이나 흘리고!" 발렌티나가 웃으면서 티슈를 내밀었다.

토니는 고리버들 의자에 앉아 있는 여동생들에게로 다가

갔다.

"대체 아마레티는 어디 있는 거야? 혹시 본 사람 있어?"
잔뜩 부아가 치민 목소리였다.

"응?" 로시가 말했다.

토니가 팔짱을 끼고 발을 굴렀다.

"당연히 봤지, 오빠. 여기 쟁반 위에 널려 있었잖아." 알
레씨아가 말했다.

"아, 그래. 쟁반 위에 있었다 이거지." 토니가 돌아서서
다리를 넓게 벌리고, 두 손을 옆구리에 얹었다. 그는 두 눈
으로 파티장을 둘러보고 있었다. 그는 겨드랑이가 땀에 젖
어 둥글게 얼룩이 진 것을 깨닫고 욕설을 내뱉었다. 눈치오
의 팔을 잡고 토니가 물었다.

"체티나 봤어?"

"미국인하고 민디 양하고 같이 얘기하고 계시는데요."

토니가 이마에 손을 얹고 무심코 고개를 돌리다가 루와
민디를 발견했다. 둘은 함께 이야기를 나누고 있었다. 체티
나는 그림자도 보이지 않았다.

"이봐, 아마레티 봤나?" 토니가 눈을 아주 가늘게 뜨고
물었다.

"아니요. 상자에 있긴 했는데. 그게 한 시간쯤 됐나?"

"뭐…… 뭐라고, 한 시간 전이었다고? 이 멍청아! 미국인
감독은 그 전부터 아마레티를 달라고 했어! 이제 뭘 갖다

줘야 하니? 응, 이 멍청아!”

눈치오가 사악하게 웃었다. “아마 부인께서 어딘가에 감춰 둔 게 있을 거예요! 저 사람들이 여기 계속 있는다면 코르소 이탈리아에서 더 가져와도 되고요.”

눈치오는 토니와 체티나 사이를 이간질하는 걸 얼마나 좋아하는지!

자기과시의 한 방법이었다. 젊은 시절부터 그는 움베르토 광장의 가판대에서 오르차타를 사 마시곤 했다. 당시에는 거의 모든 젊은이들이 찢어진 바지를 입고 다녔는데, 돈 조르지노 또한 다를 바가 없었다. 대신 그는 반짝반짝 광이 나는 구두로 멋을 부렸다. 또한 새끼손가락의 손톱을 길게 길러 루비 반지를 돋보이게 했다. 그 당시 가판대에서 이 반지를 보인다는 것은 모두에게 이렇게 말하는 것과 같았다. “너희들은 굶주리고 있지만, 난 오르차타를 마실 수 있어. 그뿐인 줄 알아? 난 새끼손가락에 반지도 낄 수 있다고. 조르지노 파바로타는 너희들처럼 굶지 않아. 전당포에 물건을 맡기는 일 따위는 하지 않는다니까.”

그는 여전히 그때 그 반지를 끼고 있다. 루비가 박힌 여자 반지. 이 반지는 우연히 전당포에서 손에 넣었다. 원래는 남작 부인의 것이었다. 그녀는 캐럽나무 과수원을 소유할 정도로 부유했는데, 1926년에 과수원이 불타고 말았다. 그래도 저녁만찬을 포기할 수 없었던 그녀는 이 반지를 전당포에 맡기고 만찬을 준비할 수 있었다.

돈 조르지노는 이제 움베르토 광장의 가판대가 아니라 에우로파 광장에 있는 할리우드 바의 야외 테이블에서 오르차타를 마신다. 아페리티프를 마실 시간이면 젊은이들이 컨버터블을 몰고 모여드는 곳이었는데, 이 바에서는 돈 조르지노를 위해 특별히 오르차타를 준비해주었다.

에우로파 광장은 해변 산책로에 있었다. 광장은 바다에서 돌아오는 사람들과 코르소 이탈리아 거리에서 시내를 가로질러 오는 사람들로 항상 붐볐지만, 모든 상점이 문을 닫는 일요일에는 한적했다.

핍피노는 코르소 이탈리아에서 광장 쪽으로 걷고 있었다. 그는 갈색 양복에 검은 폴로셔츠를 입었다. 걸음은 빠르면서도 결연해 보였다. 사실 핍피노는 그렇게 결연해 보일 정도로 빠르게 걷는 사람이 아니었다. 심지어 결연하다는 말이 무슨 뜻인지조차 몰랐다. 그는 그저 그렇게 태어난 사람이었다. 그렇게 태어난 사람들이 다 그렇듯 그는 자신이 결연할 수 있다는 것도 몰랐다. 핍피노는 땀을 흘리고 싶었다. 단지 그 이유 때문에 빠르게 걷는 것이었다.

'제기랄, 창녀들이 왜 이렇게 득실거리는 거야.' 오르차 타를 기다리면서 돈 조르지노가 생각했다. '저 창녀들 좀 봐. 유방에 실리콘을 넣고, 명품 구두를 신은 꼴이라니! 컨버터블 탄 놈들이 재미 좀 보겠군!'

갑자기 돈 조르지노가 미친 듯이 웃어젖혔지만, 옆에 앉은 부하는 조금도 놀라는 기색을 보이지 않았다. 돈 조르지노는 자주 바보같이 웃음을 터뜨리곤 했으니까.

핍피노는 고개를 숙이고 걸었다. 점점 더 걸음이 빨라졌다. 첫 땀방울이 이마에서 흘러내렸다. 그렇지만 아직 배에서는 땀이 배어나지 않았다.

긴장을 하면 시간이 한없이 느리게 가는 것만 같다. 핍피노는 고개를 돌려 주위의 모든 것들을 확인하듯 살펴보았다. 그는 여러분의 귀 옆으로 날아가는 파리도 볼 수 있었고, 여러분이 아내에게 거짓말하는 것, 땀에 젖은 여러분의 발도 볼 수 있었다. 그는 하나도 빼놓지 않고 다 볼 수 있었다. 하지만 핍피노처럼 빨리 걸으면서도 긴장을 하지 않으면 시간은 아주 빠르게 흐른다. 핍피노는 자신이 보고 싶은 것만 쳐다봤다. 그 외에는 전혀 눈길조차 주지 않았다.

종업원은 오르차타를 쟁반에 들고 돈 조르지노에게 다가갔다. 돈 조르지노는 꼼짝도 하지 않고 입을 반쯤 벌린 채 혀를 내밀고 있었다. 씨근거리며 숨을 내쉬는 꼴이 잠이 든 것 같았다. 종업원이 오르차타를 은색 컵받침 위에 내려놓았다.

부하는 아무것도 마시지 않았다. 한가하게 커피를 마시러 온 게 아니라 일을 하러 온 것이니까.

돈 조르지노가 오르차타 한 잔을 마시고 있노라면 한 시간이 금세 지나갔다. 그는 꾸벅꾸벅 졸다가 작은 새처럼 손을 떨며 한 모금씩 마셨다. 늘 그렇듯 갑자기 미친 듯이 웃기도 하면서…….

에우로파 광장에 도착한 핍피노는 할리우드 바 쪽으로 걸음을 옮겼다. 그는 바를 둘러보다가 돈 조르지노를 발견하고, 테이블로 다가갔다. 돈 조르지노에게 다다랐을 즘 그의 발이 테이블에 걸리면서 오르차타가 엎어졌다.

종업원은 온몸이 땀으로 범벅이 된 신사가 돈 조르지노에게 사과하는 것을 보았다. 신사는 부하에게도 정중히 사과했다. 종업원이 달려갔다.

"죄송합니다, 죄송합니다." 핍피노가 말했다. "이런 세상에! 정말 죄송합니다! 여기 이분이 드시던 걸 빨리 한 잔 갖다드려요! 드시던 게 뭐였습니까? 돈은 제가 내겠습니다. 죄송합니다, 정말 죄송합니다."

컨버터블에 앉아 있던 청년들과 창녀들이 일제히 웃음

을 터트렸다.

종업원은 어찌해야 할지 망설이다가 새 오르차타와 걸레를 가지러 안으로 달려갔다.

핍피노도 바 안으로 들어갔다. "세상에, 정말 미안합니다. 물 한 컵만 주세요. 정말 미안합니다. 돈은 제가 내겠습니다. 오르차타였나요?"

핍피노가 주머니에서 100유로 지폐 뭉치를 꺼냈다. 풍만한 가슴에 레이스가 달린 흰 블라우스를 입은 매니저 낸시가 그를 유심히 지켜보았다. 소매가 긴 갈색 재킷에 접단을 댄 넓은 바지……. 창녀를 따라 시내 구경을 나선 촌뜨기 농부 같은 몰골이었다.

"걱정 마세요." 그녀가 웃으면서 말했다.

"용서해주십시오. 세상에, 이렇게 죄송할 수가. 그런데…… 이 근처에 주유소가 있습니까? 내 벤츠가 트렌토 광장에서 서버려서요."

"물론 있지요. 트렌토 광장에 24시간 주유소가 있는데 못 보셨어요?"

"세상에, 트렌토 광장에요! 문을 닫았을 거라고 생각했는데……. 오늘은 일요일이잖아요. 세상에, 근데 24시간 영업이요? 세상에! 당장 가봐야겠네요."

핍피노가 밖으로 달려 나갔다. 낸시가 그를 바라보며 어이없는 웃음을 터트리고는 지나가던 종업원에게 차갑게 쏘

아붙였다. "서둘러."

　낸시는 바의 주인이 아니라 매니저였다. 하지만 종업원에게 "서둘러"라고 소리치는 걸 좋아했다. 이 사실을 모르는 손님들은 당연히 낸시가 안주인이라고 생각했다.

　종업원이 오르차타가 담긴 쟁반을 한 손에 들고, 다른 손에는 걸레가 담긴 양동이를 들었다. '나쁜 년! 이년아, 너나 빨리 하지 그래!' 종업원은 속으로 욕설을 퍼부으며 야외 테이블 쪽으로 나갔다. 오르차타를 돈 조르지노 앞에 내려놓고, 바닥에 깨진 유리조각을 한곳에 모았다.

　"죄송합니다, 돈 조르지노. 지금 청소하지 않으면 파리가 꼬여서요."

　컨버터블에 탄 청년들과 창녀들은 여전히 돈 조르지노의 테이블을 지켜보며 웃고 떠들었다.

　종업원은 양동이에 걸레를 짜다가 돈 조르지노의 코에서 피가 흘러내리는 것을 보았다. 돈 조르지노는 여전히 혀를 입 밖으로 내민 채 졸고 있었다. '노인네가 코피를 흘리는 거 같은데…….' 하지만 돈 조르지노에게 코피가 난다고 말하는 것은 어쩐지 모양새가 좋을 것 같지 않았다. 그래서 옆에 있는 부하의 등을 조심스럽게 두드렸다. 천천히 고개를 끄덕이는가 싶더니 부하의 이마가 테이블 위로 고꾸라졌다. 8인치짜리 나이프의 진주층 손잡이가 그의 겨드랑이 밑에서 떨어졌다.

돈 조르지노의 콧날을 찔렀을 때 핍피노는 손맛을 느낄 수 있었다. 늙은이의 물렁한 코뼈의 형상이 손끝으로 고스란히 전해졌다. 부하의 심장에 나이프를 꽂을 때도 똑같은 느낌을 받았다. 숙련된 손은 칼과 다름없다는 말은 사실이었다.

핍피노는 에우로파 광장 밑의 절벽으로 내려갔다. 구두와 재킷과 폴로셔츠를 벗고, 조금도 주저하지 않고 물속으로 뛰어들었다.

바비큐 파티가 한창 무르익은 무렵, 별안간 토니가 체티나에게 버럭 소리를 질렀다. 그는 별다른 설명이 없더라도 체티나가 자기의 말뜻을 이해해주기를 바랐다. 체티나 또한 자기가 그 뜻을 알아채기 못하면 토니가 노발대발할 것을 알기에 온 신경을 집중하여 이리저리 생각을 굴렸다. 그러나 토니가 소리부터 지르고 나면 도무지 머릿속으로 그 어떤 것도 떠올릴 수 없었다.

"저 집이라니…… 어디요?" 체티나가 묻자마자 토니는 성난 바다처럼 분노를 쏟아냈다.

"이제나 저제나 당신을 데리고 빨리 오기를 학수고대하던 당신 어머니 집이지, 어디긴 어디야! 그건 그렇고 아마레티 어디에 숨겼어?"

체니타가 주위를 둘러보았다. "지금 무슨 말을 하는 거예요. 내가 뭘 숨겼다구요? 난 아무것도 안 숨겼어요!"

토니는 비틀거리며 양손을 쳐들고 고개를 이리저리 돌렸다. 체티나는 겁이 났다.

"그러니까 지금 아마레티를 숨기지 않았다는 거야? 집 안에 있었던 아마레티가 전부 쟁반에 실려서 파티장에 나갔다는 거냐구?"

토니는 진심으로 화가 났다! 그가 화를 낼 때에는 어떤 말도 꺼낼 수가 없었다. 그는 어디론가 사라졌다가, 고래고래 소리를 질렀다가, 다시 생각해보고 돌아와서 욕을 내뱉었고, 다시 종적을 감추었다. 눈에 보이지 않는 악령의 끈이 그를 조정하고 있었다.

핍피노는 바위 위에서 몸을 말리며 담배를 피워 물었다. 에우로파 광장의 일광욕실은 이미 철거되어버렸다. 다리를 다친 갈매기 두 마리가 바위 위에 앉아 그를 지켜보았다.

토니는 자주색 피아트 127에 올라타자마자 문을 거칠게 걸어찼다. 백미러에 걸어놓은 향기 나는 고무 비행접시가 흔들거렸다. 그는 앞 유리창 너머 허공을 멍하니 바라보았다.

토니는 순환도로를 건너왔다. 물론 그는 도로를 가로지르는 것이 위험한 것도 알고, 법으로 금지되어 있다는 것도 알았다. 그래서 육교를 설치한 거였으니까. 그는 좌우를 살피고, 손을 들어 자동차들을 세우고 도로를 넘었다.

토니는 파란 벨루어에 덮인 핸들에 머리를 기대고 같은 말을 되풀이하고 있었다. "믿을 수가 없군. 믿을 수가 없어. 아마레티가 떨어지다니…… 아마레티가 떨어지다니……." 그는 차에 시동을 걸고 액셀 페달을 밟았다.

핍피노가 자리에서 일어났다. 속옷이 말랐는지 살펴보고 시계를 보았다. 그는 바위에 균형을 잃지 않으려고 애쓰면서 바지를 입었다.

스칼리 아마레티 제과점에서 누치오는 연방 뒷걸음질을 치고 있었다. 바지가 엉덩이까지 흘러내리는 것도 모르고, 90도로 허리를 잔뜩 구부린 채 살 삼촌의 발을 잡고 2층 이곳저곳을 돌아다녔다. 그는 살 삼촌을 숨길 곳을 찾고 있었다. 살 삼촌은 죽은 것 같았다. 그는 목정맥 부위에 박힌 화살을 뺄 생각도 없이 이리저리 끌려다니는데도 아무런 불평이 없었다.

토니는 속도를 늦추지도 않고 차를 코르소 이탈리아의

제과점 앞까지 몰았다. 그는 길가에 비스듬히 차를 세워 두고 2분 동안 허공을 가만히 바라보았다. 그러고는 몸을 숙여서 열쇠 고리를 찾았다. 열쇠고리에는 오벨리스크를 짊어진 코끼리가 달려 있었다. 제과점 현관문은 놋쇠와 우윳빛 유리도 만들어져 있었다. 문 위에 두 개로 겹쳐진 'S' 자 새겨져 있었다.

토니는 열쇠구멍에 열쇠를 밀어 넣었다. 문을 열고 안으로 들어갔다. 미스 니쉐미의 책상 앞을 빠르게 지나가다가 걸음을 멈췄다. 그리고 몇 걸음 되돌아갔다. 주위를 살피고, 책상으로 조심스럽게 다가갔다. 콤팩트 파우더를 열고 향을 맡았다. 그의 얼굴에 미소가 번졌다. 옆에 있는 매니큐어 병을 역광에 비춰 보곤 제자리에 내려놓았다. 이번에는 손톱 다듬는 줄을 들고 한참을 바라보았다. 그러다가 미스 니쉐미의 손톱이 떠올랐다. 토니는 반사적으로 그것을 던져버렸다.

위층에 있던 누치오는 뭔가 부딪히는 소리를 들었다. 그는 움직임을 멈추고, 주위를 살펴보면서 바지를 추어올렸다.

토니는 재빠르게 지하실 출입문으로 다가갔다. 불을 켜고 계단을 달려 내려갔다. 산더미 같은 아마레티 과자 상자들이 차곡차곡 쌓여 있었다. 그는 상자를 하나씩 앞으로 옮기기 시작했다. 하나, 둘, 셋…… 십여 개의 상자를 들고 계단을 올랐다. 콧등으로 스위치를 끄고, 종종걸음을 쳐

출입문 쪽으로 다가갔다.

"누구요?"

토니가 깜짝 놀라 상자를 떨어뜨렸다. 소리 나는 쪽으로 고개를 돌려보니 누치오가 서 있었다.

"누치오."

"아, 토니 씨."

'누치오가 여기 웬 일이지, 그것도 일요일에?'

"살 삼촌 위에 계셔?"

"누구요?" 누치오는 슬렁슬렁 토니에게 다가갔다.

'누구라니 이게 무슨 말이야? 넌 우리 집안 제과점에 들어와 있잖아. 근데 감히 나한테 누구냐고 묻는 거야?'

"아…… 돈 스칼리요? 아, 예. 곧 돌아올 겁니다. 급하게 볼일이 있어서 나갔는데 곧 올 겁니다."

'곧 돌아온다고. 삼촌이 널 여기 혼자 놔두고? 날 놀리는 거야?' 토니는 천천히 뒷걸음질을 쳤다.

"아, 그래. 바비큐 파티를 여는데 아마레티가 다 떨어졌지 뭐야. 삼촌한테 아마레티를 몇 상자 가지러 왔다고 전해줘. 그렇게만 전해줘."

"돈 스칼리가 오면 그렇게 말할게요."

"그럼 난 이만……."

"아마레티 안 가지고 가요?"

토니가 아마레티를 보았다. 누치오가 불시에 덮쳐들었다.

토니는 미스 니쉐미의 책상 위로 나가떨어지고 말았다.

핍피노가 스칼리 아마레티에 도착했다. 그는 코르소 이탈리아 거리를 둘러보고 출입문으로 다가갔다. 자물쇠에 코끼리가 달린 열쇠고리가 걸려 있었다. 심상치 않은 분위기를 감지한 그는 나이프를 꺼내 쥐고 조용히 안으로 들어갔다.

깜짝 놀라지 않고는 배길 수 없는 광경이 그의 눈앞에 펼쳐졌다. 하지만 돈 루 쉬오르티노의 협죽도, 핍피노는 전혀 놀라지 않았다. 미스 니쉐미의 책상 위에서 토니가 누치오의 몸뚱이에 올라탔다. 그는 한 손으로 그의 머리카락을 잡아당기고, 다른 손으로는 손톱 다듬는 줄을 내리치며 여자처럼 새된 비명을 질러대고 있었다. "안 돼. 난 안 죽을 거야. 내가 뭘 어쨌다고……. 안 돼. 제발! 난 처자식이 있어. 처자식이 있다구!"

토니는 핍피노를 발견하고 몸이 얼어붙고 말았다. 핍피노가 그에게 다가갔다.

토니가 누치오를 놓아주었다. 그는 핍피노의 나이프와 자기 손에 들려 있는 손톱 다듬는 줄을 번갈아 바라보았다. 그러더니 무릎을 꿇고 울부짖기 시작했다. 그의 몸에 피가 묻어 있었다. "안 돼요. 제가 뭘 잘못했나요? 네?"

핍피노가 누치오를 내려다보았다. 이미 숨이 멎어 있었다.

그는 토니에게 눈길도 주지 않고 위층으로 올라갔다. 살
삼촌이 두 팔을 벌린 채 꼼짝 않고 바닥에 누워 있었다. 목
에 굵은 화살이 박힌 채로.

핍피노는 몸을 웅크리고 화살을 보았다.

'대체 어떻게 된 거야?'

그는 바지에 묻은 먼지를 털고 아래층으로 내려갔다. 토
니는 아직도 무릎을 꿇고 자비를 베풀어 달라고 하느님께
빌었다.

"누구냐, 넌?" 핍피노가 물었다.

"제발…… 저는 그냥 아마레티를, 아마레티를…… 좀 가
지러 온 것뿐이에요. 전 삼촌하고 아무 상관 없어요. 상관
없다고요!"

"일어나라."

"네?"

"일어나. 가자."

"네?"

"가자니까!"

토니가 일어났다. 미스 니쉐미의 책상 위에 죽은 누치오
를 보고 물었다. "근데 누구세요? 무슨 일이 벌어진 거죠?"

"네 삼촌은 왜 죽였지?"

"네?"

핍피노가 누치오를 보았다. "아니, 됐다. 가자."

토니는 이제 더 이상 아무것도 이해할 수 없었다.

"아마레티."

"네?"

"아마레티 말이야. 이걸 가지러 온 거 아닌가."

토니가 상자들을 보았다. "네……."

"그럼 가져가."

예전에 로 야코노 부인의 남편이 토니스 미용실에 왔다. 토니는 인사를 건네고 부인의 머리를 손질하는 동안 그가 앉아서 기다릴 의자를 가리켰다. 로 야코노 씨는 대답 대신 토니의 얼굴에 주먹을 날렸다. 15분이 지나서야 토니는 겨우 정신을 차릴 수 있었다. 그는 오후 내내 얼룩말 무늬의 소파에 앉아 멍하니 허공을 바라보며 시간을 보냈다. 아가티노가 곁에서 그를 흔들며 타란툴라 거미에 물린 사람처럼 고래고래 욕설을 뱉어댔다.

지금 토니는 그때와 기분이 비슷했다.

"내가 보기엔 당신은 이 일과 아무 상관이 없는 것 같군요." 핍피노의 어투로 존댓말로 말했다.

핍피노는 자주색 피아트 127 핸들 쪽으로 몸을 구부리고 천천히 차를 몰기 시작했다. 자기 차가 아니었기에 조심스레 기어를 바꾸었다.

"아니. 아무 일도 일어나지 않았소. 당신은 저기에 있지도 않았고."

토니가 눈을 반쯤 뜨고 멍한 표정으로 핍피노를 보았다.

핍피노가 갑자기 브레이크를 밟았다. 그 바람에 토니의 아마레티 상자들이 바닥으로 떨어졌다. "그렇게 생각하지 않으면 내가 당신을 찾으러 갈 거요. 1년이 지나든, 2년이 지나든, 10년이 지나든 간에. 그리고 단번에 당신을 없애버릴 거요. 내 말 알아듣겠소? 당신은 우리를 성가시게 하지 않으면 되고, 우린 당신을 성가시게 하지 않으면 되는 거요. 그렇지 않으면 내가 당신 마누라, 자식들, 사촌들, 그리고 이모들까지 가만 놔두지 않을 거요!"

토니의 멍한 얼굴에 공포가 어렸다.

"이 차종은 뭐요?" 핍피노가 계속 물었다. "누가 차를 이 따위로 만든 거야, 젠장! 내가 콘크리트 믹서기 운전 면허증도 갖고 있는 거 아시오?"

핍피노는 조심스럽게 1단으로 기어를 넣었다.

"여기서 어디로 가야 되오?" 교차로에서 그가 물었다.

"저기, 로터리요." 토니가 조그맣게 말했다.

핍피노는 토니의 정원 앞에 조용히 차를 세웠다. 차에서 내려 옷매무새를 가다듬고 그는 뒤도 돌아보지 않고 앞으로 걸어 나갔다. 토니는 순환도로를 따라 서서히 자취를 감추는 핍피노를 지켜보았다. 뉴욕 지하철 통로 속으로 사라지는 토니 바레타를 바라보듯이.

"저 사람 누구예요? 무슨 일 있었어요?"
재빨리 고개를 돌리니 창턱으로 몸을 숙인 체티나가 보였다.
"빨리 내려요. 당신 아마레티 가지러 간 거 아니었어요? 서둘러요, 손님들이 기다리잖아요."
"체티나." 토니가 속삭이듯 말했다. "부탁 좀 할게. 바지하고 셔츠 좀 갖다 줘."
"자동차에서 갈아입으려고요?" 체티나는 주위에 사람들이 있는지 살폈다.
"체티나, 제발 부탁이야. 지금은 아무 말도 하지 마. 그냥 바지하고 셔츠만 좀 갖다 줘, 제발."
"이봐요, 바보 같은 양반. 아마레티를 챙기고 차에서 내려요. 2층에 가서 갈아입으면 될 걸 가지고……."
"체티나!" 토니가 소리쳤다.
체티나가 어깨를 으슥하며 화가 난 표정을 짓고 집 안으로 들어갔다. "빌어먹을, 지금 가요. 지금 간다구요……. 재수 없는 미국놈들, 그놈들 때문에 저 남자가 더 신경질적으로 변했다니까!"

체티나가 바지와 셔츠를 챙겨 왔다. 토니의 표정이 예사

롭지 않았다. "앉아."

"차에 타라고?"

"앉으라고 했지." 토니의 시선은 여전히 허공을 떠돌고 있었다.

"알았어요, 앉을게요." 체티나가 차를 한 바퀴 돌아서 토니 옆자리에 앉았다. "자, 이제 하고 싶은 대로 해봐요."

"살 삼촌이 살해됐어." 토니가 퉁명스레 말했다.

체티나의 눈과 입이 딱 벌어졌다. 그녀는 몇 초 동안 아무 말도 하지 못했다.

"조금 전에, 스칼리 아마레티에서."

"당신도 거기에 있었어요?" 겁에 질린 체티나가 조심스레 물었다.

토니가 고개를 끄덕였다.

"뭘 하고 있었어요?"

"내가 뭘 했냐고? 난 지하실로 내려가서 아마레티를 가지고 올라왔어. 그런데 거기 누치오 녀석이 있었어. 그놈이 날 죽이려고 했어!"

"누치오가 당신을 죽이려고 했다구요? 왜요? 그럼 그자가 살 삼촌도 죽인 거예요?" 흥분한 체티나가 의자에서 들썩거렸다.

"그런 거 같아!"

"그자가 당신한테 어떻게 했어요?"

“그놈이 어떻게 했는지 나도 몰라. 갑자기 또 다른 남자가 나타났어. 그러고 나서 무슨 일이 벌어졌는지 모르겠어. 근데 누치오가 죽어 있더라고.”

“죽었다고요? 그 다른 남자는 또 누구예요?”

“조금 전에 당신이 본 그 남자야, 체티나. 내가 당신한테 아무것도 모르겠다고 하면 정말 아무것도 모르겠다는 뜻이야. 날 좀 봐!” 토니는 아마레티 상자를 치우고 피로 물든 셔츠를 체티나에게 보여주었다.

“당신 다쳤어요?” 체티나가 한 손으로 입을 막았다.

“아니.”

“당장 갈아입어요.”

토니가 고개를 돌려 그녀와 시선을 맞추었다. ‘대체 지금 내가 뭐하는 건지 모르겠어!’

“그럼 누치오를 죽인 사람이 당신을 집까지 데려다줬단 말이에요?” 체티나는 열심히 거리를 살펴보았다.

“그래.” 토니가 피 묻은 바지를 벗었다.

“왜요?”

“그걸 내가 어떻게 알아!”

“왜 당신은 죽이지 않았을까요?”

“나를 죽이게 되면 당신도 죽이고 로시도, 알레씨아도, 민디도, 모두 다 죽일 거라고 했어. 그러니까 나보고 입 다 물고 있으래. 입 다물지 않으면 찾아와서 끝장을 내겠대.”

“근데 왜 집까지 데려다 준 거예요?”

토니는 동작을 멈추고 아내를 노려보았다. “가서 그 사람한테 물어봐, 체티나.”

체티나는 손끝을 깨물면서 고개를 주억거렸다. 곰곰이 생각한 끝에 무엇인가를 확신한 듯한 표정이었다.

“맙소사, 난 일이 이렇게 끝날 줄 알았어요!”

“체티나, 한 가지 더 말할 게 있는데…….” 토니가 벨트를 맸다.

“또 뭐요?”

“누치오를 죽인 사람 말이야. 바로 나야.”

“당신이 어떻게 죽였어요?” 체티나의 눈이 휘둥그레졌다.

“그걸 내가 어떻게 알겠어?”

“그걸 내가 어떻게 알겠어라니, 그게 무슨 말이에요?”

“빌어먹을, 체티나!”

“빌어먹을, 토토!”

토니가 아내를 보았다. 그녀가 자신을 토토라고 부른 적이 언제였는지도 까마득했다.

“그놈이 나한테 달려들었어. 내가 어떻게 해야 했을까?” 토니가 셔츠를 갈아입었다.

“그럼 다른 남자는요?”

“그 남자는 그 뒤에 나타났어.”

“어떻게 죽였어요?”

“내가 어떻게 알겠어, 체티나. 누치오가 숨을 거둘 때 그 남자가 있었는지 없었는지도 모르겠어.”

“토할 것 같아요, 토니!”

“기다려, 지금은 안 돼.” 토니가 셔츠의 단추를 채웠다. 그는 콘솔박스를 뒤져 담배를 집어 들었다. 담배에 불을 붙이고 밖을 내다보았다. “이제 어떻게 하지?”

체티나가 윗눈썹을 치켜 올렸다. “당신, 어떻게 하고 싶은데요? 살 삼촌한테 조만간 이런 일이 벌어지리라는 건 우리 모두 알고 있었잖아요.”

토니가 창밖으로 담배연기를 내뿜었다.

“내 말 잘 들어요.” 체티나가 토니의 눈을 마주 보았다. “우린 선량한 사람들이에요. 그 남자는 그걸 알고 있어요. 당신이 살아 있다는 건 그 남자가 일을 복잡하게 만들고 싶지 않다는 뜻이에요. 그 남자가 이 사건에 관심이 없다고 하면 우리도 관심이 없으면 그만이에요. 당신도 알다시피 난 가난한 집에서 태어났어요. 당신도 지금까지 아줌마들 머리를 손봐주면서 살고 있잖아요. 당신 삼촌이 그런 사람들과 엮인 게 우리 잘못이에요?”

토니가 다시 창밖으로 고개를 돌렸다.

“지금 뭐하는 거예요, 울어요?”

“아니.” 토니가 고개를 돌리지 않고 대답했다.

“지금 미국의 유명한 영화감독과 제작자들이 우리 정원

에서 북적이고 있어요. 그 사람들은 이런 일이 일어난 걸 전혀 몰라요. 알죠? 〈시칠리아〉지의 사진기자까지 왔다구요."

토니가 곁눈질하듯 체티나를 슬쩍 보았다.

"민디가 저기서 그 남자와 얘기하고 있어요. 발렌티나는 닉하고 집 안을 돌아다니며 자기 어릴 때 사진을 보여주고 있고요."

토니의 얼굴에 우울한 미소가 번졌다.

"그런데 지금 당신은 이 사람들의 인생을 망치고 싶은 거예요? 왜요? 생각해봐요, 토니! 당신은 집안의 가장이에요. 당신한텐 책임감이 있다구요." 체티나가 그의 머리를 쓰다듬었다. "그 남자는 갔어요. 우리가 이 일에 대해 아는 게 뭐가 있어요? 그쪽 사람들은 서로 붙잡고, 죽이고, 전쟁을 벌여요! 우리는 선량한 사람들이에요. 일요일에는 성당에도 가잖아요. 토니, 괜찮아요?"

토니는 여전히 창밖을 내다보며 고개를 끄덕였다. "그 남자가 나더러 이 사건에 아무런 관계가 없다고 말했어."

"그 사람 말이 맞아요, 토니. 생각해봐요. 그 사람은 당신을 집까지 데려다줬어요. 한번 생각해봐요. 일요일에 아마레티 제과점에 아마레티를 사러 가는 사람 봤어요? 토니, 그 남자 말이 맞아요. 당신은 그 일하고 아무 상관이 없어요. 자, 이제 어떻게 할래요?"

"뭘?" 토니가 눈을 비비며 물었다.

"차에서 내려서 집 안으로 가자구요. 손님들이 우릴 기다리고 있어요. 살 삼촌이 10년 전에 살해됐다고 쳐요. 고속도로 톨게이트에서 삼촌이 기습당했던 거 기억하죠?"

"그자들이 사람을…… 잘못 본 거라고 삼촌이 그랬지." 토니가 코를 훌쩍이며 말했다.

"토니." 체티나가 그의 머리를 쓰다듬으며 말했다.

토니가 아내를 보며 고개를 끄덕였다.

"체티나…… 사랑해."

"토토." 체티나가 눈을 반쯤 감으며 그를 끌어당겼다.

"제기랄." 토니가 그녀를 보며 말했다. "당신 말이 맞아, 체티나! 힘을 내자. 자, 가자고!"

토니가 자주색 피아트 127에서 튕기듯 차 문을 박차고 나갔다. 문을 닫지도 않고, 성큼성큼 집 안으로 걸어 들어갔다. 체티나는 십 년은 감수했다는 듯 한 손을 고개를 가로저었다. 그녀도 빨간 치마의 주름을 펴고 차에서 내렸다. 어찌나 힘껏 차 문을 닫았는지 백미러에 매달린 비행접시가 허공으로 날아올랐다.

거울같이 잔잔했다. 브란카티 섬은 바닷물 위에 누워 있는 것 같았다. 날씨는 아직 더웠지만 그늘진 돈 밈모 레스토랑의 베란다에는 시원한 바람이 불어왔다.

돈 밈모는 나무 테이블 사이로 걸어갔다. 그의 발걸음 소리가 고요한 주변에 울려 퍼졌다. 돈 루가 앉은 테이블에만 음식이 차려져 있었다. 나머지 세 개의 테이블은 식탁보도 없이 텅 비어 있었다. 타지 사람들은 이제 이곳을 찾지 않았다. 돈 밈모는 일부러 빨간 체크무늬 방수포 식탁보를 덮지 않았다. 바람이 불면 날아갈 것이 뻔했다.

핍피노는 해변에서 옷을 갈아입고 있었다. 그는 돈 밈모가 스파게티 알라 페스카토라 소스를 만드는 동안 섬까지 헤엄쳤다가 돌아왔다. 돈 루는 그가 물을 가르는 소리를 들었다.

돈 루는 철근 콘크리트 건물 뼈대가 보기 싫어서 등을 돌리고 레드와인을 마셨다. 핍피노가 수영을 마치고 돌아와 앞에 섰을 때 돈 루가 입을 열었다. "콘크리트야, 핍피노. 콘크리트뿐이라고. 폭탄 하나면 충분해."

핍피노는 이 말을 듣고 잠시 생각에 잠겼다가 셔츠에 냅킨을 집어넣었다. 그는 땅을 내려다보며 고개를 끄덕였다.

'젠장,' 돈 루가 생각했다. '예전에 그 선량하던 농부들, 빌어먹을 녀석들, 너그러운 신사 놈들과 까칠하던 신사 놈들, 명예로운 사나이들, 서툰 짓을 하던 애송이놈들은 다 어디로 간 걸까? 새끼손가락에 반지 하나면 만족하던 시대였는데……. 그때는 누구나 명예로운 남자처럼 행동할 수도 있었어. 말하고 싶으면 말하고, 침묵하고 싶으면 침묵할 수 있는 시절이었건만……. 그 시절은 다 어디로 간 거지? 산 세바스티아노 축제, 냄비에 든 리코타 치즈, 캐럽 나무 가지치기, 숯 묻을 구덩이 파기, 석쇠에 굽던 올리브, 반짝이는 구두, 귀족들의 클럽. 눈을 찡그리고 밧줄로 허리띠를 맨 소년들, 나이프로만 겨뤘던 결투, 양파 샐러드, 장터가 열리고 도박도 벌어졌던 카니발, 아무 생각도 할 수 없게 만들었던 무더위, 레몬수, 나른한 오후, 침대에 몸을 던지던 여자들, 검은 머리와 파란 눈, 브릴리언틴(윤내는 머릿기름—옮긴이)과 짧은 넥타이, 꼭두각시 인형극, 노래로 이야기를 들려주는 가수들, 나무를 흔드는 남자들, 나무에서 떨어진 열매를 줍는 여자들, 굶주림과 동냥, 해와 햇살, 위엄과 존경, ‘당신 손에 입 맞춰도 되겠습니까?’와 ‘신의 가호가 있기를’, 노동자 클럽과 비밀결사단체, 강도, 권총을 든 사제, 브로커와 결혼 중매인, 향수병, 서랍 속의 재스민, 검은 브래지어, 오후의 낮잠, 저녁이면 모두 깨어나는 마을, 다양한 쇼와 쇼걸들, 살인 청부와 사형 선고, 신성한 말, 십자가에 입맞춤, 핀스트라이프 양복, 커프스 단추, 카타니아 오페라하우스의 로열박스……. 이 모든 것이 다 어디로 갔단 말인가? 내 인생에 깊은 인상을 남겼던 무수한 일과 사건들. 날 도와주던 친구들은 다 어디로 갔단 말인가?’

“이거 드셔보십시오. 파키노산 와인입니다. 마음에 드실 겁니다." 핍피노가 돈 루의 잔에 와인을 따랐다.

"응?"

"드셔보십시오. 파키노산 와인입니다." 핍피노가 다시 말했다.

돈 루는 파키노 와인을 별로 좋아하지 않았지만, 그래도 마셨다. 파키노 와인은 시칠리아 와인이었으니까.

"이제 우린 돌아가야지." 돈 루가 말했다. "이제 라 브루나 놈들을 어떻게 할지 생각해보자고. 스타쉽영화사를 그 놈들 손에 넘겨줄 순 없잖아!"

핍피노가 고개를 끄덕였다.

"내 손자 어떻게 생각하나, 핍피노?"

핍피노가 브란카티 섬을 보았다. "보스께서 생각하시는 것과 똑같습니다. 말씀드리기 조심스럽지만, 너무 조용한 것 같습니다."

돈 루가 고개를 끄덕였다. "어릴 때부터 그랬어. 뭔가 일을 저지르면 순진한 얼굴로 난로 앞에 서 있었지. 자네 생각엔 그 애가 일부러 그랬을 것 같나?"

"아마 할아버지의 옛 모습을 보여주고 싶어서 그런 거 아닐까요."

"주문하세." 돈 루가 말했다.

핍피노가 돈 밈모에게 눈짓을 했다.

돈 밈모가 불안하게 걸어왔다.

"앉게, 돈 밈모." 돈 루가 말했다. "자네도 늙어가는군."

돈 밈모가 의자를 집어 냅킨으로 모래를 털어내고 앉았다.

"옛날 일 생각나나, 돈 밈모?"

돈 밈모가 웃었다. "어떤 옛날 말입니까, 돈 루?"

"바로 이거야." 돈 루가 말했다. "부탁이 있네, 핍피노. 미국에서 나한테 무슨 일이 벌어지면 내 손자를 조용히 불러서 전해주게. 옛날은 없다고 말이야. 우리한텐 바로 지금처럼 어제도 똑같았다고. 지금도 처음과 똑같다고. 시칠리아는 내 머릿속에만 살아 있다고. 그리고 여기에 규칙도, 법도, 명예와 위엄, 정의와 비밀조직도 없었다고 말해주게. 꼭 말해줘. 앞으로 어떤 일이 일어날지 내가 손자한테 일러줬던 걸 다시 전해달란 말일세, 꼭!"

자주색 피아트 127을 탄 토니는 시디에서 나오는 음악의 박자에 맞춰 파란 벨루어를 씌운 핸들을 두드렸다. 쇼킹 블루(Shocking Blue, 네덜란드 출신의 밴드. 여기 인용한 노래는 「Venus」의 일부―옮긴이)가 후렴구를 합창할 때는 토니와 아가티노가 나눠서 불렀다. "그녀는 매력이 넘쳐요. 아, 그대여. 매력이 넘쳐요." 토니가 노래를 불렀다. "난 당신의 비너스, 난 그대의 욕망으로 타오르는 불꽃." 아가티노가 그의 뒤를 따라 불렀다.

토니는 천천히 운전을 했다. 토니 뒤에 앉아 있던 너는 좌우로 쏜살같이 달리는 사람들이 모두 너를 뒤돌아본다는 것을 알았다.

바비큐 파티장에서 브란카멘타 세 잔과 진 토닉 두 잔을 마신 뒤 민디가 말했다. "갈까요?"

"어디로 가죠?" 네가 말했다.

"아치트레차로요." 그녀는 똑바로 서 있기 위해 발에 힘을 주고 힐을 잔디밭에 깊숙이 집어넣었다. "매혹적인 곳이에요. 폴리페모스가 자기를 장님으로 만든 오디세우스한테 던졌다는 돌이 아직도 있다니까요."

토니의 아내는 네가 작별인사를 했을 때 알아들을 수 없는 말을 더듬거렸다. 민디와 너는 택시로 아치트레차로 갔다. 해변 산책로의 가판대에서 레몬과 소금을 넣은 탄산수를 마셨다. 얼마나 구역질이 나던지! 머리가 빙빙 돌아서 넌 본능적으로 그녀에게 몸을 기대고 그녀의 오른쪽 옆구리와 엉덩이를 살짝 만졌다. 그녀는 어린아이처럼 웃으면서 네 머리를 핸드백으로 때리고 달아났다. 몇 미터 못 가서 그녀가 멈춰 섰다. 부러진 힐을 손에 들고 있었다. 그녀는 웃으면서 힐을 다 벗어버리고 해변 산책로를 맨발로 걸었다. 너희들은 중국 여인에게서 야광 빛이 도는 공을 하나 샀다. 어떤 녀석이 그녀에게 소리쳤다. "이봐요, 미국 아가씨!" 그 녀석이 오른쪽 엄지손가락과 둘째손가락을 입에 넣고 휘파람을 불었다. 그녀가 말했다. "병신! 내가 미국 아가씨로 보이냐!" 그러더니 오른쪽 새끼손가락을 입에 넣고 아주 크고 날카로운 휘파람을 불었다. 산 조반니 바티스타 성당 앞에서 그녀는 재빠르게 계단을 두 번 오르락내리락 했다. 너는 그 여자가 미쳤을지도 모른다는 생각이 들었다. 너희들은 해변에 있는 바에 앉았다. 너는 진 토닉 두 잔을 더 마셨다. 너희들은 새벽 네 시에 수산시장에 가서 다랑어를 샀다. 넌 왼쪽 겨드랑이에 다랑어를 끼고, 호텔 데스크에서 신용카드를 찾느라 오른쪽 주머니를 다 털어냈다. 말할 것도 없이 그 호텔 이름은 오디세우스였다. 객실에서 그녀는 웃으면서 욕실로 들어갔고, 넌 침대에 누웠다. 불과 몇 분 만에 넌 잠이 들어버렸다.

네가 잠에서 깼을 때 그녀는 아직도 잠들어 있었다. 그녀의 흰 블라우스가 배 위로 돌돌 말린 바람에 하얀 팬티가 드러났다. 그녀는 다리를 붙이고 잠들어서 팬티는 솜을 넣은 듯 살짝 부풀어 있었다. 피부가 눈부시게 희었다. 등이 침대 시트에 평평하게 닿지 않아 엉덩이가 둥그스름했다. 너는 왼손을 그녀의 두 다리 사이에 넣어보았다. 신음 소리가 들리는가 싶더니 잠잠해졌다. 새끼손가락과 넷째손가락으로 그녀의 팬티를 살짝 들어올리고 그 안으로 손을 집어넣었다. 그녀가 눈을 뜨더니 다리를 오므렸다. 입을 벌리고 네 쪽으로 돌아누웠다.

"시칠리아에선 말이에요, 루, 당신 머리하고 거시기만 남는 순간이 올지도 몰라요. 몸통은 완전히 찾을 수도 없고.” 그 방에서 며칠을 보내는 동안 할아버지를 여러 번 떠올렸다.

오늘 아침, 얼굴을 때리듯 햇살이 방 안으로 밀려들어 왔다. 전화벨 소리를 들었을 때 넌 정오가 된 줄 알았다. 늦은 아침식사를 객실로 배달해주겠다는 데스크 직원의 전화라고 생각했다. 하지만 직원은 이탈리아어와 영어를 뒤섞어가며 더듬거렸다.

“써(Sir), 손님……. 그러니까…… 저, 손님…… 손님을 기다립니다.”

“어디서요?” 네가 말했다.

“홀에서요, 써.”

민디는 아직 자고 있었다. 너는 달려 내려갔다. 계단을 내려가면서 셔츠를 청바지 속에 집어넣었다. 마지막 층계참에서 너는 검은색 양복에 검은색 셔츠를 차려입은 아가티노를 보았다. 오른쪽 손목에서 파란 돌로 만든 팔찌가 눈에 띄었다.

아가티노가 너를 발견하고 눈을 가느스름하게 떴다. 얼굴을 쳐들고 두 손을 배 위에서 마주 잡고 어깨를 흔들었다. “토니 씨가 차에서 기다리십니다.”

방으로 돌아온 너는 민디를 깨웠다. 네 물건들, 빨간 재킷, 속옷을 챙기며 너는 민디에게 이 호텔에 머무르는 동안 누구하고 통화한 적 있냐고 물었다.

"아뇨." 그녀가 대답했다.

그 순간 처음으로 너는 무슨 일이 벌어진 건지 깨달을 수 있었다. 너는 사랑의 도피행각을 벌였던 것이다. 너는 이제 그 여자와 빌어먹을 결혼을 해야 했다. 이 멍청한 나라의 사람들이 그러하듯이!

토니는 자주색 피아트 127 앞에 서 있었다. 역시 검은 정장 차림이었다. "타요!" 차 문을 열고 그가 아주 심각하게 말했다. 너는 민디와 함께 뒷좌석에 앉았다. 민디는 고개를 살짝 숙인 채 아무 말이 없었다. 네 손에는 땀이 났다.

"어디로 가는 겁니까?" 딱딱한 말투로 네가 물었다.

"살 삼촌한테요." 토니가 운전을 하면서 말했다. "지금 교회에서 기다리고 계세요."

'웃기고 있네.' 네가 생각했다. '명예를 존중하는 사람들이라 이거지! 한마디도 분명하게 말하지 않는 인간들. 지옥에나 떨어져라! 할아버지도 마찬가지야, 젠장! 꼭두각시 인형극도, 레몬과 소금을 넣은 탄산수도, 아마레티도, '당신 손에 입 맞춰도 될까요?'와 '신의 가호가 있기를'도 다 엿같은 것들이야! 너, 태양도 마찬가지야! 위엄과 존경은 무슨 빌어먹을 거야! 우라질 이탈리아!'

“어떻게 생각해, 아가티노.” 몇 분 동안 말이 없던 토니가 입을 뗐다. “빨간 재킷을 벗기는 게 좋겠지!”

토니 옆에 나란히 앉아 있던 아가티노는 시디들을 살펴보고 있었다. “영국 여왕은 마부 장례식에 빨간 정장을 입고 참석했어요.”

“하지만 루는 영국여왕이 아니잖아! 남자가 장례식에 빨간 재킷을 입는 건 안 어울려!”

“장례식이라뇨? 무슨 장례식 말입니까?” 네가 말했다.

토니가 돌아보며 웃었다.

“살 삼촌 장례식이지요. 바비큐 파티 때 스칼리 아마레티에서 석궁에 맞아 돌아가셨어요. 누치오도 죽었고요!” 수치심 때문에 토니는 누치오가 어떻게 죽었는지는 말하지 않았다.

‘맙소사.’ 네가 생각했다. ‘핍피노가 밈모 삼촌의 석궁으로 모두 죽였군!’

정확히 1분이 지나고, 여태껏 아무 말이 없었던 민디가 웃기 시작했다. 처음에는 소리 없이 웃었지만, 곧 걷잡을 수가 없을 만큼 박장대소를 터트렸다. 아가티노도 그녀를 따라 웃었다. 아가티노는 웃으면서 계속 같은 말을 했다. “젠장…… 화살에 맞았대!” 토니도 웃었다. 갑자기 숨을 헐떡이더니 크게 웃어젖혔다. “젠장, 아가티노. 시디 넣어! 인생은 계속 가는 거야!"

아가티노는 두말할 필요도 없이, 60년대 음악을 편집한 시디를 재깍 시디플레이어에 넣었다. 음악이 나오기도 전에 그의 몸이 흐느적거렸다.

모두 목이 터져라 노래를 불렀다. "그녀는 매력에 넘쳐요. 아, 그대여, 매력에 넘쳐요. 난 당신의 비너스, 난 그대의 욕망으로 타오르는 불꽃." ✿

문학의 형식과 기능을 넘어선 자유로운 글쓰기

대담자_막달레나 보나코르소
(〈Thriller Magazine〉에서)

오타비오 카펠라니는 데뷔작 『아무도 보스를 찾지 않는다』로 전 세계적인 주목을 받고 있다. 장난꾸러기 소년 같은 인상, 쾌활한 미소. 대담 내내 그의 얼굴에서는 맑은 웃음이 떠나질 않았다.

이 대담은 카타니아에서 두 번의 만남과 이메일 서신을 통해 이루어졌다. 화강암과 커피, 키치 엽서와 책들에 둘러싸여 우리는 맥베인과 카밀레리, 타란티노와 마르톨리오, 루 리드와 로이 파시, 하버마스와 스갈람브로, 마피아, 카타니아에 대한 이야기들을 나누었다.

보르나코르소 데뷔작인데도, 이렇게 복잡한 플롯을 처음부터 끝까지 흐트러짐 없이 유지했다는 점에 놀랐습니다. 플롯을 짤 때 참고했던 작품이나 혹은 조언해준 사람이 있었습니까?

카펠라니 『아무도 보스를 찾지 않는다』는 '합창' 같은 소설입니다. 보시다시피 등장인물이 넘쳐나고, 사건은 끊임없이 벌어집니다. 이렇게 쓸 수 있었던 것은 처음부터 이야기가 자연스럽게 흘러가도록 내버려 두었기 때문입니다. 저는 기존 소설기법의 틀에서 벗어나 자유롭게 글을 쓰고 싶었습니다. 네리 포차 출판사의 편집장인 주셉페 로쏘 씨를 만난 것은 정말 행운이었습니다. 그와의 작업을 통해 '출판이 내 글쓰기에 필연적인 자유를 선물했다는 것'을 알게 됐습니다. 처음에 제가 쓰고 싶은 대로 등장인물이며 사건 등을 써놓고 보니 초고가 500쪽이 넘더군요. 편집 작업에 들어갔는데, 이 작업을 하면서 참으로 행복했습니다. 조나단 갈라 씨의 표현을 빌리면 '이상적인 형태'를 갖춰가는 과정을 지켜보게 된 것인데, 저한텐 정말 커다란 기쁨이었습니다. 최근에 있었던 세미나에서 갈라 씨가 아주 인상적인 말씀을 하셨습니다. 그분의 말씀을 인용해보겠습니다. "지금 제가 말하는 편집은 미국 출판계에서나 볼 수 있는 편집으로 보일 겁니다. 사실 우리는 미국에서 파생된 혁신적인 것들을 받아들이기도 전에 경계하거나 고치려 드는 경향이 있습니다. 작가 특유의 문체를 독자의 관점에서 받아들이기 쉽게 교정하는 것이 문학 텍스트를 지나치게 단순화하고, 상품화시킨다고 볼 수 있을 것입니다. 사실 이런 유형의 편집은 다양하게 진행되고 있습니다. 저는 이런 작업을 텍스트에 대한 배신이라고 생각하지 않습니다. 오히려 진정 완성시킬 만한 가치 있는 텍스트를 구현해내는 것이라고 생각합니다." 저도 소설에서 이러한 편집 작업이 아주 중요하다고 생각합니다.

보르나코르소 이 소설에서는 키치적인 요소가 들어 있지만, 전혀 불쾌하게 느껴지지 않았습니다. 언제부터 키치에 대해 관심을 가졌습니까?

카펠라니 철학을 전공했기 때문입니다. 저는 철학 덕에 형식과 기능 사이의 관계상실에 주의를 기울일 수 있었습니다. 또한 헤르만 브로흐, 고트프리드 벤, 칼 클라우스, 기 드보르 같은 작가들한테서도 영향을 받았습니다. 무엇보다도 어린 시절부터 기이함에 대해 관심이 많았는데, 이런 특성도 한몫한 것 같습니다.

보르나코르소 당신은 '영향을 받은 작가가 누구냐'는 질문에 항상 마르톨리오라고 대답합니다. 이 작가의 문학작품이나 또는 상연된 연극이 당신의 글쓰기에 어떤 영향을 끼쳤는지 자세히 말씀해주십시오.

카펠라니 잘 알려지지 않았지만, 니노 마르톨리오(1870~1921, 시칠리아 카타니아 태생의 극작가—옮긴이)는 희곡작품들을 쓰기만 한 것이 아니라 세계적인 영화사를 창립한 분입니다. 카타니아에서는 20세기 초에 다섯 개의 영화사가 설립됐습니다. 모르가나 영화사, 에트나 영화사, 카나타 영화사, 시쿨라 영화사, 요니오 영화사들이었죠. 조르주 사둘(프랑스 영화 평론가이자 영화역사가—옮긴이)은 『영화사』에서 「어둠 속의 길 잃은 자들」이 모르가나 영화사에서 니노 마르톨리오 감독에 의해 제작되었다고 했습니다. 마르톨리오는 이 외에도 여러 편의 영화를 만들었습니다. 연극에서도 아주 중요한 작품들을 선보였는데, 재치 있는 방언들을 통해 인물의 특성을 창조해냈습니다. 희곡의 플롯만으로도 그의 작품들은 높이 평가받을 만합니다. 저는 이 작품들에서 '할리우드' 스타일의 완벽한 서사구조를 발견할 수 있었습니다.

보르나코르소 소설 속에서 카타니아는 '외계인들'이 사는 가상의 도시 같았습니다. 마치 당신이 '평범한' 사람들을 소설 밖으로 끌어내고 싶어하는 것 같은 느낌이 들었습니다. 의도하신 것인가요?

카펠라니 아닙니다. 외계인들이 아닙니다. 예를 들어 밈모 삼촌을 살펴보겠습니다. 그는 잡화상에서 애프터쉐이브, 면도거품, 세제, 살충제를 파는 노인입니다. 아주 평범한 초로의 사내이지요. 저는 그가 이상한 힘을 지녔다고 느끼기도 했지만, '사람'처럼 보였습니다. 토니도 마찬가지입니다. 전 세계에 분점을 내고 있는 다국적 프랜차이즈 미용실의 본점이 바로 카타니아에 있습니다. 헤어디자이너들 또한 카타니아에서 자리를 잡았습니다. 바비큐 파티 역시 미국과 시칠리아를 연결해주는 자리라고 할 수 있습니다. 트럭을 개조해서 샌드위치를 파는 차들 또한 시내 곳곳에서 볼 수 있습니다. 그런 곳에서 투치오나 누치오를 어렵지 않게 만날 수 있습니다. 둘은 자기들 나름대로 최신 유행에 맞춰 옷을 입었다고 자부하는 멋쟁이들이지만, 한편으론 먹고 살기 위해 킬러가 된 사람들입니다. 그레타는 성인비디오의 영화배우로 활동했는데, 우연히 영화 제작자를 사랑하게 되지요. 루 쉬오르티노 패밀리는 레오나르드 트렌트가 만든, 상식에서 벗어난 영화들을 제작하며 돈세탁을 합니다. 당신이 말했듯이 '평범한 사람들'은 아니지만, 그렇다고 '외계인 같은 사람들'은 아닙니다. 물론 시칠리아에서의 '평범함'에 대해선 할 말이 많습니다. 하지만 이 인터뷰는 그걸 말할 자리가 아닌 것 같습니다.

보르나코르소 어떤 책들을 즐겨 읽으십니까? 좋아하는 작가는 누가 있으신가요?

카펠라니 철학, 신학, 고전문학, 대중소설, 에세이, 인터뷰 기사, 시, 만화, 패션잡지, 다양한 잡지들을 즐겨 읽습니다. 지금 생각해보니 읽을 수 있는 것은 다 읽는 것 같군요. 지금 침대 옆 탁자에는 셰익스피어와 디킨슨의 작품이 있습니다. 제가 정말 좋아하는 문호들입니다.

보르나코르소 당신의 소설을 보면 영화를 얼마나 사랑하는지 알 수 있습니다. 영화에 대해 말씀해주십시오. 영화에서 어떤 영향을 받았습니까? 쿠엔틴 타란티노와 자주 비교되기도 하는데, 어떻게 생각하시는지요?

카펠라니 저한테 영화는 아주 중요합니다. 60년대 카타니아에서 영화 한 편 가격에 세 편을 동시 상영하는 극장이 있었습니다. 서부영화, 탐정영화, 무술영화였지요. 여름이면 카나티아는 야외에서 영화를 상영하는 곳들로 넘쳐납니다. 거기서 겨울 시즌의 최고 인기 작품들이 상영됩니다. 그곳의 주인은 DVD와 비디오테이프의 소비자들입니다. 저는 할리우드 영화를 좋아합니다. 내용이나 영화기법이 시시하더라도 한 편, 한 편마다 독창적인 서사구조를 발견할 수 있습니다. 영국영화도, 할리우드 못지않게 절 미치게 합니다. 개중에는 꼭 아리스토텔레스가 쓴 것 같은 코미디영화도 있습니다. 영국영화는 할리우드 영화에서 볼 수 있는 웅장함이 없는 대신 완벽한 스토리를 가지고 있습니다. 프랑스영화도 좋아합니다. 상당히 '느린' 영화나, 프랑스 사람들의 탁월한 자질이 엿보이는 '블랙코미디' 모두 좋아합니다. 케이블 티브이용으로 제작된 독일 드라마도 좋아합니다. 예전에 연극에서나 볼 수 있었던 대본과 배우들을 만나는 것 같은 기분이 들거든요. 사람들이 제 소설과 쿠엔틴 타란티노 감독의 영화를 비교하는 이야기를 들을 때마다 저는 엘모어 레오나르드(Elmore Leonard, 미국의 소설가이자 시나리오 작가. 범죄소설과 서스펜스 스릴러 소설에서 선구자적 업적을 남겼다—옮긴이)를 떠올립니다. 이탈리아 사람들이 타란티노의 영화를 보러 극장에 가면서도, 엘모어 레오나르드나 맥베인의 소설은 읽으려고 하지 않는 것 같습니다.

보르나코르소 이 소설에서 특히 애정이 느껴지는 인물이 있습니까? 독자들에게 깊은 인상을 남긴 인물이 누구라고 생각하십니까?

카펠라니 저와 제 편집자는 돈 조르지노 파바로타를 이야기할 때마다 사춘기 소년들처럼 웃음이 터지는 걸 참을 수 없었습니다. 어느 날이었습니다. 돈 조르지노와 살 스칼리가 자동차 안에서 만나는 장면을 손보고, 그 부분을 이메일로 발송했는데, 잠시 후 출판사의 해외판

권 담당자인 마르첼라 마리니한테서 전화가 왔습니다. "혹시 루쏘한 테 무슨 일이 있는지 아세요? 지금 자기 방에서 미친 듯이 웃고 있어 요." 제 여동생은 창녀 같은 그레타를 굉장히 좋아했습니다. 카타니 아에서 토니는 눈에 띄는 옷을 입는 패셔니스트들의 아이콘이 됐습 니다. 〈Seventies〉에서 곧 이렇게 말했지요. "토니처럼 옷을 입을 수 있을까?" 나폴리 사람들은 프랭크 에라를 특별히 좋아하고, 런던에 있는 제 에이전트는 레오나르드 트렌트 감독을 좋아했습니다. 제가 아는 모든 부인들은 체티나를 우상으로 여겼습니다. 출판계에서 가 장 관심을 가졌던 인물은 수수께끼 같은 루 쉬오르티노 시니어가 사 랑한 여자입니다. 핍피노는 모두에게 사랑을 받았습니다. 제 책의 판 권을 산 편집자 한 분은 런던의 한 바에서 살 스칼리가 가장 멋진 캐릭 터라고 했습니다. 저는 개인적으로 민디와 발렌티나를 좋아합니다.

보르나코르소 음악을 대단히 좋아하신다고 알고 있습니다. 약력을 보니 락 밴드를 결성했던 적도 있고요. 이 소설 속에서도 찰리 파커, 비지스, 쇼킹 블루 등 여러 가수들의 음악을 소재로 썼습니다. 어떤 음 악가와 음악을 좋아하십니까? 소설에 나오는 노래는 어떻게 선택하 게 되셨나요?

카펠라니 제 어머니는 피아니스트입니다. 여동생은 성악가고요. 저 는 락 밴드를 만들었습니다. 저는 모든 음악을 다 좋아합니다. 락을 베 토벤처럼 듣고, 베토벤을 락처럼 듣습니다. 음울한 모노 스타일의 트 립합(Trip hop)도 좋아하고, 요란한 독일 음악도 좋아합니다. 그리고 프랑스 DJ들을 천재라고 생각합니다. 영국의 대중음악도 멋지지요. 1970년대는 음악적으로 굉장히 중요한 시대였습니다. 90년대 초도 마찬가지였고요. 미국의 포스트 락을 좋아하고, 고딕 락에도 은밀한 열정을 키우고 있습니다.

보르나코르소 하버마스에 대한 주제로 졸업논문을 준비하고 있으며
『말(馬)의 도덕』이라는 책도 쓰신 걸로 알고 있습니다. 당신의 인생에
서 철학은 어떤 의미를 지니고 있으신지요?

카펠라니 철학적 사고를 제가 제대로 하는 건지, 아니면 철학에 대한
열정이 제 사고 방식에서 나온 건지 잘 모르겠습니다만, 다만 전 실
수를 하고 싶지는 않습니다. 시간과 공간의 개념처럼 철학과 관련된
아주 중요한 직관들은 분명 존재합니다. 우리는 앞으로 그것들을 깨
닫고 찾아낼 것입니다. 칼 슈미트가 말했듯이 철학적 사고는 물 한 잔
마시는 것 같은 평범한 행동도 중요하게 만듭니다. 물 한 잔 마시는
행동에 대해 철학적인 의문을 가지는 단계는 지났다고 말씀드리고
싶군요.

보르나코르소 소설은 하위문화를 묘사하면서, 키치적인 분위기로
흐르다가 마지막에 '충동적인 향수'를 드러냅니다. 아주 이상적인 기
법이죠.

카펠라니 충동적인 향수는 이런 말로 끝납니다. "앞으로 어떤 일이
일어날지 내가 손자한테 일러줬던 걸 다시 전해달란 말일세, 꼭!"
이건 미래를 향한 향수라고 할 수 있습니다. 제가 좋아하는 감정이
지요.